當代名家

廣播小說

夕陽山外山——李叔同傳奇

潘弘輝◎著

第一章

秋日，晨曦未明。少年李芳遠在床榻上翻來覆去，終於決定翻身下床，穿上衣衫。窗外才剛濛濛亮，他再也等不及，就匆匆朝外頭跑了出去。他一路走著，天地間大霧瀰漫，但他是知道路的。今天對他來講可是個重要的日子，他的師父，將從永春由水路乘船直駛洪瀨。他很興奮，與師父有很長一段時間未曾見面了。他踢著土路上的小石子，昨夜的霧氣與露水沾濕著路旁的草葦，他的鞋被浸濕著，心情卻雀躍不已，走著走著不自禁地哼起歌來：

長亭外，古道邊，芳草碧連天。
晚風拂柳笛聲殘，夕陽山外山。
天之涯，地之角，知交半零落。
一斛濁酒盡餘歡，今宵別夢寒。

唱到後來，李芳遠越唱聲音越低。這首〈送別〉是他從小便耳熟能詳的歌曲，作詞者正是他的師父。一代高僧——弘一法師李叔同。他的腳步也稍微緩慢了下來，對於他這個師父，他的心中眞是充滿了無法說得淸楚的感情。

天光更亮了些，霧也散去不少，他加緊步子，朝羅溪渡頭而去，這渡頭是在晉江的上游，按時間推算，法師的船隻應該會在今天淸晨經過這個地方。李芳遠心想：

「會不會錯過了呢？昨天聽爹說，弘一法師已離開蓬湖，第二天破曉便要離開永春……」

想到這裡，他不自禁地在茫茫白霧之中小跑步起來。

站在渡頭的木樁上，江面的霧氣更濃，在一片白色籠罩的濃霧裡，竟下起微微細細的雨，他的髮及衣衫都被霑濕了。只聽到江水偶爾發出的咕嚕咕嚕聲，還有水流互相拍打的啵啵聲，李芳遠不自覺地怔忡起來，他想起了許多事，也想起了與師父第一次見面時候的光景。

四年前，弘一法師剛從一場大病中痊癒，移居到鼓浪嶼的日光巖閉關。這鼓浪嶼是在海上的一個島嶼，這裡本來就是一處佛敎的名刹聖地，香火鼎盛，來往的香客絡繹不絕，當然也總少不了一些吵雜的鞭炮爆竹聲及遊客們嘻嘻哈哈的喧嘩聲。

秋陽高照的某一天早晨，李芳遠與他的父親來到這裡，拜過大殿的三寶佛後，他便牽著父親的手，在這佛寺周圍四處亂逛。好奇心讓他感覺到這裡無處不新鮮，尤其是看到和尙們正在殿裡敲著木魚，有些在唸經；信徒們則準備了一些水果，點著香，跪在佛前祈禱默念。這讓李芳遠不解，於是他天眞地問他的父親：「爹，他們這樣是在幹嘛呢？」

「祈求佛祖菩薩可以保佑一家大小平安啊！有些或許也求求仕途或錢財……」

「這樣子求會有用嗎？佛菩薩眞的能有這麼大的神通？求一求就能實現？」

「這個問題，可眞把我給難倒了，也許……，寺廟裡的師父們可以給你更明確的答案。」

他們在廟宇廊廡廂房道上四處觀賞、漫遊，李芳遠止不住興奮，跑著跳著，在寺前寺後轉了好幾圈，拐彎抹角無意間找到弘一法師所住的這間關房來。

「爹，剛才在大殿上聽到有人說弘一法師在這間廟裡，誰是弘一法師啊？」

「弘一法師啊，他就住在這間房裡面！」李芳遠的父親指著法師的關房，就在這個時刻，門被打開了，從門縫間跑出一隻灰黑色斑紋的小貓，小貓看了李芳遠一眼，喵喵叫地在他的腳邊磨蹭。李芳遠彎腰抱起小貓，用手掌輕輕地撫摸牠。這時，李芳遠看見門裡站著一個僧人，他的背後彷佛散發著一股無形的光暈，他整個人說不出話來，只能呆呆地凝望著這位十分消瘦、身形像鶴一般的和尚。

法師看到這個少年，心頭也被震了一下！這個孩子，簡直就是一朵含苞待放的蓮花，是如此地眉目清秀，並且充滿著靈性。法師不自禁地露出微笑，並打開房間的門扇，示意他們進入內來。李芳遠的父親喜出望外，雀躍之情溢於言表，高興地說：

「久仰弘一法師大名，今日得見尊容，眞是三生有幸。」

法師合掌，道了一聲：「阿彌陀佛！」他的眼睛一直隨著少年的身影移動。

少年走到法師的桌前，看著法師鋪在桌上紙張寫著的字，墨汁尚未全乾。他看著法師的字，出了神，小貓從他的懷裡跳下，從門口跑走，他仍渾然不覺。看著這些字，他是看得傻了、看癡了！於是不由自主的說：「法師的字，寫得眞好。是我所喜愛的！以前我在別的地方看過，便一直很喜歡；我們唱的歌，聽說也是法師作的吧！法師，可以請您收我作徒弟，教我寫字嗎？」

弘一法師看著這孩子，微微地笑了起來：「嗯，好！你叫什麼名字？」

對於這個孩子，法師打從心底生出了一份好感，這孩子帶給他乾淨而透澈的感受，是這幾個月以來在鼓浪嶼所未曾有過的。

「李芳遠，法師，我叫作李芳遠。芬芳的芳，遙遠的遠。」

「李芳遠啊！」法師伸出手去搭著他的肩膀，輕輕地拍了拍。

「以後常來這裡玩吧，我們有緣。」

隔了幾天，李芳遠又從廈門渡海而來，這幾天回到家裡，心中老是惦記著法師。他也弄不清楚是一股怎麼樣的力量牽引著他，使他非常想念法師。如果以一個緣字可以輕易解釋，那麼，他認爲自己與法師之間，是早就存在著某種深厚的感情。他的胸中滿漲著潮水，好多的想法意氣飛揚，讓他的心情相當浮動，彷佛只有遇到法師，跟他傾訴之後，才能獲得平靜。

來到關房外，法師並不在裡面，他四處走走逛逛，詢問其他的僧人，才知道法師往海邊的方向去了。於是他循著小路，來到海邊，遠遠地，便看到弘一法師坐在一處礁石陰涼處，望著大海。他興高采烈地喊著：「弘一法師！」

法師回過頭來看見他，不一會兒功夫，李芳遠已經蹦蹦跳跳穿過好幾座大的礁石，偎靠到他的身邊，法師說：「芳遠，你來啦！」

「法師常來這海邊看海嗎？」

弘一法師看著他，胸口起伏著，額頭及臉頰上都冒著汗，但整個人在陽光下，卻散放著一股青春滿溢的氣息。法師帶著他一貫的微笑回答：「是啊，我喜歡來這裡看海。你聽，這海潮的聲音從遠方鼓起，衝向岸邊，拍打著礁石，然後再次退去。一次又一次，蘊含著生命無限澎湃的力量啊。生命，湧起，退去；周而復始，循環不絕。」眼前這個少年，有點怔愣，看看他的身後，法師再問：「你爹沒有一起來嗎？」

「他還有事要忙，我閒得發慌，心中甚是想念法師，上回來過一遍，怎麼來去的路我是知道的。忍不住，就跑來了。」

法師再次笑了起來，李芳遠蹲坐到他的身邊，陪著他看海。海浪的聲音一波一波，衝向礁岩的白色浪花奔騰的氣勢令人心中飽滿無比，但似乎又帶著點虛空……。

「法師，我有一些佛學上的問題，是不是可以問你？還有，你是不是可以教我寫寫字，我想跟你學寫毛筆字。」

弘一法師凝視著他，摸摸李芳遠的頭說：「芳遠，你眞的是很有慧根，來，讓我來猜猜！你是不是要問來日光巖拜佛的這些人，求佛菩薩的心願，佛菩薩是不是能幫他們達成呢？」

「法師，原來你早就知道了。可是，你怎會知道呢？」

「天底下很多事、很多道理是相通的。求佛菩薩是要求了生死的法門。怎麼樣能了生死？遠遠是比追求世間這些聲名利祿、榮華富貴要來得重要啊！」

「所以法師的出家是爲了要求了生死的方法？我懂了，拜佛菩薩的用意並不在求佛菩薩給我們多少好處，而是在修養自己，讓自己用更好的方式去面對這個世界，對不對？」

法師點點頭，這個孩子果然聰慧無比，這樣的道理一聽就懂。

「那麼在這裡來來往往的香客，肯定對法師的修行有很大的影響，這些遊客這麼吵，肯定會打擾了你的安靜。爲什麼法師會來這裡呢？這樣對你，是件好事嗎？」

這個孩子的天眞話語眞是一語中的！剛經歷了一場大病的弘一法師，曾在寫給仁開法師的信中，表達過他來到日光巖後心裡的感受：

來到鼓浪嶼之後，境緣愈困，煩惱愈增，因以種種方便，努力克制，幸承三寶慈力加被，終能安穩，但經此次風霜磨練，遂得天良發現，生慚愧心……

對於弘一法師來講，在鼓浪嶼不止香客多，來這裡消暑、遊山玩水的遊客也不少。有些還在寺裡面吃住、過夜睡覺。更有人是千里迢迢前來找他寫字的，他想要避開這紛紛擾攘的世界，但卻避無可避，令他無法安靜清修，讓他十分的困擾。

他看著眼前這個陽光般的男孩，他的心對未來，只有充滿著希望與好奇，而沒有煩惱吧！法師對著少年說：「芳遠，你要拜我爲師，皈依我佛嗎？」

「法師願意收我爲徒？我眞是太高興了，師父在上，請受我三拜！」

於是李芳遠就在礁石上磕起頭來，皈依了弘一法師。

「芳遠，從此，你就是我所收的俗家弟子，佛門的戒律與規矩，你也要開始慢慢了解。我與你有緣，看到你，總讓我想起我自己小的時候……。讓我想起生命裡還有的一些美好的希望。你有很好的資質，千萬別輕易浪費了啊！」

少年磕完頭，法師將他扶起，少年也攙扶著法師，一起站了起來。鼓浪嶼海邊的潮浪不斷洶湧地拍打著岸邊，陽光潑灑在他們倆的身上，形成一幅美好的圖畫。

另一天，李芳遠又來日光巖找弘一法師，法師正在關房內，於是他前去敲門，並且喊著法師：「師父，你在嗎？」

「是芳遠嗎？進來吧。」

關房並未上門栓，李芳遠將關房的門打開，法師正餵完那隻灰黑斑紋的小貓，小貓看見芳遠來，又跑過來他的腳邊轉了兩圈，並用身體磨蹭著他的腳踝撒嬌。李芳遠照舊蹲下來撫摸小貓，一邊高興地與法師說：「師父，我在廈門聽見許多人談論你呢。原來，你在年輕的時候就是個才華洋溢的藝術家。我以前只知道你的歌，聽過你的歌，現在，我對您可更加是欽佩得五體投地了呢。」

「阿彌陀佛，芳遠，那些都是浮生的虛名。一個出家人應該要放掉過去的那一切，專心地念佛才是，我的前半生，不用再提。」法師頓了一下，又繼續：「說來可笑，在日光巖，我的確常因爲衆生的打擾而苦惱。這苦惱，絕非一個修佛之人所要追求的佛法，這是衆生的心病，我心裡雖然知道，卻也一時片刻無法拋得掉。呵！煩惱即菩提，我啊！出家將近二十年，這顆心依舊無法在煩惱中澄清。如此這般『充賢作聖』講經說法，豈不可笑？」

「怎麼會呢？師父，出家修行的人，哪一個不是在清靜中專心才能求得佛法？你對自己要求太過嚴格啦！」

弘一法師搖搖頭，臉上帶著笑容說：「以後啊！再也不敢作冒牌的交易了！只有退而修德，閉門思過，作一個懺悔的和尚……。」

還正說著，弘一法師看著窗外的臉，突然罩過一陣寒霜，接著全擰成了一團。窗外傳來小貓悽厲的慘叫聲，李芳遠轉身一看，那隻灰黑小貓被一隻野狗咬住了腸肚，李芳遠衝出去拾起一旁的木棍，作勢追打。野狗低低嗚嗚吠著，與芳遠敵對，芳遠用木棍朝野狗狠狠丟去，野狗落慌而逃，丟下奄奄一息的小貓。

芳遠捧著鮮血淋漓的小貓進到關房，看見弘一法師痛苦的表情，眼淚流個不停。弘一從窗戶裡清楚地看到這一幕，他哽咽地說：「衆生如此相殘！小貓與牠並無恩怨啊……。」

法師將斷氣的小貓捧過去，放在關房裡的一尊佛像前的地上。他快速地跪下，急切地念起〈往生咒〉！李芳遠站在一旁，不由自主地全身顫抖起來……。

眼前的白霧又退去了一些，只剩下水面上仍飄浮著一層薄薄的霧氣，可以看見滔滔滾滾的江水，延伸到遠處的山坳。李芳遠在渡船頭的橋墩上已經等了一個小時，還是看不到弘一法師所搭的船隻身影。他不禁有些著急起來，難道眞的錯過了嗎？正猶豫之間，就看到一葉孤帆從雪白的蘆花叢中冒出頭來，並且在水流中行駛而來。李芳遠心想這船可能是渡法師的那艘，便在渡頭上不斷歡叫著：「喂——，船家，靠過來啊——靠過來。」在船艙中的弘一法師從裡向外望，已經看到站在橋上的少年。這完全出乎他的意料，他驚喜地扶著艙壁站起身子，走到外頭的甲板來，急急念了一聲：「阿彌陀佛——」

法師的聲音裡面充滿著至情至性，李芳遠聽在心中，感動得渾身顫抖。他便一面雙手合十，一面跳上這艘接近渡頭的船。李芳遠這回再見到法師，已經又相隔一年多了。這一年多，歲月在弘一法師的身上更加添了許多的滄桑與老邁，他的鬍鬚幾乎全白了，人顯得更加清癯枯瘦。在微微雨霧中只見僧衣下裹著一副削瘦的身子骨，有如寒風裡的一株蒼松！法師面帶微笑，一雙微閤的眼流露著光華，李芳遠的眼眶中盈積著淚水，他不自禁地叫了聲：「師父——。」

「阿彌陀佛，芳遠，你好嗎？」

「師父，我好，我好，你好嗎？我以爲就要錯過你了呢！」

「你怎麼會錯過我呢？在這個世界上沒有誰會錯過誰的啊！一切冥冥中自有緣份……」

法師身後站著一位高大的僧人，正是做爲弘一護法的傳貫法師，他朝著李芳遠點個頭問道：

「貴村一切都還安好、太平嗎？」

「永春附近的山裡時時聽說有匪徒作亂，但我們村子還算太平的。」

「太平就好，現在時局這麼亂，一切都需小心爲是。」

「師父身體還好吧！還常咳嗽嗎？」

弘一法師撥動念珠，口中喃喃念佛，臉上依然帶著慣常的微笑。他並沒有回答這個問題。李芳遠心中有著滿腔的熱情，對法師的關心，他是準備了一肚子的話要來跟法師說，於是他繼續問道：「法師什麼時候再來永春呢？」

「等待來年機緣成熟的時候，即當重來！可這是不能決定的，或者那個時候我已經往生西方了呢！」弘一法師悠悠然地回答，心情已經不像剛見到芳遠時充滿著波動。他微笑看著這個十七歲的少年，想當初在日光巖認識他的時候，他才十三歲啊！如今身子骨抽高，已經像個大人的模樣了。法師的心中充滿著一種踏實的欣喜。對這孩子，他的心裡有著親人般的感情。他說：「芳遠，你要將我送到哪裡呢？」

「送別——。」芳遠脫口而出，這首有名的曲子是弘一在出家前塡詞所作的歌曲。他剛剛在要來渡頭等法師的路上還哼哼唱唱著呢。但這是一首感傷而悲涼的歌，李芳遠心情不禁有點跌落，歌詞裡那種淒涼，並帶著生離死別的哀傷滋味，湧上了心頭。

「再往下面去，有個叫冷水村的地方，那裡有個簡便的木頭渡橋，我送師父就送到那裡，在那裡跟你告別……。」

弘一法師便不再講話了，回復了一貫淡然的僧人態度，手中撥動念珠，輕聲喃喃念起佛來。法師開始念佛，李芳遠也不便打擾。法師的態度裡有著一種不可侵犯的威嚴，這種威嚴不是嚴肅的，而是讓人打從心底佩服的！此時船上再沒什麼多餘的聲音，只聽得江水的聲音潺潺奔流，船隻的速度飛快，船上的人卻是靜默無語的。

一些與法師相往來的印象在腦海中激盪著，李芳遠回想起民國二十七年，那時日軍侵華，五月，廈門便淪陷於日本海軍艦炮支援下的陸戰隊手中。當時他以為法師身在廈門，擔心得不得了，四處出去查訪，都一直沒有消息。因為法師形同閒雲野鶴，獨來獨往，一直不願意將自己的行蹤告訴別人，總是隨緣來去，直到廈門淪陷，才接到他的書信，知道他已經前去漳州了……。

芳遠居士，近日廈門多擾，鼓浪嶼想必也不安寧，希望芳遠隨同家人回返故鄉永春，為師與你只需保持書信往返連繫即可……。

法師對他的關心，李芳遠點點滴滴記在心頭。他當然也了解法師，為了報答閩南信眾對他的好，即便是拖著病弱的身子骨，打擾了他自己的清修，他都無所謂。但他知道法師內心深處眞正的想法；法師要追求的，並不在於世間的地位或聲名，四處演講、與人交際應酬等，都是有違他內心眞正意願的。於是他給法師寫了一封信：

師父啊！近日從報章看到你的弘法活動頻繁，這眞是太不像你了。經常參加宴會，接受他人的邀請、款待，這不是違背你的本意了嗎？請你不要再這樣了，不要再做這些事了！趕快閉關用功吧。再這樣下去，我眞是爲您老人家心急啊！而且，你的身體也經不起這樣的摧殘啊。……

十五歲的李芳遠，總共寫了五張信紙的蠅頭小楷給他的師父。請他息心閉關、不要再搭理這些世俗的事。弘一法師收到信後相當感動，從來沒有人敢、也沒有人願意告訴他這樣懇切的話。這封信有如當頭棒喝！讓他的心頭一震！他深深感到懺悔起來，於是提筆回信給這個小徒弟：

芳遠居士，你的來信我已收到，信裡的內容讓我感到相當慚愧而惶恐。從今日起，我將遵從你所說的，摒棄一切世俗外務，專心一意念佛清修。你的天眞與充滿靈性的資質，在這個世界上恐怕找不到人可以與你相提並論，因爲在你的心中並不會沉墮於世俗繁華表象的追求，這實在是令我感到相當敬佩的啊！你的內心裡那種既活潑又莊嚴的質地，在當代算來，可以說是第一人啊！過了這一年之後，我或許將離開這裡，前往別的地方……。

弘一法師對待李芳遠的心，並不因爲他年紀小而有所差別，相反的，他十分看重這個小徒弟，他的資質清澈澄明，有些話語，往往能以一片赤子之誠，直指問題癥結所在。這樣的情感，反倒是比世俗的客套與節制更加地深摯了。

民國二十八年，這年弘一法師已經六十歲，李芳遠記得法師終於離開閩南，結束了他自己所謂的「一切名聞利養，埋頭造惡行爲」，來到永春，準備入山閉關。李芳遠在一堆人當中一起迎接他所敬愛的師父。法師在當地的佛教界引起一陣不小的騷動，他們很想來一場盛大的歡迎會，卻又深恐法師不快！法師不喜歡人家鋪張浪費，這點早就名聞遐邇，大家都有共識的。

李芳遠在這年十六歲，因爲天資聰穎，詩文已經能夠自成一格。法師安頓下來後，隔天，就由芳遠與幾位佛教居士一同遊覽永春風景區——環翠亭，四處走走逛逛，而打算在第三天，由法師臨時預定的桃源殿說法，題目是〈佛教的簡易修持法〉，由芳遠來作筆記。

走在風景秀美的環翠亭，空氣中飄浮著花的香味，枝頭上還可以聽到小鳥啁啾叫著，身旁就是自己一直喜愛的法師，李芳遠的心情，相當喜悅而踏實。他滿臉笑容地問著法師：

「師父！明天你要講的修持方法，對一般大衆而言，應該是很容易就可以做到的吧。」

「阿彌陀佛，做與不做都在一念之間，學佛也沒什麼特別之處，只要心念在此，自然是容易修持的！」

「有沒有什麼是學佛的信徒，必須奉行不悖的呢？」

「簡單的來說，要奉行三件事情。一、是深信因果重於一切，二、是發菩提心重於一切，第三、是專心於念佛的法門重於一切！……」李芳遠默默記著，對於師父的話，他總是記得牢牢的。他倆彷佛前世有緣，所以今生才會認識相熟。芳遠認爲自己已經長大，除了尊奉法師之外，有能力，也該成爲他的護持。

法師在閩南了卻他弘法的心願後，便打算到蓬湖的鄉間閉關習靜，以一年爲期，靜居念佛。於是，就在他前往蓬湖之前，交代隨行的性常法師，若有他人來信一概退回。但是卻特別關照了人在永春的李芳遠，要他前來山裡一趟。

來到山中，李芳遠感覺到山中的溫度比平地要涼上許多。法師並未如原先打算住在蓬湖山中的普濟寺，反而是獨自居住在一間茅蓬的屋子中，而性常法師與幾個學律的法師，住在有一小段距離的下坡處的屋子，這種離群索居的生活，正符合了法師的心意。李芳遠見到法師後，稍微放下懸掛著的一顆心，他說：

「師父，見到了你，我才真的能夠稍微放下心來。你在信中寫道六月二十日前可以相見，之後便不能相見。我突然有不好的預感，便怎樣也得在你開始閉關靜修之前，來見你一面。」

「芳遠，我還好。你不用過於擔心，我這身子，不耐暑又不耐寒，但總是無礙的。」

「您老人家總是硬撐著，說不擔心才是騙人的呢！」

才剛說完，法師便咳嗽了起來，而且越咳越厲害，芳遠趕忙著在房間裡找法師的枇杷膏，抖顫顫地給法師服下一湯匙。並且輕拍著法師的背。

「師父，你還好吧？你這樣的身體……。」

「阿彌陀佛，這肺病，我與它前前後後也相處了四十年，時好時壞，就像一個老朋友一樣，這病，讓我想起了我的母親，她也是咳得這麼厲害……」

「師父，這些日子我間接聽人說起你的過去，相當精采，你在俗世間還有家人，你去過日本讀書，畫畫、談琴，還演過戲……」

芳遠還沒講完，弘一法師伸出手來，搭著他的肩膀。他的眼光與法師相對望，法師的眼睛半瞇著，瞳仁黝黑烏亮，好像裡面藏著一座深邃的小宇宙。法師的微笑裡有著慈悲。芳遠的情緒有點波動，他對法師的情感很深！像父子，每次見到他，芳遠就感覺自己有滿肚子的話想要對法師說。法師深深地看著這個小徒弟，對他說，又像是在對自己說：

「那些都是過去的事了，過去的就是過去了，說這些又有什麼用？」

「師父，難道你不會對過去世俗時的生活，還存有一些些的緬懷嗎？」

「我已經忘了，過去時的那一切，我已經都忘了啊……。」

法師的笑容裡有一種悲憫，讓李芳遠想哭！他也說不上來爲什麼？修佛的人要斬斷世俗的、過去的一切情緣啊！對於一個在佛教裡學律法、以戒爲師的一代高僧，更是要拋開過去的一切，而專注於念佛修行，證得三昧啊！

李芳遠感覺胸中飽滿，牽著法師回他的床鋪端坐之後，便安靜地坐在旁邊的一張椅子上。法師閉起眼睛，默念阿彌陀佛，剛才的一場對話，便沉沉地跌落進入時間的小河中，再無蹤影。

李芳遠也靜了下來，窗外的樹叢與綠蔭在陽光裡顯得油亮，那種亮，相當生猛，彷佛要超脫一切似的；只聽得窗外的蟲叫聲漸漸大聲起來，芳遠看著法師，突然覺得有一種疼惜湧上心頭，他懂得這個師父，其實在內心，是個孩子！是個倔強的孩子！他不曉得以前在法師身上發生過什麼？對他而言，那也不再重要！他是個藝術家也好，教育家也罷！對他而言，他就是個「師父小孩」，李芳遠決定，要用自己的方式守護他、護持他。

他在這裡住了一天，隔天便要返回永春，臨去，他前去跟法師告別。法師站在茅蓬前，依舊帶著微笑，看到芳遠從土坡走上來，他返回茅蓬中，取出一幅字。

「師父，早。您昨兒個睡得好嗎？」

「好！好！阿彌陀佛。沒被這兒的老鼠給嚇著吧！」

李芳遠愣了一下，隨即哈哈大笑了起來，他搔搔頭，看著弘一法師說：

「師父啊，我可眞是太佩服您了！您怎麼知道這件事呢？我可都還沒說出口啊。」

「你不用說出口啊！呵呵，我剛來時，山裡的老鼠像貓一樣那麼大隻，大大方方地在白天跑來跑去，一點兒都不怕人呢。牠們不僅咬壞我的許多書及衣服，連我帶來的佛像也不放過，還在佛像上大便呢！」

「這麼厲害？昨天，牠們在我的四周圍開運動會，還跑到我的耳邊講悄悄話呢！有一隻跑來嚐嚐我腳趾頭的味道，害我半夜裡醒了過來，就再也睡不著。回頭一看，性常法師與兩名學律的法師睡得挺香，還打著呼呢！他們好像也都習慣了……。」

「看著這些老鼠，衆生的習性都一樣啊！一是爲食，一是爲色，都超脫不了這些。我想起蘇東坡的詩句：『愛鼠常留飯，憐蛾不點燈』這裡面有著對衆生慈悲的心腸，於是我想也來餵看看，看看會有什麼感應？」

「結果呢？到底他們吃是不吃？」

「老鼠雖然有智慧，但是不如人類，所以我想要用佛法來感化牠們。於是每次放一小盆飯的時候，我就會先默念往生咒文，爲這群小傢伙發願、迴向。希望牠們死了以後不要再當老鼠，能夠早早接近佛道。結果餵不到十天，佛像、書及衣物，就不再遭到破壞了。」

「師父，您可眞是慈悲心腸啊！連爲害這麼大的老鼠，你都有辦法收服牠們。」

「阿彌陀佛！」弘一法師念完一句佛號後就不再延續這個話題。他微微笑著，取出背後的一幅字，遞給芳遠。「這是我今天早上寫的，要給你的字。你拿了回去，不用再爲我擔心。」

李芳遠將字展開。法師相贈的這幅字畫，是一幅用篆文書寫的橫額，文曰：

問余何適？廓爾亡言。華枝春滿，天心月圓。

這幅字，法師沒有多作解釋，而芳遠看著籠罩在一片綠蔭中的法師，心中充滿著無數感動。

江水聲奔奔騰騰，偶爾小船行經較淺的沙洲，船身與江底的小石子摩擦，發出喀喀叉叉的響聲。李芳遠對面坐著這兩個山裡來的僧人，他們沉默著，撥動著手中的念珠。芳遠想要再問些什麼，但看著法師閉著眼睛，彷彿入定了一般，他於是也不好再說什麼。

轉瞬間就快到冷水村了，從窗子看出去，已經可以看到村子渡口的木橋。李芳遠站起身來，向弘一法師說：「師父，我得在這裡下船，冷水村已經到了。」

弘一法師張開眼，對著李芳遠點點頭。

「師父，您自己多多保重。我會再給您寫信。」

芳遠忍不住又蹲下身去握住法師的手，法師的手很冷，但澎湃激盪在少年心裡頭的，卻很是溫暖。弘一法師說：「傻孩子，你也要好好照顧自己，不用為我擔心……。」

船已經到了橋頭，李芳遠在匆忙間向法師道別，心中縱有不捨，也只有離開。他跳上河岸，再回頭時，船隻已經離開渡頭一小段的距離。天底下無不散的筵席，能在這秋天的江上與法師共渡一程，便也相當難得的了。

船隻快速地駛進溪流濛濛的雨霧中去，天氣陰沉沉的，有幾隻烏鴉悽厲地啊——啊——叫著。芳遠的心中再次想起〈送別〉這首歌：

長亭外，古道邊，芳草碧連天。
晚風拂柳笛聲殘，夕陽山外山。
天之涯，地之角，知交半零落。
一斛濁酒盡餘歡，今宵別夢寒。

李芳遠想起他忘記跟法師說再見了，他忘記了！於是他對著船隻隱去的一片白茫茫中，深深地吸了一口氣，大聲地喊著：

「師父——，再見——再見……」

第二章

秋天的夜晚，風吹強勁，颳得大地一片冷冷清清。在天津一所古色古香的三合院裡，卻傳來了相當熱鬧的聲響。一頂轎子從胡同遠處蹦蹬蹦蹬抬近了來，宅院門口已經高高掛起幾盞大圓燈籠，有人等著候著，乾著急，就生怕盼不到來人。在這座大宅院的院子口等的有兩個人，一個是管家，年近四十，一副圓通通壯碩的身材，名喚李升，另一個則是這個家族未來的主人，黑黑瘦瘦的，看來大約也只有十多歲，正是二奶奶所生的兒子文熙。他們倆一看到從胡同口迎來的轎子，趕忙跟上前去招呼。管家著急中仍帶著客氣的禮貌口吻，說著：

「唉呀，王婆婆，您這可要把咱們給急死了，小奶奶已經疼了一會兒了呢……。」

「別急，別急。這種事情可是急不得的，跑得了和尚跑不了廟，前兩天我來看過，我看這小奶奶的性子也挺硬，挺能忍的，依我看，一時片刻也沒這麼快……。」

「您這麼說怎對呢？這生孩子的疼您是知道的，疼也把人給疼死了……。」

「啐！講這不吉利的話。多在娘胎裡待會兒，以後啊，跟娘比較親。」

「唉呀！還好這話沒給老爺聽到，否則免不了捱一頓訓。」

李升忙著將王婆婆從轎子裡接下來，正說著，回頭看見文熙小少爺跟在身旁楞楞地聽著他跟王婆婆說話，倒顯得有些氣急，他抬高音量大聲嚷嚷著說：「小少爺，王婆婆已經來了，你趕緊先用跑的進去給大夥兒報個訊，分別給老爺子、大奶奶、你娘，以及小奶奶通報一聲！」

「喔！」文熙應了聲，轉身便往內院裡跑去。一邊跑一邊高呼：

「老爺，老爺，大奶奶、小奶奶，娘，王婆婆來啦，王婆婆來啦！」

生澀稚氣的童聲一路向內院裡傳去。在這座大宅院一棵松樹旁的房子裡，正是燈火通明，一堆女人圍著一個少婦，看來這個少婦就快要臨盆啦。聽不到她大聲哀嚎呻吟的聲音，她手抓著被子，口中咬著布，疼痛已經讓她耗盡許多力氣，只見她額頭上沁著汗，臉蛋蒼白卻帶著點潮紅，她的頭髮全濕了。身旁一位福態的婦人安慰著她說：

「忍著點，再忍著點。王婆婆就來了，妳聽，小少爺文熙在那兒報訊了呢。」

才剛說完，文熙就衝進來了。喘著，上氣不接下氣地說著：

「接生的王婆婆……來了。」

「快請快請，文熙，你到大廳去通知老爺，就說產婆王婆婆已經來了，要老爺在大廳候著，別擔心……。」

「喔！我這就去。」

答完話，文熙又從這廂房跑回院子，往大廳的方向奔去。大廳裡點著蠟燭燈籠，將廳堂照得亮晃晃一片。老爺正窩在太師椅上打盹，突然從椅子上跌了下來，滿頭大汗。他剛才作了一個夢，夢裡從海上來了個菩薩，手中抱著個嬰孩。來到他面前，說：

「這是送給你的孩子。是個特別的孩子，你要好好的栽培他、照顧他。」

他在夢中見到菩薩，雖不是第一次，但這次的菩薩顯然是給他送孩子來的。正要開口跟菩薩道謝，菩薩竟沉到海裡去，並且捲起一陣巨大的波濤，向他襲來。他一陣驚嚇，遂從椅子上跌了下來。人一清醒，就聽見兒子文熙急喘喘的呼叫聲。

「老爺，老爺。」

「什麼老爺？我是你爹呀！你這渾小子。什麼事啊？這麼慌慌張張。」

「王婆婆已經來了，正在幫小奶奶，不不，正在幫姨娘接生呢。」

「唉呀！來得好，來得好。快去快去，小娃兒生出來的時候再來通知我。」

打發了文熙之後，老爺趕忙轉身到大廳的佛堂前，點香，跪在佛祖及祖先牌位前。虔敬上稟。他的手微微顫動著，說：

「佛祖菩薩，李家的列祖列宗們，我李筱樓今年已近古稀，上天保佑，再賜給我一麟兒，這眞是我天大的福份。希望菩薩及祖先們保佑側室王氏，能夠順利生產，庇佑她們母子平安。」

跟佛菩薩拜完，他在廳裡晃來晃去，等著人家來報訊。他的心裡充滿著雀躍的情緒，沒想到自己還能夠在這把年紀讓年輕的小妾懷上孩子，這可眞是難得！他一把花白的鬍子，今年已經六十八歲了，人事的滄桑看得也多，老年得子，算得上是這幾年來最令他感到快樂的事。他想到剛才打盹所作的夢，不自禁地跨出廳堂門檻，朝王氏所在的房舍走去。

來到房舍門外，屋內王氏哀號的聲音一陣一陣，只聽得裡面傳出王婆婆的聲音：

「再用點力氣，像要如廁時用力地擠出來，來來，再出點力，喔！好，看到小娃兒的頭了，好好……，很好，再出點力！就要出來啦。」

「熱水，熱水準備好了嘛？」

「剪子，還有紅線繩，快點，拿到王婆婆身邊……。」

房子裡傳來緊張的氣氛，人聲吆喝來吆喝去的。李筱樓在房門外跺步，逛過來又逛過去。他心裡挺著急，這生孩子就像躺在棺材板上等候著命運的判決，要生、要死，都只在一線之間吶。管家李升與二兒子文熙也都在旁守著，這女人家生孩子的事，男人是進不得房的。更何況他是個清朝的官，頭上有頂兒的官，進孕婦生產的房闈是要犯忌諱的。

李筱樓看著天上一輪明月，雲飄得挺快，他突然有點怔愣了。長期以來他是信佛的，佛陀慈悲，悲憐衆生，這樣的心他是知道的，這小妾王氏年方二十，為他傳下這麼一個子嗣，忍受著這麼大的痛苦，他的心中對她充滿著愛憐與疼惜。於是，也顧不得什麼禁忌。他推開門，跨進屋子裡去，也就在同時，裡面產婦生產的帳子裡傳來了一聲嬰兒洪亮的哭聲。

「恭喜老爺，賀喜老爺，是個男孩！是個小少爺，小奶奶幫您生了個兒子……。」

「好，好，有賞有賞！我李家人丁單薄，菩薩眷顧，菩薩保佑，讓我再添了個兒子。這在咱們家眞是個大喜事啊！呵、呵、呵！」

老人掀開帳子，走進裡面，看著蒼白虛弱、剛生產完的小妾王氏。他拿起身旁的被子幫她擦去額頭上的汗水，用皺紋滿布的手撫摸著她的臉龐，然後緊握住她的手。王氏顯得很平靜，但是眼中有淚光。李筱樓說：「蓮兒，謝謝妳，妳辛苦了。」

王氏看著他，眼淚再也忍不住流了下來。這時孩子已經剪斷了臍帶，用溫溫熱熱的水洗過身子，包裹得密密實實，抱來放在母親身邊。這孩子已經止住了哭泣，兩顆烏黑的眼珠子盯著人瞧，模樣相當可愛。老人忍不住低下頭去親吻了孩子，以及孩子母親的額頭。

「怎麼哭了呢？小娃娃很可愛，挺討人歡喜的！」

「我是太高興了，才哭。我終於給李家，再帶來了一個男孩……。」

「妳休息，好好地休息。有事慢慢再說，母子平安就好，老天保佑！菩薩保佑！賜給我這麼一個寶貝兒子。我眞是一個幸運的人啊……。」

「給孩子取什麼名字好呢？」

老人腦海中突然記起剛才在大廳時所作的夢，他記得那向他迎來的波濤。

「喚他作濤兒吧！濤兒……，他們這輩在祖譜裡排列『文』字，就叫他文濤吧！」

「文濤，李文濤，這眞是個好名字。」

王氏愛憐地看著這個孩子，忍不住又哭了起來。她知道，有了這個孩子，她在李家總算才會有著一丁點兒的依靠。

在這座青磚鋪地的院子裡，因爲多了這個孩子，一切也顯得歡樂許多。老人李筱樓因爲這個孩子而顯得心滿意足。對待王氏這個小妾也更加的溫柔，彷彿要將她所承受的苦，全給補償過來。轉眼間過了一年多，文濤從襁褓到學爬到危危顫顫學走路，嘴裡學著發幾個單音，這一切看在李筱樓的眼裡，都讓他欣慰不已。有一回他在王氏的房裡，看著睡在搖床裡的文濤，這個孩子長得不胖，五官端正，眉宇間倒有幾分英氣。突然想起文濤出生那一夜自己所作的夢，有感而發地與王氏說了起來：

「蓮兒，妳知道嗎？當初爲何我自朝廷引退？不再作官？這其中原因妳來猜猜！」

王氏在椅子上縫著針線，二十出頭的她正像一朵盛開綻放的花朵，她答：

「老爺子自然是有獨到的看法，蓮兒不敢妄加猜測。但，想來是跟外頭的政治局勢有關。」

「妳說的沒錯，我從年輕時，就一直看著朝廷與洋人之間衝突不斷，總想著讀書人應該要以報效朝廷爲一生的志業。我還記得湖廣總督林則徐被封爲欽差大臣，前往廣州查辦，迫使英人交出兩萬餘箱的鴉片，並加以焚燬！呵呵呵，這件事可眞是大快人心哪，好像長期以來所受的悶氣，一下子找到了宣洩的出口。」

「後來不是因此造成鴉片戰爭，割地賠款，還訂立所謂的南京條約。」

「這鴉片戰爭改變了朝廷對外的關係，卻沒有辦法改變咱們對外的心理。大家都看不慣英國人那種驕傲蠻橫的態度，不管朝廷或老百姓，大家對外的心都相當憤慨。……但是可惜啊！這樣忿忿不平的心是沒有用的。因爲積弱不振的朝廷並未因此自強！相反的，底下這些官員的德性，更是比以前來得猖狂。所以，才爆發了後來的亂事。」

「老爺，您指的是太平天國之亂？」

「正是啊！當年一場鴉片戰爭把清廷的威信全打垮了，洪秀全趁機而起，創立拜上帝會，妖言惑衆，說是要作世間的眞主，解救廣大的蒼生老百姓。唉呀！這哪裡是要拯救老百姓，他們燒燬廟宇、焚燒經書，不管是孔孟諸子百家，經史子集，看到書就燒、看到廟就砸，這是什麼行爲？簡直就是暴民嘛！」

「後來老爺不是參加科舉考試，因此還中了進士？我猜想，您當時毅然決然地投入，也是看不下去這樣的亂局吧！」

李筱樓很讚賞地看著王氏，當初迎娶她進門乃是因爲她貌美賢淑，沒想到她年紀輕輕，胸中倒也還有幾分見識。老人捋著鬍鬚，停頓下來，兩眼盯著這個漂亮的小妾，倒盯得王氏有點發慌，害羞了起來。

「老爺，怎麼這麼看人家？您這……讓人發窘啊！」

「蓮兒，我沒想到妳還蠻有見識的哩。唉！這個時代，有見識的女人畢竟是不多見啊！」

「以前在家的時候，爹多少會跟我談些時勢道理，朝廷受到洋人欺壓的事情我是知道的。」

「這也不能全怪洋人，朝廷多年來貪贓枉法的事情層出不窮，軍隊廢弛、盜匪猖獗，我雖則有心報效朝廷，也曾受到重用，官拜吏部主事，但是啊！……」

「就算我的官階已經那麼高，還是有心無力。心有餘而力不足啊！朝廷積弱非一朝一夕，如果我們本身就已經很強盛，外人還欺負得到我們頭上來嗎？後來我辭官告隱，回來經營祖業，其中的原因，就是對這樣的朝廷失望了！」

「老爺，當我還是個小女孩的時候，便常聽到人們談論你。他們稱你爲『糧店後街李善人』呢。那時我就在想，這年頭民不聊生的世局，哪裡還有這樣的人吶！賑濟貧寒、施捨衣食，我父親因此還對您讚不絕口，也因此……才許了這門親事。」

王氏最後一句說得很輕，倒像是說給自己聽的一樣，李筱樓渾然不覺，搭著她前頭的話說道：「唉！世事無常啊，對於出門在外的人咱們總得特別照顧，人窮也並非一輩子窮，有些時候就是在人生的某些境遇裡遭遇到一些不順遂，咱們能幫、有能力幫，就不該吝嗇。反正，這些錢財生不帶來死不帶走，人啊！還是應該常存善心，增長福田啊。」

睡在搖床裡的孩子彷彿聽到了這樣的話語而翻個身，醒了過來。醒來了也不哭，就這麼兩眼睜睜揪著爹與娘瞧。王氏放下手中針線及衣服，起身將他抱了起來。

「濤兒，你醒啦。爹爹來看你囉！」

「濤兒，來，讓爹抱抱，你啊！就是爹常做善事，菩薩才將你送來我們家，你啊！是爹的心肝寶貝喔！」李筱樓將文濤從王氏手中抱過來，文濤的模樣相當討人喜愛，他摸著老人的鼻子，還去摸老人的頭髮。王氏看了，在一旁出聲制止：「濤兒，不可以這樣，不然娘可是要生氣了！」

「沒關係，沒關係。這樣子，咱們父子倆才會親啊。」

隨著李文濤成長的速度，時間在花開花謝之間飛快地奔跑著。一八八三年的夏天，一趟鏢車從鹽產地出發，押運到天津來。李家因為經營鹽業成功，許多地方都有他們的產業，再加上李筱樓曾是朝廷命官，雖已告老還鄉，但因認識不少當紅權貴，在各地辦起事來多少會給他方便，所以李家的生意為他們賺進大把大把的銀子。這年，李文濤虛歲已經四歲，正是活潑好動的年紀，一聽到家裡來了鏢車，便也爭著要出去觀看。而他們所住的三合院前的門樓平日是不開的，今兒個可是四扇平門全都給卸下了。來鏢共有五輛大車、三十多人押鏢，熱熱鬧鬧的，就像是家裡在辦喜事。文濤跟著大人身後跑，而奶娘則在一旁追著護著。她氣喘吁吁地說：

「小少爺，你也停一會兒，等等我啊！」

「奶娘，快來，他們要把東西運到哪裡去呢？」

「這個一箱一箱的財物，是要推到櫃房去的。裡面裝的可都是白花花的銀子哪！」

文濤跟著鏢師與家丁來到櫃房門前，看著寬廣的屋子裡，好幾排架子堆的都是同一款式的木箱，這是他第一次看到自己家中的錢財，竟是如此多。他問：

「這都是我們家的嗎？」

「這些都是老爺辛苦經營鹽業所賺來的，夠吃住上好幾輩子了。」

「一個人，能有好幾輩子嗎？」

跟隨著奶娘回到院子裡，文濤看見爹爹在大廳裡與人談話。於是他又趁奶娘一個不留意，跑進大廳去。一進門，他便被眼前一襲袈裟所震懾住了，愣了會兒，連忙轉到老人身後，緊緊抓著老人的短掛。半露出臉來偷瞧眼前這個人，他身上穿的衣服可真是鮮豔極了！有好亮眼的色彩……橙色、黃色、紅色，而且，他還竟然是個大光頭！脖子上掛著一串長長的珠珠。這個模樣奇怪的人笑瞇瞇地看著文濤，長長唸了一聲：「阿彌陀佛——」

李筱樓呵呵地笑了起來，他將孩子從後頭攬到前面來。對著眼前的大和尚介紹：

「這是我的兒子，李文濤，排行老三，又叫作叔同。你別以爲他這是怕羞來著，可不！這孩子皮得很，一個不留神，就算天上他也去得成。有時啊，不知道跑去哪兒給躲起來，全家出動都未必能找得著哩。來，告訴爹爹，你剛剛跟奶娘去看了什麼？」

文濤還是悶悶地不講話，兩眼揪著大和尚瞧，一與大和尚對望上了，又趕緊把目光移開。他對這個和尚眞是好奇，爲什麼他跟所看到的平常人都不一樣呢？大和尚的臉紅通通的，像喝了酒，他一直笑，好像正在笑他呢！於是他跺著腳，嘟著嘴，不想理這個奇怪的傢伙。

「怎麼啦？怎麼鬧起彆扭來了呢？呵呵呵，上人，你看看我這個孩子，可挺有個性的吶！」

「阿彌陀佛，東翁，這位施主未來可是不得了的人物哪！」

「上人，您別開玩笑了。這孩子才四歲，未來，可還漫長著呢。」

李筱樓摸摸文濤的頭，心有所感，頓時沉默了下來，他微微輕嘆著：

「哎，父老子幼，恐怕，我是看不到他長大的模樣了。」

「東翁，你也不需多慮。依我看，這個孩子將會非常出衆，不僅文才拔群，恐怕連東翁你這世俗之名，也得靠他才能傳諸於世啊。」

「呵呵呵，我好歹也當到了個朝廷的官，難不成我這孩子是漢朝的曹植、唐朝的李白？宋朝的朱熹？上人，您就別再尋我開心了。」

「東翁不信？」

「不是不信，是……難以預知呀！」

「出家人是不打誑語的喔。」

「呵呵，上人，不是我愛跟你抬槓，而是，我經過了這麼幾十年的動動盪盪，官場是非、宦海浮沉，對許多事都看開啦。唉喲！你看看我，怎麼竟然跟上人說起道理來啦？」

李筱樓摸摸頭，講著講著竟笑了起來。李文濤看著爹爹與大光頭有說有笑，終於忍不住，鼓起勇氣來問：「你這個光頭是從哪裡來的？我怎麼從來沒見過你？」

學法上人與李筱樓被這突如其來的一句話愣住了。兩相對望，猛然噴飯一般爆出笑聲：「哈哈哈……，你這孩子好大的膽子！貧僧已經有幾十年，沒被人叫過光頭啦，你可知道說出這句話的後果？嗯？」

「上人別介意，童言無忌，大風吹去。雖然這光頭叫得也挺貼切的，但你千萬別往心頭上去。小孩子不懂事，沒惡意的。」

上人作勢假裝凶惡的樣子，表情裡有威脅的意味。

「我不怕你，光頭就光頭，又不是什麼可恥的事情。」

「好，說得好！眞是一語驚醒夢中人。這個世道，可還有很多人瞧不起我們這些出家當和尚的呢！難得你有如此的見解。」

「上人您就別再逗這孩子了，別人我是不知道，但我對上人的心，對佛陀的心，可是虔誠無比的哪！」

「文濤，你可知道出家作和尚，爲何要剃個大光頭？」

「這樣比較涼嗎？」

「是比較涼，但是，是心裡面的涼，剪去三千煩惱絲，就是希望斬斷世間的情與慾，不再爲這世間事而浮浮沉沉。」

「結果還是擺脫不掉我這世俗庸人，老是麻煩上人往我這兒跑。」

「那是我與東翁的緣份，您老這又見外了！」

學法上人一邊說著，一邊蹲下身來，靠近文濤，仔細地觀看這個孩子：

「更何況，能來與小施主見面，也是我莫大的福份……。」

「你還沒回答我的話呢，大光頭。」

「喔，文濤小施主。我從東門佛泉寺來，若要推到更早，是從娘胎來，或者……，是從一個我也不知道的地方來的。至於我的光頭，是我師父幫我剃的，這種行爲最早可能來自於印度，也有可能是從西方極樂世界來的吧……」

隔一年，桂花飄香的季節，李家宅院裡如同往常一般作息，河東老人李筱樓正在佛堂誦經，叩、叩、叩、叩的木魚聲規律地響著。這是他每天早晚課時必定會作的事。也不知怎地，他今天在誦讀金剛經的時候，心情特別浮躁。騷動著、不安著！好像有什麼事情即將要發生。他的胸口感到悶悶地痛。於是他將經文唸一個段落後就端坐著，全身放鬆，感覺身體裡有一股力量不斷衝撞，他突然意識到什麼……，於是將眼睛閉起來，口中默念阿彌陀佛。

晴空朗朗的八月，一陣一陣微微的海潮音遠遠傳來，一波比一波大聲，並且在他的身體裡面洶湧、奔騰。漸漸地，李筱樓在黑暗裡又看到從海中冒出來的觀音菩薩，他記得這尊菩薩，便是祂將文濤這個寶貝孩子帶來給他，讓他在晚年的生活裡增添了不少歡樂。他與菩薩正面相望，菩薩的容顏裡有慈悲的神情，在黑暗裡，他看得清楚菩薩蓮花座下的那片海，以及菩薩的衣裝、樣貌，也不覺得不敬，也沒有跪下，直覺意識到菩薩是來帶領他，前往另外一個世界。空中傳來悅耳的音樂聲，他微笑著靜靜聆聽……。

「老爺，老爺——」

有人遠遠地呼喊他，李筱樓回過神來，原來是管家李升。正站在佛堂門外，喚著他。這佛堂平常時候老爺在誦經打坐，下人們是不許打擾的。李筱樓睜開眼睛，也沒生氣，溫和地問道：

「李升，有事嗎？」

「老爺，您還好吧？我正好從外頭經過，看見您在裡面痛苦的樣子。您額頭上冒這麼大顆的汗珠兒……，要不要我去幫您找大夫來？」

李筱樓這才感覺到腹中絞痛，已經讓他汗如雨下了。這幾天也不曉得是吃了什麼不乾淨的東西，肚子相當不舒服！今天更是疼得厲害。

「大夫不用請了，你攙扶我回房，先喚文熙和文濤來，然後快快去東門佛泉寺，找學法上人前來，懂嗎？找學法老和尚快來。」

攙扶老爺子進房後，李升直奔前去東門佛泉寺，一邊走一邊心中嘀咕著：

「老爺子有病不找大夫，反而找來了和尚……，這請和尚來家裡，唉呀！不好，這可是件不吉利的事。莫非老爺子……莫非老爺子……。」

李升不敢再往下想，走著走著漸漸小跑步了起來，腳步踉蹌，竟差點兒跌倒在地上。

文熙與文濤被喚進了房，文熙長文濤十二歲，如今站在床邊，已不是四五年前那般黑黑瘦瘦的孩子，而是一個亭亭玉立的少年了。文濤一進房間，就往爹爹身上撲了過去：

「爹爹您怎麼了？大白天的，怎麼躺在床上睡覺呢？」

「爹爹身體不舒服，爹爹就快要到很遠的地方去，不能再陪你們了。」

「爹，您別這麼說。我去給您請大夫。」

「文熙，不用費心了。別走，我有些話要跟你說。」

「文熙，我這一生自認無愧於天地之間。我們祖上是從山西洪洞縣大槐樹下，隨燕王歸北而移民到天津來的。他們原本是一無所有，靠著在市街上串街賣布爲生。一直到我，有機會經營鹽業，咱們家才漸漸興盛起來了。所以，千萬不可以因爲我們家裡有些錢，就恃寵而驕。」

「爹，我知道。這些道理您早就跟我們講過了。」

「你們的大哥文錦早年夭折，咱們李家就只剩下你們兩兄弟，雖然你們並非同一個母親所生，但都是我的心肝寶貝。文熙，在年紀上你比弟弟大上一輪，以後父親不在，除了你的姨娘之外，對這個小弟弟，你也得多費些心力、扶養他長大、讓他好好的受教育……。」

李文熙聽父親的話，心中甚是酸楚。他的話語好像正交代著遺言，一字一句，都是對這個家族的掛心。他想安慰父親，但又能夠說些什麼呢？

「以後這個家，就要靠你來撐持了。」

「爹，我知道。對文濤，我一定會盡力讓他讀書，教他爲人處事的道理。我會好好照顧他、還有姨娘，絕對不會讓他們受到一丁點兒委屈。您不必擔憂，先好好休息吧。」

李筱樓知道文熙雖不是絕頂聰明，但他的個性耿直樸實，卻也是讓他無可挑剔的。他的眼光重新又落回文濤身上，凝視良久，深深地嘆一口氣！這個孩子從小就展露出一股不同於平常孩子的資質，不僅聰明、而且極富感情。老人如果有點遺憾，就是來不及看到他長大，看不到他的未來，無法成爲能夠幫他遮蔭蔽日的一棵大樹。但這也是莫可奈何的事情了。

一個時辰後，管家帶著學法上人跨進了這座宅院的大門。上人一跨進李筱樓的臥室，便知道這一趟路管家催促得這麼急的原因了。老和尚的額頭上還冒著汗，看見老人躺在床上，家人圍繞在側，於是深呼吸了一口氣，才說：「東翁，可還好嗎？」

「上人，您可來了。我已經準備好，請上人為我誦唸《金剛經》，助我往生極樂。」

「一切都交代好了嗎？此生再無罣礙，世間一切，有如過往雲煙，放得下與放不下的，全部都得放下！」

李家大大小小，一聽老爺這麼說，乍時像一鍋煮開的水，沸騰了起來！有些婢女、太太、丫頭、婆子們知道消息，便都忍不住嗚嗚咽咽哭了。李筱樓手揮一揮，示意在房間裡的眾人都退出去。這最後的一程，他想在佛陀的世界裡，靜靜地離去。

「大家都出去吧。不要再有講話，孩子們也都出去，家裡的男男女女都別哭，哭就會干擾我，讓我分心而無法離開。讓我安靜地聽佛說話吧！讓我就這樣，心無罣礙的走進佛陀的光裡面去……。等我過去了之後，學法上人會告訴你們，什麼時候才可以搬動我、移動我。到時候，一切就聽從上人的安排吧。」

一堆人被趕出臥房，管家李升猶仍在房裡逗留了一會兒，然後才輕輕將門掩上，出來。一大夥家人仍在外頭等著，盼著，心裡就巴不得所見到的這一切不是真的。李升難掩悲傷的神情，對著大家，遲疑了會兒，然後放開嗓子說話：

「兩位少爺，在場的太太、各位李家的老少長輩們，我同大家一樣的悲傷、難過，我也想放開聲好好哭一場，但是不管怎樣，老爺子交代，讓他在這最後的時間裡安安靜靜地走、平平順順地走。所以，各位要哭的話，儘管回房間裡去哭吧，但可別讓老爺子聽見。老爺子……平日待我們可不薄，他這麼點兒心願，就盼著大家的成全哪……。」

大家散去之後，房間裡傳來了學法上人的誦經聲，一字一句，在規律而舒緩的聲音中帶著一分堅定：「……時長老須菩提，在大衆中，即從座起，偏袒右肩，右膝著地，合掌恭敬，而白佛言……」

老和尚的聲音，清清朗朗，漸漸讓人感覺出它的重量。就像一隻在夜空中哀哀鳴叫的鶴一樣，幽遠而沉重。當他唸到「復次須菩提，菩薩於法，應無所住！」的時候，老人的眼睛突然睜開來，凝視著上人，過了一會兒，並且流出眼淚來。老和尚知道這是一個靈魂要脫離肉體之前，最後的回眸一瞥。但是這一瞥，是極危險的，因爲有可能就因此產生對世間的留戀，而未與前來迎接的菩薩一同離去，竟導致滯留世間成爲孤魂野鬼。於是他大聲棒喝：

「應、無、所、住！」

「行於布施，所謂不住色布施，不住聲、香、味、觸、法布施，須菩提……」

老人的眼睛又閉了起來，耳朵裡聽到輕輕敲著木魚的聲音，還有清脆幽揚引磬的聲音，他的心情漸漸平復，所有的不捨與悲念，就全都放下了吧……。梵音微微揚起，他見到了前面有一團光暈，於是便頭也不回地向它走去，讓色相肉身，歸還給大地。

學法上人周而復始，一遍一遍地念著《金剛經》，從下午到傍晚，從傍晚到深夜，他愈念愈小聲，直到全在口中默念，心中默念。他幫助著河東老人李世珍，將這屬於人世間的最後一層外衣脫掉！他靜靜地陪著他。

彷彿有微風吹開了臥房的簾子，從門外走進來一個孩子。不是別人，正是文濤！他停在外頭的門檻上，安靜地看著臥房內，看了好久好久。光頭老和尚盤腿打坐著，閉著眼睛，口裡唸著經，聲音低沉，卻是那麼地莊嚴。他不知道該如何形容這種感覺？心中想著：「爹爹是死了，死了就是這樣嗎？安靜乖乖不動的躺著，沒有痛苦……，那麼爲什麼二哥及娘哭得這麼傷心？」

死，他懂，但大家哭得這麼傷心，他不懂！

李文濤退出臥房，他想讓爹安靜地走。他今年已經五歲了，他知道，從此爹爹不能再陪著他玩，不能讓他躲在他的衣服後面，以後他就再也見不到爹爹了。因爲爹爹說過，他就要到很遠的地方去，文濤知道，爹爹已經出發，去一個很遠的地方……。

第二天，李筱樓的肉身再也沒有半點兒知覺，老和尚開始吩咐，由李家的家人辦理喪事，才開始可以表達對他的思念，可以公開地哭。而佛泉寺也來了一批和尚，替往生者誦經、念佛。學法上人也在李家的宅院裡主持老人往生的法會。

對於年僅五歲的李文濤來講，看著家人哭得淚汪汪，哀號得死去活來，並不如看大和尚穿著鮮豔的袈裟在搭起的台上念經、作科儀，及一些奇怪的動作來得有趣，更何況大和尚還會在念了一個段落之後撒一些米呀、水呀，還有糖果、糕餅、銅錢等。他的心中，對這樣的法事是多麼的好奇啊！這件事情，深深地吸引著他。

第三章

三合院裡，孩童的聲音嬉鬧。一群孩子跑過來又跑過去，玩著跑龍柱的遊戲，七八個孩子分爲兩組，各自佔據一個據點。然後各自派出引誘敵方的人來追逐，跑來跑去，是遊戲，也是運動。幾個孩子都是在李家幫傭的下人的孩子，只有文濤，是這個宅院的小主人。這樣的遊戲玩久了，大家有點喘、也有點膩了，想換個別的遊戲玩。一個剛才沒玩跑龍柱的小女孩說：

「我們來玩扮家家酒。」

「那是女生玩的遊戲，一點也不好玩。」

「那要玩什麼？」

「玩捉鬼！大家來猜拳，猜輸的當鬼，其餘的人躲起來。」

「這個昨天、前天都玩過了，今天玩點別的吧。」

「那玩些什麼呢？文濤小少爺，你覺得我們今天玩什麼好？」

「嗯，不如來玩點新鮮的，來玩放燄口！我來當大和尚，就像我爹過世時，大和尚來我們家作法會一樣……。」

於是一堆小朋友就各自去拿了器具來。有碗啦、筷子，木棒、槌子；而文濤則進屋子裡找了一件紅色大披風披在身上。一夥小朋友在文濤率領下來到大廳前的石階，文濤坐在上頭，開始對底下敲著碗，假裝敲引磬、拿著筷子敲石頭、然後敲木魚，對著孩子們說法：「阿彌陀佛，吃齋念佛。各位沉淪在世間的眾生啊！苦海無涯、回頭是岸。早死早超生，阿彌陀佛，青菜豆腐，人間是一片的哀愁，什麼是哀愁？就是有哀又有愁，快快回頭，回頭向佛。」

「阿彌陀佛！」

「恕你無罪，免下地獄，直上天堂，送你直達西方吃蘿蔔，青菜蘿蔔還有芋頭。」

「阿彌陀佛！吃個老母豬不抬頭。」

「別囉哩叭嗦，你這個大光頭……。」

「誰光頭？光頭也比不上你豬頭！」

「哇哈哈哈……。」

底下的孩子冒出一句句童言童語，大家笑得倒在地上，推來推去，好不熱鬧。正在歡笑時候，大廳裡走出來一個冷若冰霜的婦人，一張臉拉長得像個晚娘，一跨出大廳門檻，馬上冷冷地說：「是從哪裡學來這些沒家教、不吉兆的話？老爺子剛死，就任由你們這些野孩子這樣胡鬧？不恭不敬？」

「二娘，我們沒不恭敬啊，大家不過鬧著玩，別當眞，還挺有趣的呢！」

「有趣，把老爺子的死當有趣，是嗎？玩這些超生度死的法事挺有趣的，是嗎？你娘是怎麼教你的？教出這副德性來。」

文濤不再說話，但他心裡不高興，這不高興的表情，可全都寫在臉上。其餘的小孩見狀，紛紛撐著腳走開。文濤不打算理會無理的二娘，正要離開，二娘反倒移動了腳步，擋在他面前，叉著腰說道：「文濤，我告訴你，以前有老爺子給你和你娘撐腰，我就認了。但你今天給我弄清楚一件事，那就是老爺子不在了，如今是文熙，也就是你二哥撐起這個家的一切大小事，情勢不同以往了，這點，你們母子可要有點認識……。」

正當二娘堵住文濤，訓斥他的時候，文濤的娘王氏，由廳堂一端走了過來，剛才一起玩耍的孩童前去通報，所以王氏前來的腳步，顯得有些兒急促。她一轉出廳堂，就聽到二娘說出如此譏諷的話，她也不吭聲，拉著文濤的小手轉身就要離去。

「怎麼？臉皮這麼薄，禁不得人家說兩句？轉身拍拍屁股就打算走人，連招呼也不懂得打一聲？我說得倒沒錯，眞個是沒家教！」

「二娘，我尊重妳是姐姐，但並不表示就可以讓妳踩在我們母子倆的頭上。妳眞要這麼出口傷人，我想文熙少爺不會同意，就算文熙少爺同意，死去的老爺也不會同意！老爺屍骨未寒，妳就這麼欺侮人，妳的心裡還存在著老爺不？」

「唉喲，我都還沒教訓妳，妳倒訓起了我來？妳以爲還有老爺子給妳當靠山？告訴妳，沒有啦！老爺子死了，再沒人給妳撐腰，美夢該醒了！文熙是我兒子，我想他是講道理的。」

「那就要看看你扯得是什麼道理？我想，二少爺已經年滿二十，他會有自己的判斷！」

「很好，那咱們就走著瞧，看看道理是站在誰這邊！」

在文熙的房裡，張氏一進門就往椅子上坐，伴隨著她所帶進來的低氣壓，文熙雖然不那麼敏感，也能清楚地感受到。他走到娘親身旁，也坐下來，兩人之間隔著一張茶几。文熙問：

「娘，又怎麼了？誰給妳晦氣受？怎麼一張臉繃得這麼緊，氣鼓鼓的。」

張氏將臉轉向另外一邊，故意不理他。她胸口起伏著，硬是從眼眶裡逼出幾滴眼淚來。她拿出手絹擦拭淚眼，也擦掉了一堆厚厚的粉。她鼓著自己的情緒，眼淚流得越來越眞誠，倒眞像被人欺侮得很慘了。

「娘，怎麼了？誰給您罪受啦？在這個家裡還有人敢惹妳傷心、惹妳生氣嗎！……」

「告訴我，我做主，我來替妳抱不平，出主意。」

「你能做得了主，拿得定主意嗎？」

「大不了給他幾個錢，開革他們，叫他們捲舖蓋走路，離開我們家。」

「能嗎？尋我晦氣的，就是你那個鬼靈精的弟弟，還有那個用美色迷惑你爹的姨娘……」

「怎麼啦？弟弟才六歲，能尋妳什麼晦氣？」

「他率領一堆小鬼頭，學著人家扮和尙，放燄口，領著一群小鬼唱和應答，說的話可挺溜的。但這是在咒誰啊？老爺子剛過世不滿一年，他這不吉兆的舉止，我不該說他兩句嗎？不得了啦！你姨娘就出來教訓我啦！說我欺侮她孤兒寡母，還拿老爺來壓我。我能怎麼辦？我也只能忍著這口氣不跟她一般計較……。」

「那不就成了！」

「可我……，可我嚥不下這一口氣。」

「好歹他是我弟弟，爹生前最後的遺言，就是交代我，得好好照顧這個弟弟。我總不能違背他老人家的心意吧。」

「你這個弟弟，我就不知道他的腦袋瓜子裡，到底在想著些什麼？你若不好好教育他，等他日後長大，恐怕，要給咱們家帶來災難啊！」

「好啦，這事我知道。我會教育他，姨娘的事我也會盯著，不會讓妳吃虧受氣的，這樣總成了吧。」

「就盼你不只口頭上應付我，嘴巴上說說就過去了。」

「怎麼會呢？妳是我的親娘啊……。」

書房裡，文濤每天都被鎖上幾個鐘頭。文熙要他讀書，從《三字經》、《千字文》、《朱子家訓》、《養性篇》、《黃石公素書》一直到《論語》、《孟子》、《大學》、《中庸》，乃至於秦文、漢文、唐文……，像要塡飽一隻鴨子般地，硬塞進這個小傢伙的腦袋裡。文熙倒也並非努力要栽培這個弟弟，而是寄望在這樣的教忠教孝傳統思維裡，可以將這個弟弟訓練成服從三綱五常、服從這些君臣思想、長幼有序的人，但很明顯，這個古靈精怪的弟弟，鎖得住他的行爲、卻鎖不住他天馬行空的思想與靈魂。

有一天，文熙徹夜未歸，家裡的下人急著四處找，最後將他從迎春樓的姑娘房裡給拉了回來。一夜宿醉，文熙因爲頭痛，也沒人敢說他兩句，連二娘也迴避得遠遠的，更別提他新近過門的妻子，哪敢吭個一言半句。這個家現在可是他最大，全歸他管哩。他跌跌撞撞地進了書房，文濤正在朗讀《古文觀止》，一見這個哥哥，沒好氣地轉過身去，繼續背誦他的文章。文熙見弟弟不搭理他，就在椅子上坐了下來，一邊哈著酒氣，一邊沒頭沒腦的問著：「瞧，我這個弟弟脾氣也挺大的呀，不甩我？你正在背《古文觀止》是嗎？好！我來問問你，從古文裡學到了什麼知識、什麼道理？」

「講道理，昨天你一整晚沒有回來，又是個什麼道理？整個家鬧烘烘，就生怕你出事，有個什麼三長兩短，你懂道理嗎？倒教教我。」

「唉呀！我這個好弟弟竟然管起我來了。你這是關心？還是詛咒我吶？三長，哪三長？兩短，哪兩短，你才幾歲，十歲！就學人家嚼舌根。要你讀書倒讓你學會如何數落我的不是！」

「爹爹過世才幾年，你整個人就變了樣，你懂得管我，為什麼不懂得管管自己？」

文濤詞鋒銳利，倒讓文熙愣了一愣，但他隨即醒神，說道：「嫌我生活過得糜爛是嗎？我不過泡泡戲園兒、捧捧娘兒們，這算滔天大罪，是嗎？唉呀！我忘了這個小弟弟才十歲，還沒見過世面！在這三合院裡，在咱們李家的大宅院裡的生活，說眞格的，是既枯躁又乏味！你懂得數落我，等你長大，我倒要看看你，如何數落你自己……。」

文濤年紀愈長，心裡某部分便愈加瞧不起他這個哥哥。也許是從書中所獲得的做人道理，跟現實上應證在文熙身上的，有很大的出入。這個家裡誰都不敢多說他兩句，造就了他益加地放肆，縱情於戲園子，捧戲子、娘兒們，還整夜不歸。文濤心中有點兒惱，每天關在房裡要他讀四書五經，為的是學得跟他一樣嗎？文濤感覺著這其中有某部分的虛假，他無法接受。他說：

「要等我長大，也不晚了，再過幾年，我也能跟你一樣，但我不想跟你一樣。你對外面的朋友、公子哥兒、戲園娘兒們可挺好，總是笑臉迎人。但是對我們家裡的人、來討飯的乞丐，以及靠我們家吃飯的貧苦人家，卻老擺著一張臭臉。這我可學不來，也一點兒都不想學。」

「不學我，成。但是你能不學咱們老祖宗留下來的財產與智慧嗎？不行！好歹這是爹臨終前的交代，想學是最好，不想學你也得學！否則你就是對不起爹。我這樣說可夠明白了嗎！」

文熙站起身，不想再和這個伶牙俐嘴的弟弟爭辯，這個年代，哪家的公子哥不泡泡戲園、上上酒樓，捧捧小娘兒。這是一種社交上的需要，也是一個正常男人的需要，難不成要他整天待在這幢宅院面對著一窩子女人爭爭鬥鬥？他著實厭煩母親老愛計較與姨娘之間的瑣碎小事，他也惱姨娘根本不把他放在眼裡，在說話、行爲態度上老有自己的主張。有時他想：

「不過就是爹的一個小妾嘛！有什麼了不起。」

但每當姨娘在最後拿出爹來當王牌，祭出這法寶時，他也就沒轍了。正當他要甩門出去，卻聽到文濤低聲地自言自語：「你比不上爹爹，窮人都愛爹爹，但他們可不愛你。你差爹爹可差多了！爹爹在時還辦了一個『備濟社』賑濟貧寒、施捨貧困，你辦了什麼？連『備濟社』都停掉，你有施捨，就施捨給那些戲園戲子與小娘兒，恐怕，這世界上，也只有他們瞧得起你……。」

文熙回頭，狠狠盯了這個弟弟一眼，臨出門前，冷冷地說了一句：

「咱們這個家，就屬你最瞧不起我，還有你娘。好歹，我現在是這個家的主人，你唯一能做的，就是給我乖乖地守在這座宅院裡，鑽研學問。告訴你，這是你唯一的出路！哼！」

文濤氣沖沖回到臥房，猶仍喃喃唸著：「有什麼了不起？還不是爹爹留下來的產業，又不是靠你的本事賺來的，憑什麼訓我？自己成天在外面野，回來卻教我要忠孝仁義，誰服氣你哼！」

踏進房門，氣頭仍未消，一張嘴翹得老高，簡直可以吊上三斤豬肉。一群貓咪五六隻圍靠過來，喵嗚喵嗚叫個不停，有幾隻還在他的小腿肚子磨蹭，討他的歡心。他蹲下身來，愛撫貓咪的身軀，一邊順著牠們身上的皮毛，一邊唸著：「虎斑、獨眼、小乖、將軍還有小皮，還是你們最好，不會給我氣受！而且陪我作伴，從來也沒有半句怨言。」

「濤兒，怎麼啦？誰又給你氣受？」

文濤的母親王氏從外頭走進，正好聽到文濤對著貓咪自言自語，她心裡不忍，這個年紀的孩子，沒有像文濤這麼孤單的，但她又能說些什麼？只有讓這個孩子及早養成獨立的個性，才有辦法在這個家裡生存吧。她走到文濤的床上，坐了下來，文濤起身倒茶，隨侍在側，王氏說：

「我曉得你對你哥哥的一些行徑不以爲然，但畢竟你們是同一個父親所生的親兄弟，這點血脈淵源來自同一出處，是不可分割的啊。」

「娘，我知道。我只是氣他表裡不一，老要我讀那些八股的老東西……。」

「你別瞧不起這些老祖先留下來的智慧，你的爹爹可是朝廷進士出身哩，學問本身是沒有錯的，全看學到的人怎麼用它。娘也希望你可以好好充實自己，娘知道，要做一番大事的人，沒有半個是腦袋空空、肚子空空的。」

文濤笑了起來。他用一隻手指著自己的腦袋瓜子，另一隻手指著自己的肚子，調侃地說：

「我就覺得我這個二哥，這裡空空，這裡也不通，不通……。」

王氏按下他的手，溫柔地說：「濤兒，別這樣。你要能這麼笑人家，自己可不能怠惰，得好好讀書，讓自己勝過別人啊！」

「娘，我會的。我才不想當一個『空空』大師哩。」

春去秋來，時光荏苒，文濤在這座宅院裡像一株小樹般地長大，他的功課也重，負擔也大，但他卻也不排拒，照單全收，彷彿他只是張開口，任憑著人家餵食什麼他都吃；前五年，接受文熙五年的啓蒙教育，而後五年，則在家裡設學堂。紮實地死攻「經院教育」，經史子集、四書五經，全都在他小小的腦袋瓜裡轉過來轉過去，盤旋了好幾圈。十一歲讀《四書》，十二歲鑽研《訓詁》、《爾雅》、《詩經》、《說文解字》，並且開始臨帖。臨張猛龍的碑帖，陽剛、霸氣、生猛，他硬是將自己撐飽，成爲一位有料的人，而這一切的努力，全是爲了他娘。因爲他答應了她，要將學問的肚子塡飽。

這年冬天，飄起第一場大雪。天空陰霾遮天，文濤在屋裡讀書，從窗戶外望，管家李升從宅院外頭急步向著書房走來。來到書房外，抖落身上的雪花，口腔裡哈出熱氣，他問：

「小少爺，你有看到二少爺嗎？」

「怎麼了？二哥不在大廳嗎？也許在他的臥房吧，這樣的天氣……。」

「不在大廳，臥房我也去過了，全不見他的蹤影！」

「有急事嗎？看你慌慌張張的模樣。」

「外頭來了些乞丐，還有不少災民，有的捱餓、有的受凍。他們賴在外頭不肯走，趕了又來，我想，是不是給他們一些食物或衣服，打發他們走，也好讓他們可以禦寒，過過冬。」

文濤站了起來，隨著李升往外面走，一邊走一邊問：「整間宅子都找不到他嗎？」

「誰？喔，你說二少爺啊。」

「他昨晚沒有回來？又在哪家酒樓客棧的小娘兒那裡睡了？哼！」

李升素來知道他們兄弟不和，只是沒料到文濤的話如此直接，倒愣了會兒，看著文濤往前去的身影，這個自己從小看他長大的小少爺，如今身影修長，拓拓落落有如一隻大雁孤鶴，在雪中看著他的身影，李升突然興起一股莫名的感傷。他想起了老爺子，人稱『糧店後街李善人』李世珍——李筱樓。轉眼間，從小少爺出生到現在，已經過了十五年，這個小少爺的慈悲心腸，是更接近老爺的。他趕緊跟上去，文濤站在門口，看著宅院外聚集了數十個乞丐、流民。他們看見文濤出現，互相擠蹭著。

「少爺，行行好，施捨一碗粥吧，我們已經好幾天沒吃東西了。」

「我的小孫女快凍死了，小哥哥給件衣服，讓我們可以捱過這個冬天……。」

「公子爺，求求你，救救我們吧。我們眞的是四處求救無門，才再上糧店後街來的。你就看在你爹的份上幫幫我們，你的爹爹可是個大好人、大善人啊！」

「行善積陰德喔，善有善報，救人一命勝造七級浮屠喔。」

人多口雜，嘈嘈嚷嚷令人心煩。文濤轉身對管家李升說：「先升幾盆火讓他們烤烤暖，然後再開倉拿些白米煮粥賑濟他們，並從庫房裡取些暖和的衣服給他們過冬吧。」

說完之後，總管下去發落，很快地運來鼎啊、鍋灶碗杓之類的器具，開始忙碌了起來。

「這些災民應該年年都有吧，過去這幾年二哥怎麼處理的？」

「能怎麼處理呢？這幾年咱們家在鹽業的經營，並不像老爺子生前那麼風光，老爺子在的時候，人面上、關係上都好說話。現在，可不像從前那樣……。」

「所以，爹過世後我們便收起了『備濟社』，不再施捨窮困的人了？」

「早先十年還是有的，只不過規模愈來愈小，而這幾年則已不再開倉賑濟，小少爺你也知道，時局不好，災民便多。災民一多，我們所要花費在這上面的銀兩也多。這種只出不進的事，二少爺漸漸地就不作了……」

正說著話，因爲家丁抱出一些衣服，才拿出門口，就造成聚集的災民互相推擠、拉扯，而原本的災民數也由原先聚在門口的數十人，不到一會兒的時間累積成幾百人，密密麻麻的人頭鑽動，擠來擠去，就怕分不到一件衣服、一碗熱粥。

文濤看著眼前這些又髒又黑又瘦的人們，他很想激起心裡的一點溫熱、同情與憐憫，但他的心冷冷的。望著天上飄降的雪花，他喃喃唸起一首詩句：

人生猶似西山月，富貴終如草上霜。

在這個十五歲的少年心裡，看到這個世界的樣子，也是一片的冰冷、大雪紛飛……。

回到臥房，他感覺一股深沉的無力感，將他整個人往下拖，他覺得很倦怠，就趴在桌上閉起了眼睛。也不是瞧不起這些貧窮人，而是當他看到自己已經開倉賑濟，要給的都會給，而他們卻爭相搶奪的樣子，讓他看不過去！難道這些舊的習性是避免不了的嗎？文濤心想：「也許整個大清朝之所以被列強不斷侵略壓逼、強取豪奪，是不無道理的吧。一葉知秋，由微小處便可以看到整個民族衰弱的地方吧。」

正當他出神，耳邊傳來爭吵聲。仔細一聽，是二娘的聲音，她正跟管家李升在嚷嚷著，好像責怪他未經同意就開倉濟災。

「這些可都是我們李家的財產啊！誰准你這樣拿去給這些乞丐，吃我們家、穿我們家，要不要讓他們也住進來，讓全天津的窮人都搬到這院子裡來，好嗎？」

「二奶奶，我請示過小少爺，是小少爺的意思。沒有經過同意我是不敢擅自做主的……。」

「什麼時候這個家輪到他做主了？他不過是個十幾歲的孩子，能拿什麼主意？你是當二少爺不存在啦，李升，別以爲你在咱們家待了二十幾年，就由得你亂拿主意。我看你心中根本就沒有二少爺的存在！」

「二奶奶，您別折騰我了，就算向天借膽子，我也不敢有那樣的意思，實在是一時之間找不到二少爺，而外面有幾個孩子又已經凍得……。」

「是我叫管家開倉的，二娘要怪，怪我好了。」文濤再忍不住，從臥房走了出來，在長廊上對二娘說：「爹爹生前我們家每年開倉賑災，哪一次喊過窮？哪一次計較過從家裡拿出去多少？有福的人才有機會行善積德。二娘眞要怪罪，恐怕爹爹第一個就要遭您編派他的不是！」

「哼！你爹爹過世的時候你才幾歲？就當眞這麼了解他在世的光景？文濤，看在一家人的份上我得提醒你，你跟你娘的食衣住行，現在可不是靠已經過世的老爺子了，靠的是你二哥——李文熙。好歹你做什麼都知會他一聲！你們是兄弟，我也不好說些傷感情的話，但我看你眼裡多少也尊重一下，否則，按照你這麼不知分寸，這個家裡的爭執，恐怕是沒完沒了……。」

「人必自侮而後人侮之！二哥少花點錢在戲園子養戲子，少去酒樓養小娘兒，就夠這幾百個窮人過一整個冬天了。在我看來，道理就是這麼簡單！」

「好，很好。看你這伶牙俐嘴的模樣，你就將這話留著，等你二哥回來，要他多陪陪你二嫂，這話挺中用，你親自對他說去。」

二娘走後，文濤打發李升繼續打理災民的事。自己則轉身，向母親王氏的房舍走去，貓咪小皮與小乖從屋子裡繞出來，尾隨著他，不斷用貓背去磨擦文濤的腳，文濤停了下來，抱起小乖，撫摸著牠，一遍又一遍地順著牠的皮毛，但他的心思完全不在貓咪身上。他發著愣，喃喃自語說：「在這個屋子裡，在這座宅院中，我的心裡，都這麼難過了，娘怎麼過？娘怎麼過？每天要看二娘的臉色，要看二哥的臉色！自從爹爹死後，娘的笑容，就只有在我的面前存在……，這座宅子，根本就是一座牢籠！」

不管這個家是座怎樣的牢籠，他還是得待著。直到他成長茁壯爲一個大人，否則，怎樣他都飛不出這個家門。

光緒二十一年，西元一八九五年，他已經十六歲，身子骨又抽長不少，這天他正跟著天津名士趙幼梅學詞，學一些詞牌名及韻腳該如何使用等等，對這些，他是有興味的，原因無他，在這些古人的情思裡，他或多或少可以找到知音。

課程一結束，與老師走出屋子，他發現有一個朋友在外頭等他。文濤一時高興，雀悅得簡直要跳了起來。

「蓮溪兄，你怎麼來了？要來之前也不通知一聲。」

「怎麼通知呢？」蓮溪興奮的神情中不忘對老師點頭致敬，與文濤一起送老師離開後，文濤迫不及待地牽起蓮溪的手，往卧房裡走！

「這回我可不再輕易放你走，好歹得在這兒住上兩天，同我說說外面的世界。」

「別急別急，今兒個我既然來了，就不會這麼放你甘休。我呀，一定把你吵得耳朵發聾，你可得先有心理上的準備啊！」

「走，先見我娘去。她一定很高興，終於有人可以跟我說說外面的世界……。」

「怎麼，你二哥文熙不同你說外面的變化嗎？」

「得了，別提他。我跟他之間隔著一道溝，他的世界，與我的世界，是沒有交集的。」

「唉呀！這一陣子可發生了不得了的事情啊！」

「你先別講，等見到我娘，再一同聽你說……，這回可不讓你隨隨便便又跑掉了！」

文濤的眼神裡充滿了光采，見到了朱蓮溪，就像開了外面世界的一扇窗。不管怎樣，總是可以解解他的悶氣。他對外面的世界，有著極大的嚮往！

進到母親所住的屋子，母親正在發愣，一看兩個人前來，趕緊起身來慌張收拾東西，一個不小心，手邊的兩本佛經掉落地上，她趕緊撿起來，塞到襟袖中去。

「娘，娘，我帶一個好朋友過來看妳，娘，妳在嗎？」

打開屋門，看到的王氏是個三十多歲的婦人，但是她的神情與容貌，卻有著超出年齡的滄桑。他難得看兒子有什麼朋友來訪，更別提是帶到她的屋子來，所以她感到異常的活潑氣氛，籠罩在文濤的身上。

「娘，這是朱蓮溪朱大哥，朱大哥，這是我娘。」

「伯母好，跟文濤聊過兩回，很投緣。今天再度前來打擾，希望沒有影響到您的休息。」

「怎麼會呢？文濤難得有朋友來找他，你能聊，他肯聽，這我要謝謝你都來不及了呢，怎麼會打擾呢？朱公子客氣了。」

「蓮溪兄，快說快說！外頭發生了什麼？朝廷又打敗仗了嗎？」

「這回呀，不止打敗仗，從去年開始，日本人便一直想找藉口侵略。果然，就給他們找到了機會，因爲朝鮮東學黨作亂，朝鮮國王請我們朝廷派兵協助平亂，這一去就出亂子啦！」

「爲什麼？啊，我知道了，一定是跟日本人起了衝突。」

「正是，你知道，十幾年前日本與我們都因爲朝鮮的情勢不穩而派兵進駐，並且因此有些衝突，雙方訂定天津條約，約定如果日後要再派兵朝鮮，必須先通知對方。而這回朝廷依約通知，卻因此引來了一隻大老虎。哼！他們啊，早就有侵略的野心！」

「之前，我聽老爺分析政局時勢，就知道日本相當難纏。聽說他們明治維新後，一切都突飛猛進，新式的海軍、陸軍，全部都向西方看齊呢。」

「他們一定是感受到再不發奮圖強，就有亡國滅種的危機吧！」

「可不是嗎？我們不是也面臨了同樣的處境嗎？差別就在他們懂得變，也敢於去變！反觀我們，一直拖延。洋人侵略也不是一天兩天的事了。不變啊！再過不了多久，恐怕就要慘遭滅亡之禍啦。」

文濤第一次這麼強烈地被撞擊著！對於國家與未來，他總是懵懵懂懂地聽聞一些，從來不曾像這次這麼清楚了解到朝廷所面臨的危機。這些危機這麼遙遠，從不曾在這座宅院裡掀起過什麼波瀾，所以他也就過著閉鎖的日子。但是，蓮溪的一番話，幫他打通迎向外界的天光！

「朝廷其實也早有變革之心，也興洋學、學習西方的科學與技術。但總是各辦各的，彼此之間還未必能有所關連。這樣的情況，恐怕能學到的也只是皮毛，相當有限。唉！我很擔心啊。」

文濤與王氏眉頭都揪在一起，他們已經聽到了一個令人憂心的未來。

「朝廷在十年前成立海軍事務衙門，隔了幾年後又成立了北洋艦隊，但是在去年八月，在大東溝附近的黃海海域跟日本打了一仗，我方的軍艦沉了五艘，而有七艘嚴重受創。今年年初，日軍攻進威海衛，北洋艦隊殘餘軍艦，竟然不堪一擊、盡數被燬、全軍覆沒！這是在海戰的部分，而陸戰，今年的二月，我遼東已經盡失，全讓日本人給拿去了！」

「拚不過嗎？我爹曾說從幾十年前朝廷便開始進行自強運動，成立總理衙門，製造船砲以及編練陸軍、海軍等等，難道這一切都沒有用嗎？」

「養兵千日，用在一時。所有自強運動的結果，在這次的戰事中便可以看出成效了。」

蓮溪搖搖頭，他的擔憂感染了文濤。文濤的情緒由興奮、高亢，沉跌爲鬱悶。蓮溪看著文濤心情明顯的低落，於是伸出手來搭在文濤的手上：

「你別以爲打敗了很慘，更慘的是，每次在戰敗之後被強取豪奪的條款，更是讓人痛心！二月，李鴻章以全權大臣的名義，赴日本與伊藤博文在馬關會面，並且簽定條約，除了要朝鮮自主之外，還要我們割讓遼東半島、台灣以及澎湖，賠銀兩萬萬兩，開港埠，並且給他們一大堆的優惠……。」

「眞是混蛋！難道我們眞的沒辦法對抗他們？爲什麼我們的海軍這麼不堪一擊？」

文濤將手指掐出了痕跡來，他的激動，連他的母親平常都難得一見。蓮溪微微低頭，壓低聲音說：「老佛爺將錢挪去建頤和園，經費不足，加上軍紀鬆弛，這甲午戰爭，能不敗嗎？」

王氏心中有著些許隱憂，他知道這孩子的個性，他是那種一旦在心中有了意見，便不容易輕易更改的人。她擔心朱蓮溪這一番話，會給文濤的未來帶來麻煩。

「濤兒，朱先生，今日天色已晚，待會兒一起用餐吧。這國家的大事，恐怕也不是三言兩語可以說得完，待到晚上，你們倆把燭再叙吧。」正說完，揮手要他們稍作歇息，原本藏在袖中的佛經卻掉了出來。文濤與蓮溪一看，是本線裝的《金剛經》。

當天晚上，文濤早早地就把蓮溪拉到臥房。他想知道外面的世界、想了解那個跨出這座宅院便截然不同的世界。之後，他們天南地北地聊了許多，文濤的興緻又來了，他拉著蓮溪的手說：

「今晚你也別去睡客房啦，就在這兒與我一起窩，好嗎？」

「這麼看來，恐怕今晚我是別睡了，得陪你聊到天亮，你才肯放過我？」

「沒錯！你就認命吧，誰叫你打開了我往外頭看的窗子？這可是你自找的！」

沐浴之後，換過衣服，文濤與蓮溪雙雙鑽進被窩，文濤異常興奮。他可是第一次與能聊心事、能聊外面大千世界的好友同榻而眠，他有點燥熱，輾轉著睡不著。

蓮溪在黑暗中憑著一盞燭光的亮度看他，輕輕地嘆了一聲：「唉！」

「怎麼了？」

「想一想，這場戰爭也未必是件壞事。」

「爲什麼?怎麼說呢?」

「這馬關條約讓朝廷徹徹底底痛到骨子裡了，不只朝廷，連所有的老百姓、知識分子全都覺醒了。表章奏折激烈反對，聽說道途也爲之堵塞哩。而這時正值朝廷舉行一年一度的會試，各省在京城的舉人，由廣東舉人康有爲等人集會討論商量如何『拒約』與『自強』之道，他們聯名陳情，阻止割讓台灣給日本。這就是最近有名的『公車上書』事件。連皇帝也沉痛的表示『台灣一割，則天下人心盡去』。可見，如果眞的能夠覺醒，還是有一絲希望的……。」

「蓮溪，就好像我在這個家裡一樣。你能給我帶來外頭的消息，就是我唯一的一線希望。」

「你跟你二哥處不好，這我是知道的。但，畢竟你們是親兄弟，凡事能和，還是最好的……。文濤，外面的時局在變，就等著你長大!長大了就可以出去闖它一闖。所以，我並不擔心你，倒是你娘……。」

「怎麼了?在這個家裡，我就只有娘一個親人。你覺得我娘怎麼了?直說無妨。」

「你應該多關心關心她。」

「……。」

「文濤。」

「嗯!」

「有件事我說，你別問。等我說過，就把它忘了。」

燃了許久的燭在此刻熄了。臥室裡一片黑暗，文濤在黑暗中聽著，不敢回答。

「孫逸仙去年在檀香山成立興中會。今年，他們召募革命軍，準備起義……。有一群人，看到清廷這麼腐敗，已經等不及要推翻它，來拯救它了。」

「也許……，這才是眞正希望之所在……。」

第四章

嚴寒的冬天，籠罩著一片肅冷的氣氛。在李家宅院大廳裡，文熙與文濤對坐著，氣氛相當凝重。文熙端起一杯熱茶，思量許久，又再度把茶放下。他站起身來，走到廳堂門前，望著窗外紛飛的大雪。明顯地可以察覺出心裡有話，想說，卻又不知該怎麼說起。他伸出手在嘴前呵著，呼出一團氤氳霧氣。他說：「這天氣可眞是冷呵。」

「二哥，到底你想跟我說什麼？」

「文濤，你也許瞧不起我，認爲我比不上爹，我不照顧窮人。老實講，你的才華的確很高，但對現實生活可眞是一竅不通，完完全全不了解。」

「你的意思是，家裡的經濟有困難嗎？」

「沒有以前爹爹在的時候那麼風光啦。前陣子有信來，要將原先發給各院的獎賞賞銀減去七成，全歸於洋務書院。外頭的情勢，朝廷面對各國侵略，割地、賠款！有很大的壓力……」他沉默了一會兒，然後很愼重地說：「你知道嗎？台灣與澎湖已經割讓給日本人了。」

「二哥，你要說的就是這些嗎？這些我已經知道了。」

「是蓮溪告訴你的吧。蓮溪還說了什麼嗎？」

「朝廷是到了要徹底反省、改變的時候了。你不認爲嗎？」

文熙的神情裡有明顯的緊張，他將手指嘟在嘴前，示意文濤不要再說。

「噓——，這話以後不准再講，咱們食君之祿，講這種話……是要殺頭的！你以爲爹爹曾是朝廷命官，曾經是進士的身分能保我們多少餘蔭？外面情勢之亂，不是你所能想像的。」

「割地、賠款總不假吧。連台灣、澎湖，這屬於我們的地方都割給別人，難道不該反省嗎？」文濤壓低聲量，聲音裡有極強的壓抑與節制。他的熱情已被加溫，整個人燃燒起來的怒火與不滿，彷佛也只有在面對他的二哥時，才能找到發洩的出口。他繼續說著：

「讀書，讀書，所爲的究竟是什麼？二哥，難道你能忍受洋人隨意在我們的土地上踐踏、蹂躪，而不吭一聲嗎！」

「我要負擔這整個家。你根本無法想像，我肩頭上的擔子有多重……。」

文濤不語。他望著廳堂外院子裡飄飛的大雪，他知道自己與文熙在方向與立場上的差異，是無法輕易達成妥協與認同的。

「爹爹說過，人窮也未必就窮一輩子。這些年外面的災民、窮人還是如同往常一樣，就施捨一碗粥、一些舊衣服。難道這些我們也沒有能力作嗎？」

「能力是有的。但是我要控制如何支配與使用，每個冬天都有幾萬人次的窮人來要求施捨，這是一筆不小的負擔啊。」

文濤不願意再聽他講下去，這一切對他而言都只是藉口！但是文熙不願意施貧濟困的話，他也無能爲力。他對這個禁錮的家無能爲力。他深深從鼻孔裡呼出一口氣，正要跨出大廳門檻，文熙卻說話了：「你以後別再跟朱蓮溪來往了。他的某些想法，總有一天會害了你！」

文濤回過頭凝望文熙，看著文熙的眼睛，他知道有一天必然要離開這個地方、離開這個兄長。他的心裡清楚地知道。

外頭的世界像一盆燒熱的炭火熊熊焚燒，在與蓮溪往來的書信中，他知道了一些叫人氣結的事。除了日本國之外，德國、俄國、英國、法國，每個國家都像豺狼猛獸，看到了大清這塊大肥肉，無一不想將它撕扯、飽餐一頓。德國以干涉日本歸還遼東半島爲理由，要求在天津與漢口設立租界，而俄國更是荒唐，竟趁著他們的皇帝尼古拉二世加冕的日子，誘騙清廷派去的專使李鴻章跟他們簽訂密約，並允許他們建築鐵路經過黑龍江、吉林，而直達海參崴……。

每次接到蓮溪的書信，他總是氣憤不已。他把自己關在房間裡，久久不與人說話。他把自己悶到極限，任憑體內翻騰的力量一波一波撞擊自己。體內的力量無法釋放，他將自己的拳頭握得很緊，撕裂著自己身上所穿的衣服釦子，露出平坦的胸膛。他的胸口起伏著，無法自制地握拳去搥打牆壁。「砰！」「砰！」一拳又一拳。他的牙齒緊咬，將嘴唇都咬破，滲出血絲……。他一個人在房間，常常因爲情緒奔湧，無法克制而暴烈地自我傷害。尤其是當他間接聽到孫逸仙所率領的革命黨在廣州起義因祕密外洩，而造成多人被捕、殉難的消息，他更是難過得不跟任何人說話。滿腹委屈無能宣洩，他在床上用被子矇住雙眼，嗚嗚地哭了起來。

事件發生經過將近一年，他才從蓮溪的書信中知道這個消息。他起身將信點火，在筆洗裡化爲一堆燃燒後的灰燼。這種事平常是沒人敢講、沒人敢提的，萬一被扣上亂黨的帽子，可是要殺頭的死罪！他對蓮溪有一分特殊的感情，他必是將自己當成知交，才會冒著危險將這事寫在信裡，託人帶來給他。

「濤兒！你在嗎？」緊閉的臥房門外，王氏的聲音詢問著。

「娘，您怎麼過來了呢？等會兒。」文濤趕忙將筆洗藏到桌下，慌張地整整衣服與辮子，才發現自己的頭髮亂了、衣服也被自己扯破，他趕緊將衣服脫下來，隨意塞到被子裡。

「濤兒！濤兒——」王氏的聲音拉高，語氣裡充滿著爲人母的擔心！

文濤奔到門前開門，讓母親進來。自己上身打著赤膊，頭髮蓬亂！「娘，我正在換衣服呢。」他的聲音裡還有剛剛哭過的鼻音，眼眶浮腫。王氏將門帶上，鎖起門閂。她聞到一股燒紙張後的味道，視線繞過房間，漸漸地，她的眼眶紅了起來。

「娘，您別這樣。」

「你有什麼事得這樣瞞我？剛才我在外面就看見屋裡燒著東西的火光，一進來滿屋子味道，你胸膛上的抓痕又是怎麼來的？你假裝沒事，騙得了別人，難道連娘也要欺瞞？」

「孩兒不敢！」

「濤兒，在這座宅院裡，娘與你相依爲命，別人認爲我是個小妾，在背後說長道短、閒言閒語，娘都不在乎！因爲我心中還有你這個孩子，你是李家的子孫，也是我最寶貴的孩子。你的一舉一動娘從小看在眼裡，難道如今連你也要瞧不起娘？要對我扯謊嗎？」

砰咚一聲！文濤雙腳跪下。看著娘哭，他的眼淚也流了下來。

「娘，如果您信任孩兒，就別問。孩兒不想增添您的負擔，您是知道孩兒的。從小我就沒騙過您，不是因為不敢，而是不願意，因為那會傷娘的心，孩兒再怎樣，都不願意傷您心的！」

「是蓮溪來信吧。你不用瞞我，有什麼事需要你這麼神祕地遮遮掩掩呢？」

「……。」

「娘不是反對你跟蓮溪來往，娘倒眞希望你好好結交幾個朋友，可以在讀書之餘，不至於感到那麼無聊、空虛。但是這個人，也不是不好，聽文熙說，官府正密切注意他的行動，恐怕會給咱們帶來無妄之災啊！」

文濤不知該說什麼？他不想反駁，也無力反駁，事實上他也知道蓮溪的書信可能會給自己及家人帶來危險，但他無法叫他別再寫信來，他說不出口，一方面是因為蓮溪的坦誠以對，讓他感到無比窩心，有被深深信任的感覺，另一方面是，他打開了自己往外看世界的窗子，他被那個世界吸引、著迷，雖然揪心絞肺，令他悲憤痛切，但他寧可接受這一切，他不願意再跟過去一樣，這一步跨出去了，就不可能再回頭。

「你了解娘的心嗎？文濤，娘是為你著想。也為了咱們這個家……。」

「娘，您別擔心，我知道該怎麼做。我不會讓您擔心的，我並沒有和蓮溪有何祕密往來，我對政治……，也不會有太大的興趣。您放心，我不會給您惹麻煩。」

王氏走到文濤旁邊，牽起他，讓他坐到椅子上，從桌上雜亂散布著的幾枚新刻印章及一堆散置的石材中取出一把梳子，來幫他梳理頭髮。王氏邊梳邊說話：「你知道我們在這個家裡的處境，娘自己倒無所謂，倒是你，娘不願意別人背後說話，甚至因此讓你受到傷害。濤兒，娘並不是要阻止你跟蓮溪往來，但一切等你長大、有能力撐起一個家的時候，再說好嗎？」

「娘，我知道。我不碰政治的，我向您保證。您眞的不要再爲這件事情擔心了。」

母親回房去後，文濤走到養貓咪的房間，門一打開，將近十隻的貓咪圍靠了過來，將軍、小皮、虎斑、獨眼、小乖……，牠們仰頭看著文濤，彷彿能知道他的心事，喵喵地叫著。文濤把貓咪抱起來，偎在懷裡。他看著夜色一點兒一點兒地沉下來，他的心中糾結在一起，就像在他沸騰熱烈的心頭澆上一盆冰涼的水。他在黑暗中抱著貓咪，獨自安靜地坐著……，第一次深刻感覺到這座宅院壓在他身上的重量與陰影。他不願意反抗，因爲，對象是他的母親。

他將心思專注於金石雕刻，不願意再多想其他事。他跟隨唐靜岩老師學篆刻，並主動要求學西洋文及算數。他將自己的生活排得滿滿的，學、不斷地學！在這房子裡唯一可做之事就是不斷地學習，也許有朝一日，這些……，都能夠用得到吧！

這一天，正月十五元宵，文濤答應母親，要陪同前往東門佛泉寺上香、拜拜。所以一大早，文濤便換上新衣裳，整理儀容，來到母親所住屋舍房門外等候。母親的房門打開，光鮮的新衣使得王氏看來年輕許多，難得一見的笑容，在她的臉上綻開。文濤感染了母親的心情，突然一陣人來瘋，一反平常積鬱沉悶的性格，上前問候：

「娘，早。這新衣裳穿在您身上，眞是好看！滿天的陰霾彷彿都要化開了哩。」

「瞧你嘴甜得?難得出去走走，你可眞是會討我歡心。」

「眞的眞的，不騙您，騙您的話我是小狗、小貓……」

「那我成了什麼?」

「喔!不不不,我不是小狗小貓,您是大美人,您是我親娘,美若天仙的好親娘⋯⋯。」

「得了,別瞎扯。讓人聽見要笑話的!去看看李升所準備的拉車好了沒?」

「都在外頭等著了呢。」

他們一邊走,一邊聊著。風雪剛停,地上仍濕滑。文濤牽著母親,一步步謹愼踏著院子裡鋪的青石板前進。搭上車伕拉的手拉車,兩架車便在胡同裡滑飛起來。穿過狹窄的巷弄,來到大街上,兩架車並行著前進。迎著冷颼颼的風,王氏問道:

「濤兒,記得小時候與你爹爹很好的大和尚嗎?」

「記得啊!我是不是還曾經罵他大光頭?李升常對我說起這件事哩。」

「今天,咱們便是要前去拜訪他⋯⋯,順道,娘約了個朋友,是在咱們天津經營茶葉挺有成就的兪家。」

「娘,怎麼沒聽您說過有這樣的朋友?」

王氏坐在車上,微笑著,她並沒有回答。拉伕爲了閃避車輛,將車子漸漸拉成一列前行著。文濤也不以爲意,但總感覺娘的心裡有話擱著,沒講出來。他也無所謂,難得看她面帶笑容,就算有事,也應該不是壞事吧。

來到東門佛泉寺,當年的學法老和尙已經不問廟內俗事了。王氏與文濤詢問了住持之後才在後院的禪房裡看到他,他正在鏟關房前的積雪,動作緩慢地勞動著。王氏看到學法老和尙,興奮地喊著:「上人,學法上人。您老人家還記得我嗎?」

上人抬起身，瞇著眼看看。在雪光反影的白皙裡，他彷彿看到一尊菩薩，矗立在面前。他笑了起來，菩薩光影流晃，定睛一看，眼前所站立的，是個亭亭玉立的少年，而少年的前方，是張很熟悉的臉孔。他想起來了，是多年前，在糧店後街李家宅院裡的少奶奶，方外之交河東老人李世珍的小妾，當年還是個妙齡少婦，如今一晃多年，臉上竟有歲月的風霜了。

「是李家的夫人啊。阿彌陀佛，眞是好久不見，有十年的時間了吧。」

「從老爺子過世後到現在，有十多年了呢！時間眞是一眨眼就過去了⋯⋯。」

「這位是文濤吧，已經長成一個玉樹臨風的大人了呢！」

「文濤，還不叫人？學法上人可是你爹爹生前最好的朋友呢！」

「老師父好。阿彌陀佛。」

「阿彌陀佛——。歲月不饒人，你們這些孩子，簡直是在逼我們快快地老去啊！」

文濤未答話，只是笑著。他的笑是一種掩飾，也是一種不知該如何回應時最好的態度！他讓人感覺舒服、親切，雖然身處嚴冬，卻有如沐浴在春天的和風中，讓人心情平和、喜悅滋生。三個人說笑著，全然沒有注意到有幾個人已經悄然靠近。

「李夫人。老師父。」

「是俞夫人，這位想必就是您的女兒雅菊。」

王氏與來人寒暄著，神情裡透著喜悅。文濤看著眼前的幾個女人，他靜靜佇立一旁，觀察著⋯⋯。這個姑娘長得一副乖巧模樣，臉頰紅通通的，是塗上了粉還是天氣太過寒凍？總之，有一種趣味，說不上來，白白淨淨地，不多話，她靜靜地跟隨在一旁。

「這位是您的少爺文濤吧，眞是鶴立雞群、一表人材，相當的出衆啊。」

「您過獎啦，這個孩子平時老關在家裡讀書，不常出來走動，連這東門最有名的佛泉寺，也都是第一次來拜訪哩。」

「無妨，無妨。老納早就知道有一天小施主定會前來，現在來，趁著老納還沒歸西，不晚，不晚！走，到大殿去參拜後，讓老納泡壺熱茶，暖暖身子。」

一行人邊說邊往大殿走去，平常不擅於社交的母親，不知怎地與俞夫人很聊得來，也頗爲喜愛那個姑娘。來到大廳，在佛像前，文濤彷彿突然懂得了什麼……，他也不說話，臉上還是保持著客氣的微笑。偶然一瞥，看見姑娘趁他張望佛寺建築時，睜睜地瞧著他。待四眼交會，她卻又將眼神躲開，這更加讓文濤確定了心中的想法。母親喜悅的神情，帶他來佛泉寺會見俞家夫人與姑娘，都是早有安排的。

回到家中，果然王氏便將文濤喚到房裡去。文濤坐著，王氏說：「濤兒，我有一句話……」

「娘，您說吧。孩兒從在東門寺開始，就等著您說想法與意見了呢。」

「你這鬼靈精，又怎地知道我心裡頭的想法了？」

「看您跟俞夫人有說有笑，又跟俞家姑娘噓寒問暖，我心底想，這些年也不見您跟什麼人有過特別的來往，怎地憑空冒出一個俞家來？而且這般親近，當時我就感到奇怪了，而那俞家姑娘，盯著我瞧的眼睛被我撞見後，羞得臉都紅了，這其中肯定不簡單……。恐怕娘已經有了陽謀，中意人家俞姑娘。」

「咱們家，是不是多個人作陪，會好些呢？如果你能成家……」

「孩兒沒意見，全憑娘做主。如果您高興，咱們就是扛，也得把她給扛回來！」

「也不曉得人家俞姑娘看得上你不？又不是土匪強盜，也得人家願意啊。」

「她不會不答應的，從她發紅的臉龐看來，我可以肯定的說，她就當定您的媳婦兒了。」

「你自己就沒一點意見？喜歡人家不？」

「娘喜歡，濤兒就喜歡。娘想她當咱們家的媳婦兒，她就得當。就算她是天上的星星，只要娘想要，我也立刻去給您摘回來，供在您的桌前。」

「這是你的終身大事，你可考慮清楚……。」

「沒問題的，這些年您過得孤單，娘能多個人陪伴，是件好事。」

「好事是好事啊！娘是希望你成家後，好歹在心裡及生活上都有個寄託。」

「您放心吧！我已經許久不曾與蓮溪有所往來了，我也答應過您，不碰政治的。您知道孩兒，只要我答應的事情，我就會做到。君子一諾千金，對外人尚且如此，更何況是對您？」

王氏看著文濤，摸摸他的頭。感慨地說：

「濤兒，你知道嗎？在我心中，你永遠是我最寶貝的孩子啊。」

婚禮舉行，轟動一時。整座天津城都熱鬧了起來。文濤摸不清楚自己高不高興，反正，只要娘高興就成了。成親這件事，是件儀式！他反正任人安排，該送聘、迎娶、拜堂等，跟著程序進行就是，這並不難。在鑼鼓喧囂之後折騰了好一陣子，終於只剩下他與新婚的俞氏在房內獨處。鴛鴦枕、芙蓉帳，新娘子鳳冠戴頭上，文濤去揭了她的蓋頭，取下好幾斤重的鳳冠。俞氏脂粉厚塗，嘴唇紅豔豔的，文濤愣了會兒，為了打發彼此緘默的尷尬，他說：「這頂鳳冠壓在妳的頭上這麼久，恐怕妳的頸子給壓得瘦了。」

「……」新娘子無話，不知該說什麼才好？眼前這個男人是他的丈夫，他看起來是這麼意氣風發，聽說很有才華……，往後，就要跟這個人一輩子了。一輩子，很長，也很久，而今天晚上洞房花燭，她覺得慌張與恐懼，她必須跟他睡同一張床。雖然他比她還要小上兩歲，但是，她卻覺得自己好小好小，在他眼中，似乎一直沒有她的存在……。她應該怎麼回答呢？

文濤見她不答話，也不以為意，看到了桌上擺放的一壺酒與兩個杯子，他驅身上前，倒滿一杯，拿過來給新娘子：

「從今天以後，妳就是我的夫人了！妳就是我們李家的人，喝杯酒，暖暖身子吧。」

俞氏還是不知道該說些什麼？接過酒杯，她在茶商家長大，從來是只有喝茶，沒喝過酒的。望著文濤清瞿的臉，她與他飲了酒，知道這就是一生所要跟定的人了。

夜更深了些，文濤與俞氏進入帳內，兩人平躺著。對於文濤來講，這也是他第一次與一個陌生的姑娘躺在一張床上，他也不知道該做些什麼？這就是夫妻嗎？有了名份，從此每夜躺在一起睡覺，蓋同一條被子。這就是婚姻，幾千年來的老祖宗們都是這樣子過生活的嗎？他閉上了眼。也許是剛剛喝酒後的一道熱流在他小腹裡騷動著，他翻轉過身，恰巧看著俞氏在闇黑中微醺看著他的眼，聞著她身上散發出來的香粉味，他將身子湊近，親吻她的額頭。

隔一年，夏天剛剛來臨，空氣中飄浮著一股燥熱的氣氛，雅菊陪著文濤與王氏，在院子裡乘涼。王氏讀著《般若波羅密多心經》，手中一串佛珠，一顆一顆數著。雅菊則是挺著個大肚子，拿著針線，正繡著一朵蓮花。她已經懷胎多月，行動不便。文濤手中一本王維的詩集，隨意翻閱著，心不在焉。李文熙匆匆忙忙地由門口進來，恰巧與文濤打個照面，文濤發現他這個二哥的臉上有一種不知如何形容的神色，擔憂中夾雜著欣喜雀悅的表情。他一見到文濤，便說了一段驚天鬮地的話：「文濤，你知道嗎?皇上下召變法啦!」

文濤簡直是用跳的一躍而起，他體內熱情的引信一點即燃。

「什麼時候的事情?你可確定嗎?」

「千眞萬確，錯不了、也假不了。」

「你記得曾經公車上書的那個康有爲嗎?他夥同他的學生梁啓超，向德宗皇帝上書進言，主張要革新、要變法!自從德國人強佔膠州灣之後，列強交相侵逼，台灣、澎湖已經割給日本，再這樣下去，整個國家就會被鯨吞蠶食、毀在洋人的手裡!這次，終於在康、梁等人的策畫下，連續頒發推行新政的諭旨。也許這樣下去，大清還會有救……。」

文濤有點不能相信地看著他的哥哥。文熙竟然在講述這件事的時候，臉上充滿興奮的神情，過去，是他一直誤解了哥哥嗎?變法圖強之事，早在蓮溪先前給他的信件中，便曾提到康、梁的一些作爲。甲午戰敗，康有爲就曾在京城會試時連同其他舉人一起上書，論變法自強之道。而梁啓超在上海主編時務報，鼓吹、宣傳變法思想不遺餘力。

他的心中知道變法是遲早的事，「老大中華，非變法無以自存」，這是他很明確的想法。看著文熙，過去，在他的心裡一直瞧不起他，是自己誤會了他!他突然欺身上前，擁抱住文熙。

「二哥，對不起。」

「傻子，說什麼對不起，變法的結果還不一定呢。大清能否在這次大翻身，不再受洋人的欺侮。全看這一次啊！」文熙緊緊地按著文濤的肩膀，激動地說。

這一年是光緒二十四年，西元一八九八年。李文濤十九歲，他回到房裡，胸中澎湃的熱情未退！於是取出刻刀與石材，刻下一方「南海康梁是我師」的印章明志。在他的心中，隱伏著的一絲火苗再度慢慢升起……。

夏日，新娘子俞雅菊產下一個男嬰，全家喜氣洋洋。文濤十分喜愛這個孩子，幫他起個小名叫葫蘆，總是有事沒事就往臥房裡跑。小葫蘆有奶娘帶，但文濤總愛將他抱過來偎在自己懷裡，他對這來自於自己身上的一塊血肉，有著濃烈的親愛感情。

八月底，文濤正在房內刻印，他於金石雕刻的技術是愈來愈加精進了。正當他全神貫注在刻一枚新印時，聽到窗外管家李升小小聲地呼喚：「少爺……，少爺？」

他看到一顆頭從窗口探出。文濤心想，他這次的行蹤怎麼鬼鬼祟祟？於是也壓低了聲音回應他：「我在這裡……，什麼事啊？」

「有個人不曉得小少爺見是不見？」

文濤的心中一陣觸動，他知道再沒別人可以讓李升這麼小聲說話，一副謹慎的模樣。

「他在哪裡？」

「託我帶話，在東門茶樓等著你呢！」

「知道了。我這就去，謝啦！」

文濤換過衣服，匆匆出門，臨出門前，正巧撞上端著一碗冰糖蓮子要來給他消暑的妻子。

「你要出門嗎？」

文濤不說話，踏出幾步路，似乎又想到了什麼，回轉過身來，對著雅菊說：

「我出門的事，別讓娘知道。」

雅菊站在房門口，不知道該說什麼是好。文濤的身影走得很急，沒有回顧地往外頭直奔而去。在這炎炎赤熱的八月天，她突然感覺到一股打從心裡冒出來的寒冷。這個人，她的丈夫，是那麼地熱情，但又是那麼地決絕！她期望他出門之前至少能回頭，看到一個對自己關愛的眼神，但是，她的希望落空了。一陣心慌襲上心頭，她但願這樣的感覺是自己的胡思亂想……。

文濤來到東門茶樓，遠遠地便看到二樓憑欄處久別的老友，正向著另一個方向出神凝思著。他輕悄悄地上樓，從後面像一隻貓，躡手躡腳、無聲靠近，他上前去抱住了這傢伙。

「蓮溪！」

「文濤，文濤！真的是你？幾年沒見了，你可又長大了不少！」

「是啊！後來我沒法子接你的信，……不會怪我吧。」

文濤看著蓮溪，他的臉上有著風霜。也許是這一兩年在外頭奔波，自然生就的滄桑感吧。

「聽說你結婚了。去年全天津城最轟動的一場婚禮喔。與新娘子之間還好吧？」

「無所謂好與不好，倒是我娘歡喜不少，原本整天將我看得緊緊的，現在多個人陪她，總是好的。唉呀！別提她，說真格的，我可真是想念你啊！」

「傻小子，瞧你這個性，日後真在社會上行走，肯定要吃虧的。」

「吃別人的虧，那可不成！要是吃你的虧，我就認了。那個大宅院子裡的人呀，眼裡只有文熙與二娘，瞧見我與我娘，正面上雖不敢多說些什麼，背地裡總嫌我邪門，我就不懂，同樣是人，爲什麼我們就要受到他人異樣的眼光？我從沒個知心朋友，直到你出現……。」

「別說了。這麼有感情的話，我是聽不得的。」

文濤突然笑了起來，拉著蓮溪的手到茶桌上叫了壺茶，繼續聊著。他故意要逗逗這個傢伙！

「肉麻嗎？」

「什麼？」

「剛才我講的可是一片肺腑之言吶。」

「你呀！別把肉麻當有趣。這種事情，心底知道就好，非得在公開場合說出來嗎？」

「你忍得住，我可忍不住啊！」

「別鬧了。說正經的，這次來見你，是來向你辭行的。」

「你不早就飄飄盪盪的，四海爲家？難不成……你不再回天津來了？」

蓮溪看看周邊，二樓的客人只他們一桌，雖是如此，他還是壓低了聲量說：

「你可能還不知道，前一陣子的變法失敗了。」

「怎麼會？康有爲與梁啓超，不是協助德宗皇帝推行了一堆新政嗎？怎麼……」

「老佛爺聯合舊勢力發動政變，將德宗囚禁起來了。康、梁二人得到洋人協助，已經逃往國外去，朝廷接下來會有一波大整肅，凡跟這次變法維新有關的人事，全都逃不了這個老太婆的手掌心。北方，不能待了！」

文濤聽得驚心！卻有一種深深的體會，在他心中產生。他說：

「世道人心，恐怕也是保守、守舊的多，願意接受變革、革新的少，唉！這眞是件悲哀的事。大清，就要亡國了，大家還圖個什麼既得利益……。你準備什麼時候走？」

「都已經準備好了。今晚就要南遷，南方還有洋人的勢力保護著，言論上較無太多顧忌。北方已經不能再待了，我會到上海，或許你也可以考慮，將你們一家人，遷到上海來……。」

文濤思索著蓮溪的話，想到自己刻的印章「南海康梁是我師」，恐怕也和危險脫不了關係。沒料到時局變得這麼快。南遷！正好可以擺脫這座大宅院長期籠罩的陰影，讓他可以呼吸、可以自由。他知道他們李家在上海也有帳房，經濟上是無慮的，這許多的念頭在他腦海裡打轉著，不禁抬頭看著蓮溪，蓮溪對他點點頭並伸出手來緊緊握住他的手，他感覺到從蓮溪體內傳來的力量與溫暖！

文濤的心跳著，充滿著興奮之情。看著夕陽已經快跌到別人家的屋頂了，他突然很清楚而堅定地知道，這個地方，已經是一個日落的地方。他在這種垂暮的環境底下太久了，他必須起身，離開。

第五章

文濤在母親的房裡，與妻子雅菊，總共三個人。氣氛顯得沉重，王氏放下手中的佛經與念珠，雅菊也不刺繡，全張望著文濤。母親看他欲言又止，便主動開口說話：「濤兒，你打算說些什麼，直說無妨。」

「娘……，孩兒今天跟蓮溪碰面了。與他詳談許久，更加瞭解現在朝廷的情況，咱們國家此刻所面對的凶險……，我也不妨直說，我打算請求娘，與我及雅菊一同離開這個家，咱們三個人，到南方去發展。在這裡，怎麼樣都扶不周正，朝廷如此，這個家更是這樣，也許，咱們離開後，住在這座宅院裡的悶氣，就可以獲得舒解……。」

文濤一口氣講完，看著母親與妻子。兩人怔愣愣地，半晌，說不出話來。三個人陷入一陣短暫的寂靜，文濤再鼓起勇氣：「北方的局勢這麼烏煙瘴氣，這種環境叫人怎麼待？怎麼樣？咱們到南方去，另起爐灶吧。」

「到南方……，要到南方哪裡呢？咱們人生地不熟，到什麼地方好？」

「到上海吧。咱們家在那兒有銀號，有帳房在。住嘛？住哪兒都比住在這裡強。只要咱們三個人住在一起，哪裡都可以是咱們的家，不是嗎？」

王氏看著雅菊，她的臉上有著肯定的笑容。

「娘，您不需顧慮我。我今天嫁給了文濤，就是他的人，他到哪裡，我就到哪裡。」

「好！我就知道沒選錯媳婦兒，難得妳這麼乖巧又溫順，這眞是我們李家的福氣啊。」

「娘，這麼說就是答應囉？我去通知二哥，咱們挑個出門的吉日，就可以南遷了。」

文濤的聲音裡有高揚的雀躍之聲，他不知道有多歡喜！能擺脫掉這個大宅子的束縛，是他已經想了十幾年的心事。看著娘的臉，他知道掩蓋在她臉上多年的陰霾終於有機會可以散去，到了南方，這就是他的責任，他要再創一個新天地！讓母親與妻子都快快樂樂的。王氏看著他喜悅的臉，搖搖頭。

「從你刻了那方『南海康粱是我師』的印章開始，我心底就盤算著，這搬，咱們是早晚都得搬的了！你這樣的脾性在北方，恐怕要給自己，也會給李家帶來不可測的意外。如果我們離開這裡，娘的擔心，總算可以放下了。」

「那咱們，就挑個出門大吉的日子走吧。」

隔兩日，他們的小兒子無來由地開始發高燒，而且久燒不退，這可急死文濤一家子了。請來了全天津城最好的大夫，也都無法醫治。葫蘆一張小臉脹得通紅，哭聲哭到沒力，隨即奄奄一息地躺在襁褓之中。大夫說這是突如其來的熱病，小孩子是沒藥醫的。

葫蘆夭折之後，全家人雖然悲傷，但是外在亦有朝廷要逮捕康粱同黨的危機，內外交夾，文濤更加快了他處理南遷的事宜。

終於，一家人由水路搭船南下。沿路上，看著風景的變化，文濤意氣風發。江上水氣迎風拂來，吹在身上一陣涼爽。雖然一切未知，但他可一點兒都不害怕！就像一把新磨銳利的好刀，總得試試它的鋒刃。他在舟前甲板上，張開雙臂，閉上了眼睛，感受著南方的風與空氣，摩挲著他的臉龐、他的肌膚，他第一次有了解脫的快樂！

俞氏從船艙裡拿了件披風出來，讓文濤掛在身上。

「江面上水氣重，風也大，加件披風，別著涼了。」

「雅菊，妳看，咱們就這麼擺脫了過去的日子，迎向新的未來了。妳看我也得改個名字，別再叫文濤了吧。以後，對外……，我就正式叫做『李成蹊』吧。」

他一把將雅菊攬了過來，偎在自己的身旁。他的胸口激烈地跳動著！雅菊從來沒有在外人面前這麼靠在他的胸膛上，他的熱情感染著她。她的臉頰燥熱，紅了起來。

「怎麼了？臉這麼紅？發燒了嗎？」

文濤手摸著妻子的額頭，並取下身上的披風，披在她的身上。並且從背後將她輕輕攬抱住。他說：「妳穿吧。別讓自己著涼了。」

雅菊望著他，感受著他的呵護與溫柔。這是她從來不曾在他身上得到過的……，說來荒謬，但卻是眞實的，她不曉得該怎麼形容這種感覺，她不曉得身爲一個妻子，可以擁有這麼幸福的感受。她感到一團情緒從心底兇猛地湧上來！眼眶竟忍不住而流下淚水。

上海，一片繁榮景象。街道上車來攘往，還有許多洋人的車輛在其間穿梭。他們一到上海，沒有落腳處，先在某家飯店住了一宿。文濤向人打聽，知道在法租界內有空房子出租，可以立即搬進去住，於是隔日他們就搬到位於法租界內卜鄰里的一棟白色的洋房裡，暫時安定下來。這房子兩個樓層，二樓的窗戶打開，還可以遠眺上海市街。

自從離開天津之後，內心的激動一直未曾平息。到外頭用過餐，回到屋舍內，跟母親告晚安後，他們小倆口窩到床上睡覺。洋人房子不遮帳，這激起了文濤的興致，他主動地靠近雅菊，褪下她的衣衫、解下她的肚兜，壓低著聲音說：「菊兒，我來了！在這個新世界，我不要再像以前在天津大宅裡老悶著！這是我的新世界，我要征服它。我要征服，征服……。」

雅菊在床榻上任著文濤予取予求，她有些害怕。文濤太過狂猛，筋肉糾結、汗涔涔的。換個地方、換過名字的他簡直不可同日而語，他充滿力量地在她身上索求，她感覺一股從來不曾有過的力量包圍著她、進入著她。她不敢回應、也不敢抗拒，盡一個妻子的義務讓他擺弄著。這是他的丈夫，文濤，不！應該說是成蹊，她一時之間無法回應這種轉變，她需要時間。

次日，與母親及妻子用過早餐後，成蹊便出門了，他得出去看看新世界的風景！租著黃包車，過黃埔江，映入眼簾裡的一切都吸引著他。這裡的人在神情上不像北方人總板著一張臉，上海人談話較敢開口，彷彿置身於另一個國度，他在這裡呼吸著自由的空氣。車拉到市街中心，他在一面牆上發現貼著奇奇怪怪的各種訊息、宣傳。下車後他跟著人們前去看看，是城南草堂所公布的徵文布告。第一名還有獎金呢！他記下了投稿地址，便在人群中隨意亂逛。

南方人，不像北方人那麼苦。在上海，物資豐富，窮人似乎也少，因爲洋人在這座城市廣設租界區，未曾受到戰火波及，這裡的人竟有一種歌舞昇平的假象。他上了一座茶樓，坐定之後聽到隔桌兩個人聊著天。這兩人一胖一瘦，彼此爭辯不休，只聽見那個胖子說：

「那怎麼可能？八成是瞎扯，人的血肉怎麼敵得了洋槍子彈？」

「這可是我親眼所見！那人肚子練得像鋼板一般硬，鉛彈打在肚子上全給彈開了。」

「眞的是你親眼目睹？那不成了神話故事！《西遊記》裡齊天大聖也不過如此，莫非他是這隻潑猴轉生？」胖子的話帶著嘲諷的語氣。瘦子作勢要他小聲一點，神情嚴肅。

「你說這話要給義和團的教眾聽到，恐怕少不了一陣毒打！他們可是有法術與神功的，不可以亂開玩笑……。」

「大清會敗，就是因爲這些迷信思想。西方的科技已經發展到什麼樣的地步了？割地賠款還不夠嗎？神功、神功，神功要眞有用，咱們早就全都成仙啦。」

瘦子站起身來，二話不說離去，留下胖子待在原地，猛灌著茶水。成蹊起身，上前：「這位兄台，可以冒昧同你聊上兩句嗎？」

胖子點頭，並看著眼前這個打扮得相當華貴的公子哥兒。

「你一定也不同意剛才他所說的吧？神功當眞這麼好用，咱們就別怕洋槍洋炮了。」

「兄台所言甚是，但是中國的方術自古以來便存在著，當此之時，若能眞有神效，又何嘗不試他一試呢？」

「大清朝受外國人這麼多欺侮？你以爲平白無故嗎？咱們積弱不振，是因爲在觀念上無法變革，要能吸收洋人好的觀念，所學到的科技，才會有用。否則就像北洋艦隊，不堪一擊！一場戰役便打得它落花流水。」

成蹊壓低聲音，靠近他輕聲詢問：

「兄台如此偏激的言論，難道不怕朝廷的勢力嗎？你怎麼敢這麼大膽放言呢？」

胖子笑了笑：「這裡是上海，不是京城！聽你的口音是北方人，莫非你是朝廷派來的密探？」

「假如我是的話，你不怕嗎？」

「有什麼好怕的？大清就快要亡國了，我有什麼好怕的？」

成蹊突然大喝一聲：「好！」

「兄台眞是快人快語，實不相瞞，小弟確實剛由天津來到此地，聽兄台一番言論，眞是大快人心。上海果然是個開放的地方，新思潮在此激盪，中國的未來，在這裡可以得到最好的辯證，並思索出最好的答案。敢問兄台如何稱呼？」

「我是袁溪濂。如果你眞這麼認爲，明天到城南文社來吧，我們有幾個朋友，不僅討論新知識，也從古人的學問裡找出適合新時代的需要，每個月聚會一次，大家切磋切磋。」

「城南文社是在城南草堂聚會嗎？」

袁溪濂吃驚地看著成蹊，成蹊連忙解釋：「剛才在外頭看到城南草堂的徵文比賽，正想參加呢，沒想到就遇到你，我是李成蹊，明天一定前去拜訪。」

隔日來到城南草堂，這是一幢精緻的宅院。院子前有條小河流，河畔垂著楊柳，迎風飄搖生姿。

請人通報後，一進門，院子裡走出來一對夫妻，笑呵呵地迎接他。

「歡迎歡迎，我是這座宅子的主人許幻園，這是我的夫人宋貞，你能來，眞是令人欣喜。」

許幻園表現出的熱情是如此眞切洋溢，他不過是個素未謀面的陌生人啊，成蹊感受著他的熱情，心裡頭暗自詫異。這是上海人表達情感的方式嗎？李成蹊很快地加入城南文社，在這裡與朋友切磋詩詞文章，討論時事，這對他來講，簡直是如魚得水的一個地方，將他之前十多年來所學的，都在這裡盡情揮灑。文社請來了專精宋儒理學，又長於詩詞歌賦的張孝廉評閱他們所寫的課卷，而李成蹊在課堂上總是得到第一，參加由許幻園對外公開舉辦的徵文比賽，只要他出馬，便是拿第一，沒有例外。

一八九九年某天，在城南草堂裡，大家聚完會，許幻園神祕地咳了幾聲，大家將注意力轉移到他身上後，只見他要笑不笑的，嘆了口氣說：「大家都知道，我連續辦了七次徵文比賽，每次都由成蹊奪魁，只要他出馬，別人是沒得玩啦！但這次可不同，成蹊得了第二名，第一名的文章，是由外面的人士投稿進來的，雖然他沒留下住址，但總算有人可以與成蹊匹對，出現競爭的對手啦。」

「是誰？是誰？誰這麼大膽，竟敢到咱們這兒來踢館，擺明著不想活啦。」

同在城南文社的蔡小香聲調揚得老高，倒有故意調侃的意味，他繼續說：

「那個人敢投稿卻不敢署名、不敢留住址。八成寫這文章的人，也是個文抄公吧！」

「來的文章倒是有署名……，叔同，有誰認識這個叔同嗎？」

「文章是誰拿過來的？咦……，小樓，這不是人家託你帶來的稿子嗎？」

「是啊！」

「那麼你認識這個人嗎？這個人能勝過成蹊，我倒是要親自會會他。最好，也能將他找來咱們文社，大夥兒一同研究學問。」

「幻園，你可眞是求才若渴啊。」

「天氣不熱，才剛初春，你怎麼就這麼渴啊？嫂子，端杯茶來伺候伺候呀！」

「唉呀！小香，你別逗我了，我這饑渴的渴啊！可不是茶水灌灌就能止的喔。」

在場大夥都笑了。張小樓在一片笑聲中站了起來，拍拍衣裳。他說：

「爲了不讓幻園這麼心癢，我決定要公布答案了。這個人是大家都認識的，他就是遠在天邊、近在眼前的……」他將眼神望向袁溪濂，大家都轉看著袁溪濂。

「拜託，你們盯著我瞧幹嗎？我要有那樣的天才，還捨得不署自己的名字嗎？」

張小樓笑了起來：「這天底下能贏得了李成蹊的，只有一個人，那個人，還是李成蹊！」

「你這傢伙……」蔡小香靠過去勒他的脖子，捶他的肩膀。

「還好我剛才沒講出什麼不得體的話，否則……，你就害我糗大了！」

這天，成蹊在家裡刻著印。平常沒到文社去，他便會在家中琢磨這些金石之道，自從開始學刻印，算算也好幾個年頭過去，手邊累積了幾百顆刻好的印章。正專心雕著，他聽到樓下傳來娘喚他的聲音，「濤兒，有客人來找你呐。」

「誰呀？說我不見客，正刻著印呢。」

「是城南草堂的許先生，他問你見他不見？」

成蹊趕忙丟下手邊的刻印工作，跑下樓去。「見、見、見！幻園不見我還能見誰？你怎麼就來找我了呢？也不先通知我一聲。看我穿得這身衣服，搞得髒兮兮的……。」

「咦？你也懂刻印啊？你可眞是多才多藝。」

「過獎了。我來給你介紹，這是家母。」

「老夫人好，你能有成蹊這樣的孩子，可眞是天大的福氣喔。」

「你太客氣了。坐，坐。我來給你泡壺茶。」

「老夫人別麻煩了，今天來訪，主要是想請你們全家，搬到寒舍來住。」

「這不是太打擾了嗎？」

「幻園，這……，這太突然了。」

「莫非成蹊及老夫人嫌棄寒舍？所以不肯前來？」

「怎麼會？怎麼會？是你這突如其來的舉動，把我給嚇著了。怎麼會有這種想法呢？」

「我呀，說來眞是被你給害的！因爲你的才華太讓我喜愛，我就想呀，怎麼把這個天才傢伙拉到我的身邊，也多多少少受他感染一下、薰陶薰陶。」

王氏沖泡好茶，端一杯過去給許幻園。「許先生，請用茶。」

「謝謝。老夫人，是否可以同意我剛才唐突的請求？你們從北方來，在上海也沒親戚朋友，我們文社幾個朋友大家相親相愛，就像一家人。你們過來，彼此也有個照應。」

成蹊望著娘，王氏知道他的心理。難得遇到幾個知交，她這個孩子，是個天分高又不甘寂寞的人，之前在李家大宅悶得夠久了，總不成來到上海又一直窩居在法租界裡。而在家裡，也總是他們三個人六眼對望，她知道成蹊肯定是想去的。

「濤兒，你決定吧。反正咱們從天津出來後，哪裡都可以是我們新的家。只要你、雅菊都在我身邊。住在哪裡對我來講都是一樣的。」

「好，那就這麼說定，我回去告訴宋貞，她一定會很高興的。」

「那我們就打算前去叨擾囉，幻園，到時候你可別嫌我煩吶。」

「哪兒的話，我呀！巴不得你整天來煩我。嘿嘿！到時候你才會覺得我煩哩。」

成蹊送幻園離去後，轉回頭看到在這裡住了好幾個月的小白房子，一晃眼，竟然已經從去秋來到今年的晚春了。

搬到城南草堂後，住在這座宅院裡的二樓，有佛堂一間、書房一間，卧房兩間。幻園殷勤照顧，除了每天早上前去向王氏請安之外，三餐與日常生活的照應都相當周到。簡直把王氏也當成自己的娘。夏日某天，成蹊照例來到城南草堂的大廳，一進門，發現除了幻園與宋貞，溪濂、小香、小樓都在，大家正圍著宋貞，瞎鬧著要她展現深藏不露的文才功力。宋貞雖是舊式女子，但在草堂人來人往，又有老師傳授新學問的情形下，耳濡目染，倒也頗有不讓鬚眉的氣勢。她說：

「好，要我針對你們每個人寫首詩那也不難，可有個名目啊！」

「要什麼名目啊？大家活在這個時代，簡直就是集體浪跡天涯，既不能圖報效國家、也無法眞正闖出什麼作爲……。」

「耶！溪濂，你太過悲觀了。人生的際遇很難講的，只要我們準備好，早晚有機會可以做點什麼的！」

這是整個國家的命運，在上位者不圖振作、自強，底下的人再有理想，都會在狂濤中被淹沒，無力施展。宋貞看大家的心底都對國家的命運有著說不出的鬱結心情，於是她說：

「朝廷的事情管不著，但我們自個兒是可以做點什麼的！就好比你們這麼成群結黨、相親相愛，依我看，同一個父親生的兄弟也未必有你們這麼親，為什麼你們不乾脆結拜作兄弟呢？」

衆人面面相覷，你看著我、我看著你，都覺得這個提議甚好，為什麼沒有一個男人想到呢？幻園首先響應：「宋貞說得好。咱們五個人情同手足，眞心眞性情。選日不如撞日，咱們就在今日義結金蘭，也表示對彼此願意互相扶持，像一家人。你們說好嗎？」

「好！贊成！」

「贊成贊成。還眞是多虧了宋貞臨門一腳，才湊合著我們五個人的一樁美事。依我看，溪濂所指的浪跡天涯，也同時是天涯若比鄰的天涯啊！人家松、竹、梅是歲寒三友，咱們的結義金蘭，就好比天涯五友……」

「既然是天涯五友，咱們就立刻到相館照禎相片留作紀念，好叫宋貞答應要給咱們每個人寫一首詩的承諾，留個物證。」

「唉呀！小樓，還怕我賴了你不成？」

「走走走，咱們現在就照相去……。」

拍完了照，一夥人在大街上逛著。蔡小香提議去聽戲，順道慶祝，他靠近成蹊說：「別說哥哥帶壞你呀！在上海，吟詩作對沒什麼稀奇，酒樓、茶館裡的姑娘都會來上這麼一兩手。上海的文人呢，可說是保存了自古以來文人浪漫的精神，哪個不逛逛茶樓酒肆？」

「你別聽小香胡扯，他呀！自個兒風流，也想拉個墊背，捱罵的時候多個伴，有新的藉口。」

「小樓，你這樣說就不對了。要不是今天咱們結拜了，這麼讓人振奮的事情我還未必敢請你們來呢！待會兒呀，讓你們見識一下能詩能文的上海第一號人物：小狐狸。光聽這名字就讓人全身酥酥軟軟，像燒餅剛從油鍋裡撈出來一般，怎麼樣？有興趣瞧瞧她的廬山眞面目嗎？」

「唉呀！如果你提的是別人我就沒興趣，既然是小狐狸，咱們總得瞧瞧她到底哪裡有狐狸味？我在上海這麼久，她呀，可以算是第一號風景，不看，可惜呀！」

連許幻園也搭著腔，成蹊心想，這小狐狸肯定是有兩下子，否則不浪得虛名嗎？他正想著，大夥兒逛進一家戲園裡，台上一齣崑曲「貴妃醉酒」上演，那貴妃正醉著呢，不斷挑撥、逗弄著高力士，一只金樽晃呀晃，滿腔婉轉幽怨，空閨等著唐明皇呀！

小香喚來跑堂的小廝湊嘴嘟囔兩句，塞給他兩個銅錢，他滿臉笑著、謝著進到後台，他們選了靠近舞台的桌子坐下，成蹊一坐定，看著台上的貴妃左搖右擺開始展露下腰的絕技，她得靠身體的柔軟，用嘴去啣起放在地上的金樽！滿場喝釆聲「好！」「好！」好個不停。他將嘴巴湊近蔡小香，用比平常大一點的聲量詢問：

「他就是小狐狸嗎？怎麼小狐狸是個男的？男的也能讓你酥酥軟軟？」

「你確定他是男的？怎麼看出來的？」蔡小香的聲音裡有著三分媚態，原本就細皮嫩肉、斯斯文文的他，置身在這風流場所，倒也顯出了幾分的韻味。

「在北方，我聽我二哥說，這戲園子裡的戲子不管生、旦、淨、末，都一律是由男人來扮演，尤其是旦角，還因此有『乾旦』這樣的特殊稱謂，不是嗎？」

「南方可比北方開放多了，很多想法用你以前那套邏輯，是行不通的了。她呀，叫作楊翠喜，是新近走紅的『坤旦』，也就是說，她是一名道道地地的姑娘。演貴妃，扮相雖好但就嫌瘦了點……，不過，再瘦也應該比你胖一些。你呀！真是太瘦了。」

人群裡起了一陣小小的騷動，一名穿著上好緞子的姑娘從桌椅間狹窄的通道走了過來，彷彿來這兒的客人她都熟，這邊點點頭、那邊招呼一下聊上兩句，有人要伸手去吃吃豆腐，她則眼明手快一個搭肩、轉身的動作輕易化解，她一出現就好像大海裡竄出一道波浪，朝著他們這桌拍打了過來。

「小香，你好大的神通，怎麼知道我在這裡？」

「我來跟大夥兒介紹，她呀！就是坐鎮上海的第一把交椅，文人雅士莫不相熟的小狐狸——朱慧百。這些是我的金蘭兄弟，妳見過的幻園、溪濂、小樓，還有妳未曾見過面的成蹊。」

成蹊看了小狐狸一眼，點個頭，他的心神全在舞台上貴妃的身上，貴妃開始轉身、轉身、再轉身，她已經是醉得一塌糊塗了，戲園子裡大家又開始喝起采來！小狐狸發現自己受到眼前這個小公子哥兒的漠視，這可是從來未曾有過的事！她不禁有些醋酸溜溜地說：「看來，我這小狐狸是比不上迷死唐明皇的那隻大狐狸了……，我也該學幾招雲手、耍耍水袖，否則在上海恐怕混不下去囉。」

「你只要耍耍嘴皮子就成，動動口，大家就被妳給比下去了。成蹊第一次來戲園子，不看戲子要看啥子?」

蔡小香逗著小狐狸而所說的話,成蹊竟然一句都沒聽見。他太專注了!他被舞台上精采的演出給吸引著,他的魂全不在這方茶桌上……。

「成蹊,成蹊!」張小樓喚著他,並在桌子底下輕踢他的腳:「朱姑娘敬你酒呢。」成蹊回過神來,才發現朱慧百已經舉起酒杯許久,臉色顯得難堪,她有點賭氣地說:

「成蹊先生想必是瞧不起我們這些青樓女子吧,既然如此,又何必來這十里洋場、風流地方?你的態度,分明是對我的一種羞辱。」

成蹊看著她,是個五官分明,明眸皓齒的美人。他睜睜地盯著她瞧,也不說話!朱慧百從來沒有見過一雙這麼澄澈的眼睛,以往,色瞇瞇盯著她瞧的倒有一堆,她分辨得出來,這回反倒是被成蹊的眼神給震懾,一時之間竟再說不出話來。

「唉呀!不得了啦,這一向機巧聰慧的小狐狸,遇到咱們五弟,竟然變成潑辣的小辣椒。」

「不好,不好,咱們得快閃人離開,否則無妄之災被嗆到,那可不好!」張小樓說著話,試著緩和緩和現場氣氛,成蹊竟然開口說話了:「朱姑娘太沒自信了!憑妳的條件,不需要這麼焦慮的……。」

「是你目中無人,反倒怪我焦慮來了……。」

成蹊笑著:「我一直目中都有人,只是,就怕被從妳眼中噴出來的烈燄給燒著啦。」

「你們別鬥嘴。改天我請朱姑娘到城南草堂一敘,再同姑娘好好賠罪就是……。」

許幻園見成蹊與小狐狸都沒有退讓之意,於是邀約作東,打了個圓場。

「好，那就先謝過幻園先生了！改天我定當前往城南草堂，希望成蹊先生可別退怯才好。」

「我有什麼好退怯的？……」成蹊喃喃自語著，說給坐在一旁的小樓聽，他看著小狐狸胸口一鼓一鼓起伏著，倒覺得她生氣的模樣還挺有趣的。

一夥兒金蘭兄弟又聚在城南草堂的大廳裡，許幻園的夫人宋貞揮毫，寫了一首詩，新墨未乾，水氣猶仍酣暢。宋貞說：「這是我的承諾，給你們每人寫一首詩。」

成蹊接過自己的那首，不自禁地笑了起來：「嫂子妳可把我寫得太好！擔當不起啊！……」

蔡小香將詩搶過去，站起身，稍稍遠離成蹊，怕他來爭奪。他大聲地朗讀著：

李也文名大擬斗，等身著作膾人口。酒酣詩思湧如泉，直把杜陵呼小友。

「不公平，嫂子偏心，就只有成蹊的那個大如斗，我們的可都小得連提都不值得一提呢。」

「小香你別吃味，依我看，詩思有兩種，一種治感冒，另一種治咳嗽！」

「何解？」

「其一，感情自心中鼓冒而出，有如泉湧，遂發而爲詩，一發不可收拾也。其二，文思來時，有如喉頭奇癢，必咳嗽之而後快，所以……，成蹊有這樣的癥狀，你有嗎？」

小樓半掩著笑意，跟小香抬槓著。成蹊於是說：「好，小香哥，我也來幫你寫上一首。」

於是他拿起桌上的毛筆，想了一下，便在紙上題下幾個字：〈戲贈蔡小香四絕〉。

他動筆極快，彷彿不需逐字琢磨推敲，靠著一口氣，暢快而洋洋灑灑地寫來：

眉間愁語燭邊情，素手摻摻一握盈。豔福者般眞羨煞，佳人個個喚先生。

雲髻蓬鬆粉薄施，看來西子捧心時。自從一病懨懨後，瘦了春山幾道眉。

輕減腰圍比柳姿，劉楨平視故遲遲。佯羞半吐丁香舌，一段濃芳是口脂。

願將天上長生藥，醫盡人間短命花。自是中郎精妙術，大名傳遍滬江涯。

「好，好！寫得眞是好，小香啊。我看日後萬一你能青史留名，讓人知道還有你蔡小香這一號人物存在過，靠的就是成蹊這首四絕啦。」

許幻園說著，滿心讚歎！而一向喜歡逗趣的張小樓則對著蔡小香戲弄地嘲笑，嗲聲嗲氣地喊著：「先生，先生。不要嘛，先生。求求你，先生……。」

蔡小香滿臉泛起紅暈，他打心底也眞覺得成蹊這詩寫得好！將自己的外在神韻與內在心思都生動地寫活了，他很有風度地說：

「好囉，算我認輸。弟弟的那個大如斗，我當哥哥的，也與有榮焉啦。」

大家都笑了起來。這樣舞文弄墨的日子，眞是快活得很！許幻園若有所思，他說：

「成蹊，你也幫我及宋貞題首詩，如何？看來，我們要讓後人認識，都得靠你啦。」

「正要作詩一首，答贈嫂子爲我所寫的這首呢！」他看著許幻園與宋貞偎在一起的模樣，心中想著，他們眞是鶼鰈情深啊，於是寫下了題目：〈和宋貞題城南草堂圖原韻〉。

門外風花各自春，空中樓閣畫中身。而今得結煙霞侶，休管人生幻與眞。

另外，他看著幻園，想到他熱情邀約自己全家前來城南草堂居住，待他如家人，如親兄弟。這份情誼令他銘感五內，他提筆寫下題目：〈清平樂·贈許幻園〉

城南小住，情適閒居賦。文采風流合傾慕，閉户著書自足。
陽春常駐山家，金樽酒進胡麻。籬畔菊花未老，嶺頭又放梅花。

第六章

天涯五友結拜後一週，成蹊正與母親、妻子在佛堂裡相聚，除了他們三人之外，還有一個幫雅菊把脈的老先生。看他專注的神情，成蹊與母親王氏都顯得相當緊張。王氏首先忍不住發難：「怎麼樣？大夫。我家媳婦兒前幾天一直作嘔，是不是有喜了？」

老先生不動聲色，側耳，像聆聽著來自遠方的聲音，那神情，倒透露著一絲神祕的氣氛，然後，他笑了起來，並確定地說：「恭喜，恭喜小官人，以及夫人。按這個脈像看來，是懷孕了沒錯。而且這個胎兒，正很有力氣地在裡頭蹦著呢！恭喜小官人，你要當父親了。」

「濤兒，濤兒，你聽到了沒有？咱們家又要添一個人口，你的妻子，又懷了孩子了。」王氏相當喜悅，她靠過去握住雅菊的手，她的手因興奮而顫抖著：

「雅菊，辛苦你了。往後幾個月，妳可得挺著個肚子，再經歷一次當母親的過程……。」

成蹊送大夫出去，並付了看診費用後回到廳堂。雅菊看著成蹊，他的臉上雖保持著微笑，但卻明顯地看不到興奮的表情。王氏順著雅菊的目光看過去，發現了兒子的心思。她說：

「濤兒，你還掛意小葫蘆的事嗎？」

「娘，沒有。我只是一時之間高興，卻不知道該怎麼表達。」

「你少唬我了。你是從娘的肚子裡蹦出來的，別人不懂你，難道連娘也不懂你的心裡？」

「小葫蘆都過去兩年了，他沒福氣給咱們李家當孩子，這也不是誰的錯啊！」

「我只是聽到雅菊又懷了孩子，心裡忍不住想到小葫蘆，他死的時候，才三個月大。」

「濤兒，這是命吶，誰能敵得過老天爺呢？老天爺今天要奪了誰，誰又能怎樣呢？」

「誰能敵呢？誰能敵得過祂呢？」成蹊喃喃自語念著，突然發現雅菊無聲地流淚，斗大的淚珠從臉頰滴落下來。王氏嗔怪地盯了成蹊一眼，一手伸過去攬著雅菊，安慰她。

「別哭！別哭。有喜是件好事，不准哭的，濤兒不好，娘會懲罰他，乖，別哭。」

雅菊一發不可收拾，哭倒在王氏懷裡，這個婆婆就像她的親娘，對她，全沒當婆婆的架子。她放懷地哭了起來，這件事，她一直覺得是自己的責任，沒有把小葫蘆平安地帶大！但她已經盡力了，小嬰孩的脆弱，是她無能爲力的……。

成蹊離開廳堂，輕輕閤上門。他到屋外走一走，發現情緒像潮水湧來時，自己竟不易控制。他在上海市的大街小巷中盲目行走，沒有目的，也不知該前去哪裡？前途茫茫的感覺；他不愁吃穿、不愁沒錢花用，李家的產業雖然這幾年比較沒落，但時局如此，在這樣的時代裡，又有哪個人過得好呢？來到上海以後，雖然每天都過得很快樂，但是心中總覺得有些地方不踏實，眞要說也說不上來，就是覺得悶。

他在大街上走著，走著，想起朱蓮溪，蓮溪在上海嗎？他不曉得……，沒有連絡的方式，在人海中，就像斷了線一樣。他失神地走著，失去第一個孩子時沒來得及宣洩與發作的悲傷，此刻狂烈地向他襲來！他的眼眶泛起潮濕的淚水，他以爲遺忘了的，原來一直蟄伏於心底某處，在此刻，像野獸般衝出來狠很咬他一口。

他聽到一個聲音招呼著他。「客倌，洗個澡嗎？讓夥計幫你搓搓背，精神會舒爽些……。」成蹊一看，是家澡堂子。他正躊躇著是否進去逛逛？夥計的手便搭上他的肩，將他給招徠了進去。一個小弟接過他的衣服，並帶他到更衣的地方，並在一旁守著。看著成蹊愣在現場，他說：「客倌，第一次來嗎？」

成蹊點點頭，他端詳著眼前這個小夥子，年紀比他小上四、五歲吧，清清秀秀的，身子骨也瘦瘦的。他的微笑讓成蹊解除了一些慌張與不知所措。「有指定夥計幫你服務嗎？」

「我不懂這兒的規矩，你來帶領我，就你來幫我服務吧。」

脫去衣裳、襯衣、褲子鞋子，就剩一件褲頭。成蹊不好意思脫下這最後的一件，他還沒有在外人面前將全身脫得一絲不掛的經驗呢，有點害羞地說：「這……，這件也得脫嗎？」

「客倌，您別不好意思，只管放心地交給我，我保證讓你服服貼貼，咱們這可是老字號招牌，可還從來沒人穿著自家褲頭下池泡澡呢。」

夥計遞過來一件兜襠布，讓成蹊換過。於是成蹊也就在他的引領下，來到浴池中央。池子不大，大概可以容納個二、三十人，兩旁有躺椅，也有包廂的小房間，可以供人躺在上頭讓夥計搓背。成蹊用杓子搖水沖過身，便浸泡到池子裡。夥計拿走他的衣服，消失在轉角。水溫熱燙，蒸起氤氳白霧，省去了緊張憂慮之後，整個人才漸漸放鬆下來。一直覺得自己並不在意小葫蘆的死，怎麼今天反倒無端想了起來。人與人之間，除了血緣關係相牽連，好像還有點意義似的。死，就像天上一顆流星殞落，不曾在他心裡激起大風波。

有些人從池子裡起身，一旁的小廝便幫他攏上腰巾，並引著前去躺椅上搓背。人，在這裡，卸下了身上的布衣，全身赤條條光溜溜的，貧富貴賤榮辱等等世俗評價，在這一刻都得暫時放下！他的腦筋轉著，眼睛裡看的，盡是男人的身體。熱水浸泡過的身體，燙出了粉紅玫瑰色。他覺得這是一種平等，像嬰孩剛從娘胎出來，一絲不掛的平等。

夥計在一旁等候著，他覺得全身都被熱水泡到鬆開，於是起身，夥計俐落地幫他圍上腰巾。隨著他的引領，看到前面這個夥計的背脊，和他一樣都只圍著條腰巾的身軀瘦峻峻的，到了躺椅區，成蹊說：「可以到包廂嗎？」

「可以，可以，這邊請！」

趴在舖軟墊的床上，成蹊覺得難得的放鬆，夥計將手掌上油，抹在成蹊的背部，於是開始推拿了起來。他的指力有勁，在成蹊的肌膚上順著骨骼、筋肉游移。搓著搓著，成蹊問他：「怎麼稱呼呢？」

「客倌，叫我小四就成了。」

「小四，那你也別叫我客倌了，叫我成蹊吧。」

「成蹊先生，這樣的力量會不會太大?舒服嗎？」

「嗯……。」小四詢問著，成蹊微略點個頭，他從來沒有讓另一個人在身上這麼觸摸過，一波一波，讓他整個人陷入愉快的半酣半眠狀態。他竟有點沉沉地睡去了，昏沉中感覺著小四搓著他的手、他的腳、翻過身子按摩著他的臉、頸子，搓著他的身子……。

「文濤，文濤……。」彷佛從很遙遠的地方傳來呼喚他的聲音。

在他眼前是一個身穿黑色官服，白髮蒼蒼的老人。老人背對他，喃喃誦念佛經。一字一句清清楚楚地傳進他的耳朵裡。「文濤，文濤……。」

「誰在叫我？你是誰？」黑衣老人轉過身來，怔怔看著他。他記得這個老人！在天津大宅的廳堂裡懸掛著他的畫像。他不是別人，正是河東老人李世珍，他的爹，成蹊張大著口說不出話來。爹過世時，他才五歲啊。他好像回到了五歲的時候，像個孩子，巴望著娘出現，他很害怕……，娘一直不出現，爹的黑影子愈來愈大，爹向他靠近，他哭了出來！

小四輕拍著他，將他從迷迷茫茫的夢中喚回來。他喊著：「成蹊先生，成蹊……。」

成蹊睜開眼睛，感覺上像是從一個很遙遠的地方回來。他發現自己因剛才的一場夢而胸口起伏，小四在他眼前笑著，他說：

「先生，能在我們搓背時睡著，還作夢，自我到這家澡堂子上工以來，你算是第一名。」

他遞給成蹊一顆大拇指指節般大小的污垢丸子，成蹊不可思議地睜大眼。他是個每天都要洗澡，愛乾淨的人吶。「您這顆金丹，我找個盒子給裝起來。」

小四取來成蹊的衣服，全給洗過、熨燙摺疊好了。小四服侍成蹊穿衣整裝完畢後，遞給成蹊一個小小的錦盒子，他恭候在一旁笑著。成蹊從衣袋裡取出錢來打賞，小四推卻，他說：

「成蹊先生，這是我第一次不收人家的賞錢，蒙你當我是朋友，而非下人，這服務，算是我免費爲你做的。請收回賞錢吧。」

「小四，這是你應得的，你別拒絕，要眞當我是朋友，就收下吧！」
成蹊將錢放在小四的掌中，並將他的手指闔了起來。
「當我是朋友，也別叫我先生了，嗯……，叫我成蹊，或成蹊哥吧！就這樣，別推了。」
「那麼……，就謝謝你的賞錢了。成蹊哥，日後有經過，進來坐坐、聊聊，不洗澡也成的，或者改日等我下班後，打壺酒，再請你喝個兩杯。」
成蹊站起身來，正要踏步向前，突然腿軟，整個人往前撲跌在小四身上，他有點慌張地說：「你看我，洗個澡，連力氣都酥軟了呢。」
小四扶著他，眼睛睜睜望著成蹊，他突然一個傾身，抱住了成蹊，並將頭埋在他的衣裳裡。成蹊想說些什麼，又不知該說些什麼。他有點愣了一下，然後也輕輕地回抱住小四，一隻手撥撥他的頭髮，說：「這是幹什麼？……」
回到城南草堂，大廳裡熱鬧烘烘。許幻園見他回來，高興地走了出來，並且拉著他的衣角，低聲說：「成蹊，你跑哪兒去？朱姑娘登門拜候，等了好長一段時間了！」
「哪個朱姑娘？我不記得跟誰有約啊。」
「唉呀！你眞是貴人多忘事，就是上回咱們到戲園子，碰見的小狐狸朱慧百啊。」
「是她啊？怎地就來了呢？我們有約好是今天嗎？」
成蹊的態度裡全然不介意這件事情，看在許幻園眼裡倒眞是一件奇事。
「好，反正你進了大廳之後，自個兒好好應付吧。」

許幻園摸摸鼻子，暗自偷笑著，他倒要看看成蹊，如何面對上海的第一號紅牌。進了大廳，成蹊的眼便與小狐狸對上了，小狐狸嫣然一笑，舉起手中茶杯，一邊向成蹊敬著，一邊說：「李公子，我可等你好一陣子囉。上回不是說好我改日登門造訪嗎？莫非你藉故避而不見？」

「我記得並沒有約定日期啊，難不成要我全天守候？只爲了妳的到訪而寸步不離嗎？」

「你這麼說就言重了，只是不知是否有這個榮幸，請你上春香樓招待一桌酒菜，也讓小女子獻上一手琴藝？」

成蹊猜不透她的用意，但他是不擅於拒絕的人，況且小香與幻園都在旁邊猛眨眼，他記起了那天看到小狐狸起伏著的胸脯，那曾強烈吸引著他的兩丸……，就這麼一轉念頭，便聽得小狐狸的激將法，她說：「不敢嗎？那我就饒過你，看你臉紅的樣子，也犯不著害羞啊。」

成蹊敢緊把心思拉回來：「笑話，怕妳不成。眞怕了妳，日後在上海要怎麼混呢？」

蔡小香打趣地接著成蹊的話尾說道：「那就甭混啦！時局也不好，正正經經過日子吧。」

他的嘴角裡還有忍不住的竊笑，於是他們相約晚上在春香樓設宴，由小狐狸作東，天涯五友，一個也不能少。

華燈初上，整座上海沸沸湯湯。入夜，街上猶車來人往，熱鬧非凡。上海，是進入中國的咽喉，上海，是洋人呑併中國之前的最愛，他們挾著洋槍洋炮，在這裡劃地爲王，紛紛成立了租界區，進入租界，就等於到了外國。

小狐狸在春香樓設宴，圓桌上酒餚豐足，穿著綢緞華服的姑娘陪坐，笑著、聽著、敬著酒，天涯五友彼此之間都有一種不說出來的默契；這個朱慧百遇到李成蹊，居然不甩她！她是那種習慣所有目光都向她注目的女子。所以，今夜的排場，擺明是衝著成蹊來！她站起來，聲調明顯地揚高，像是要吸引著他人注意，或者，揚威什麼：「各位，咱們都知道在上海文風鼎盛，冠於全國各地，而上海的文風，又以城南文社爲引領風騷之龍頭。針對這點，天涯五友便值得小女子舉杯，向諸位表示我深深的敬意。來，各位文壇好手，讓小女子先敬一杯！」

「三生有幸，能讓名冠上海的小狐狸設宴款待，咱們天涯五友可眞是榮幸。聽說姑娘琴藝高妙，今日必定要請姑娘彈奏一曲，讓我們平日聽慣了世俗濁音之耳，也能好好地清洗清洗、享受享受。」許幻園起身答話相迎，大家湊興著應和，笑聲不斷。

成蹊也帶著笑意看小狐狸，小狐狸眼波流轉，顯露著嬌俏媚態：

「幻園大哥眞是高人，我都還沒要求大家獻詩呢，倒先要我獻醜來彈一曲。」

她的眼波勾了一下，怔怔地望向成蹊：

「但我有個要求，只要成蹊先生即席作一首詩，我便彈一曲，如何？」

大家望向成蹊，蔡小香倒先說話了：

「別爲難成蹊了，不如這樣，你彈一首，我親你一下？這條件可好？」

「寫詩這回事是求之不得的，它要來的時候來，要走的時候走。現在我可沒有半點詩興，要勉強也是沒辦法的。」成蹊輕輕鬆鬆答話。不知爲什麼，他覺得這個小狐狸嗔怒的模樣比平時美上許多，他拒絕了她。

「寫不出來也成，虧得幻園先生說你是城南文社的第一把交椅呢！既然你要砸了這塊招牌，我也沒辦法。不如這樣，你喝一杯酒，我便彈一曲，如何？」

「不行！不行！這樣太便宜他了。」袁溪濂在一旁吆喝著說。

「要就給成蹊端來上等的女兒紅，否則當眞枉費朱姑娘今晚設宴。在上海，可別落得讓人家說，咱們五兄弟欺負一位姑娘啊！」

「好，備酒。」小狐狸趕緊搶先說，感激地望了袁溪濂一眼。她沒料到這五個結拜兄弟中還有人是幫她的！幻園、小香與小樓也都有點驚訝，但成蹊心裡明白，他與溪濂認識的時候就明白，他是個血氣形於外的人。

「好！妳彈一首，我便喝一杯。醇酒與美人，看來，是分不開家的……。」

「那我們就趕在聽朱姑娘彈琴之前，先乾上兩杯吧！來、來、來……。」

乾過幾杯之後，琴已經架好。小狐狸向在場諸位點頭，起身，坐到琴前。她撥動著琴弦，喝過酒之後的她無處不嬌媚，一舉手、一投足，丰姿綽綽，令人心神盪漾。她彈了一曲〈鳳朝凰〉，成蹊便乾了一杯陳年好酒。這好酒下肚，整個身體有如烈燄赤赤焚燒了起來，只見眼中的小狐狸，一邊彈琴，一邊胸口激烈起伏著。一曲彈罷，大家鼓掌，她更是清唱了起來。

迷醉的夜，果眞將成蹊給灌醉了，一夥人搭人力車離開時，成蹊已經不行了。他太醉了，醉到怕自己開口講話。他覺得自己的意識胡亂飄著，總是飄到小狐狸胸口的起起伏伏上，這眞是荒唐！他克制著自己，但他已經醉了，酒醉三分醒的說法對他來講可能只剩下一分，他必須依賴著這分薄弱的理智撐著，他不能失態……。

人力車在街道上奔跑著，他甚至可以感覺到風，在他的臉上摩挲。到了城南草堂門口，一下車，成蹊竟淅瀝嘩拉地吐了起來，剛才吃的一切全都成了一灘酒餿稀泥，傾洩而出。幻園拍著他的背，讓他吐個痛快！「成蹊，你還好吧？」

「……剛才的愉快與酩酊，現在可成爲……一團廢物。我不敢……說我沒醉，我是眞的醉了……，醉得一塌糊塗。」

「來吧，我攙扶著你進門。」幻園攙著成蹊回到他的臥房，還是引起了一陣驚動，已經入睡的王氏與等門的雅菊，看到他醉成這副模樣，臉上都寒著一分冷肅。王氏過來攙他進去臥室躺下。她說：「怎麼喝成這樣子呢？幻園，這孩子不會喝酒，以後別讓他再喝……。」

「好的，好的。以後只要有我在身邊，絕對不讓他喝醉成這副德性了。」

夜裡，遠遠的窗外有更夫打更的聲音。雅菊去解開成蹊身上的衣服，脫掉他的靴子，將成蹊扶坐了起來，讓他的頭趴在自己的肩窩裡。這個男人眞是醉得不省人事！她聞到了酒餿的氣味之外，還有胭脂水粉。她突然百般情緒湧上心頭。她出去打盆水，進來幫成蹊擦臉、擦身子，成蹊睡著了，任由他的妻子擺布。看著眼前這個充滿孩子氣的丈夫，心中不知該說什麼是好！她躺在他的身邊，一整夜輾轉反側，難以成眠。

隔天，成蹊睡到中午才起床，一起來後，頓時感到頭疼欲裂，整個人眼前昏昏花花，雅菊坐在小几前，眼眶因一夜未得安眠而有些灰黑，她整個人顯得疲倦。成蹊打著赤膊，起來撈了件衣服穿，他問道：「現在什麼時辰了？」

「已經正午了，娘在等你吃午飯呢。」

「妳怎麼了？看起來這麼累？」

「你昨天喝醉酒回來，滿身酒氣，翻來覆去，我也就跟著一夜沒睡好。」

雅菊的聲音裡有刻意的節制，她簡單陳述著，倒讓成蹊不好意思了起來。

「喔！沒辦法，幻園與其他幾個哥哥，大夥兒一同去吃飯。酒喝多了，讓妳擔心。」

「擔心倒沒有，我顧慮的是娘。她昨天也見到你醉得一場糊塗，娘心裡不知道要怎麼想？」

「知道了，別再說了，走，過去找娘，一起吃飯吧。」

夏天的上海，飄浮著一層燥熱。成蹊自從上回喝醉酒，經母親王氏一番訓示，已經好一陣子乖乖地待在家中，儘量不出外走動，以安慰娘親的心。這天一早，他在佛堂裡陪著王氏，王氏唸著經，木魚聲規律地輕輕敲著，成蹊也專注地刻著他的印章，把玩石材，他的妻子雅菊肚子微微隆起，也陪在一旁縫著針線。成蹊刻著刻著，從窗戶望出去他似乎看到了什麼……。他興奮地起身，放下手邊金石，快步地溜了出去。雅菊從窗戶外望，成蹊幾乎是小跑步地奔向一個陌生人。成蹊摟著他、抱著他，顯現出的熱情是她從來都未曾見過的！後來，他們便往成蹊書房的方向過去了，雅菊探頭過去看，手中的針卻刺到了指頭。她微微發出的聲音驚動了正在誦經的王氏，王氏靜默半晌後，便又繼續敲著她的木魚，念經。

雅菊走了出去，她想是不是該前去打個招呼？看來是成蹊很相熟的朋友，但是，她的心裡又充滿好奇！這個她未曾見過面的人，倒底是誰呢？走到了書房外的窗牆邊，背靠牆佇立著，發愣。只聽得裡面傳來成蹊興奮的聲音：「……這裡可不再是天津的大宅啦！我不必再偷偷摸摸見你。你好嗎？唉呀！你可真把我給想死了！」

「可不是嗎？離北京遠了，南方的空氣自由多了、也新鮮多了。」

雅菊從窗戶往裡面偷瞄一眼，成蹊的頭正緊緊靠在男人的肩窩裡，緊緊擁抱著對方。雅菊的心慌慌地亂跳著，腦袋裡一片空白。她不敢移動腳步，怕成蹊發現，於是就怔怔地站立，繼續偷聽……。

「你怎麼找得到我？我來上海後就一直想連絡你，可是我不曉得怎麼樣才能找到你。」

「我也是在一個偶然的機會底下，聽到幾個姑娘在說著瘦桐先生如何有才氣之類的話語，才想，這個瘦桐會不會就是你……，果然不出所料，你什麼時候又改名叫作瘦桐了呢？」

成蹊展開雙臂笑著說：「你不覺得我的身子骨挺像瘦巴巴的梧桐樹嗎？」

「嗯……，這個我得摸摸看才知道！」

男人伸出雙手攏住他的身子骨，並順道呵他的癢，成蹊像個小孩子般笑得嘻嘻哈哈。

「別鬧了！蓮溪！你這樣我可受不了……。」

原來這個男人就是傳說中的蓮溪？朱蓮溪……。雅菊曾經聽娘說過，這個人是朝廷眼中的黑名單，成蹊刻下「南海康梁是我師」的印章因而南遷避禍，也是受了他的影響。他跟成蹊之間倒底是什麼關係？連娘也反對他們往來……。

「你說的姑娘，是不是就是小狐狸朱慧百？」

「咦？你怎麼知道？你學占卜、卜卦了嗎？怎麼這麼神奇？」

「這個姑娘啊，我前些日子才剛剛栽在她的手中呢！」

「怎麼說？莫非是色不迷人人自迷……，你和她？」

「別瞎猜。我可是清白的啊！」

「那是怎麼回事？從實招來，恕你無罪！」

「她也不知道哪根筋不對勁，老找我的麻煩。」

「你不招惹人家，人家又怎麼會閒著沒事來找你麻煩？你呀！肯定是眼裡沒有她的存在。」

「我爲什麼要有她的存在？全天下那麼多人，難道在我的眼中，都得有他們的存在？」

「話可不是這麼講。她呀！好歹是上海第一號紅牌姑娘，哪個人不眼巴巴望著她，乞討一抹關愛的眼神？你不重視她，這對她來講，是多麼難堪的一件事啊！」

「不談這個了！你好不容易又出現，今兒個不准你走，陪我好好喝上兩杯！而且……，我也想知道你對局勢的最新消息與看法。」

「好，別急，這幾天我都在上海，咱們肯定可以好好聚聚的。」

在窗牆外頭佇立不動的雅菊，聽著聽著，突然驚覺到他們可能要走出來了，正慌措得不知該進還是退？尚且來不及反應就撞上了從書房走出來的成蹊與蓮溪！成蹊愣住了，他從雅菊的臉上揣測出她剛剛一直站在外頭偷聽……心裡的脾氣升起，但隨即悶住，倒是蓮溪一看到雅菊，便很有禮貌地問道：「成蹊，這是弟妹吧。上回在天津我走得匆忙，也沒能見一面，今天見到弟妹，果眞覺得你們是很相配的一對。你好，我是朱蓮溪……。」

他摘下了帽子，自我介紹一番。

成蹊則冷冷地說：「有事嗎？」

「娘……，娘……」

「娘怎麼了？我等會兒就帶蓮溪去見她。這裡是上海，可不是在北方。娘認識他的。」

「走吧，弟妹一起去吧。還不知道怎麼稱呼呢？」

蓮溪嗅到了成蹊語氣裡有些不對勁，他打著圓場，卻不太知道是爲了什麼？成蹊走在前面，他知道雅菊的結巴是因爲被發現躲在牆邊偷聽，她爲什麼要這樣呢？他的氣悶著，氣著自己的妻子。

叫了車，前往上海最熱鬧繁華的地區，在車上，成蹊一直悶不吭聲，蓮溪陪著沉默了一段，終於忍不住開口：「你也太孩子氣了吧，好歹她是你妻子，更何況咱們剛才也沒聊什麼，沒什麼怕她知道的事情，你的臭脾氣，可全寫在臉上了。」

「她在窗外偷聽，就是一種不信任，是一種丟臉的行爲。我的心是很大的，什麼都能包容，但是就是對這些偷偷摸摸的事情感到不齒，她今天的行爲，在我心中已經完全沒了地位！這讓我瞧不起她。」

「文濤，你太嚴厲了！畢竟她是你的妻，她這麼作有她的心思，爲什麼她不進來？恐怕是怕你吧。我感覺得出來，你對她與對別人，是兩種天壤之別的態度。」

「是嗎？我倒從來不曾發覺。」

「你仔細想想，她一個人嫁給了你，從天津跟著來到上海，可以說她的這一生全都寄託在你身上……。」

「好了，別說了。你說這些讓我心煩。」

「那好，就不讓你煩，家家有本難念的經，你自己心底有個譜，懂得拿捏其中的分寸就成。更何況，現在的時局凶險，大清……，什麼時候會出大問題都不曉得，這些兒女私情，實在顯得瑣碎而且微不足道。」

「待會兒有機會一定聽你好好聊聊，現在，我們去哪兒？」

「到春香樓？」

「不行，不行！萬一又碰上小狐狸，我可又要被纏住了。」

「放心，這回不會要你再去喝酒，更何況，也許小狐狸這麼對你，也有她的道理在。」

「總之不成，我寧可去澡堂裡泡上一個下午，也不去春香樓……，對啦！不如我們去聽戲。上回我在戲園子裡看了齣『貴妃醉酒』，挺讓人著迷的哩。」

朱蓮溪望著眼前這個清癯的公子哥兒，他笑了笑，抿著嘴，將頭轉往另一邊的街道。

「怎麼啦？你怎麼笑得這麼詭異？」

「沒事。」

「說！不可能沒事，你今天不說我肯定不饒你……。」

蓮溪轉過頭來，不再嬉鬧，正眼望著他，然後意義深遠地嘆了一口氣：

「你跟你二哥文熙，也應該達成和解了吧！」

成蹊聽得一頭霧水，但他的直覺與聰明，馬上讓他想起了與文熙之間的一些往事。自從南遷來上海之後，彷彿極力要擺脫與過去的關係，他連一次都沒給文熙寫過信！他壓根忘了、不願再去想起有這樣一個流著相同血緣的兄長……。蓮溪的話，狠狠地撲向他，令他整個人搖晃著，震盪著。

「走吧。我們到戲園子看戲吧。你肯定迷上了哪個戲子，有非去不可的理由。」

一路上，成蹊回想著自己少年時對待文熙的態度，那時，他攻擊著文熙捧戲子、愛小娘兒們，常常整天逗留在外不回家，有時連晚上也不在家裡睡，他斥責二哥墮落、虛無，如今，他與蓮溪正是在前往戲園子的路上。他不能自主地想起了他的二哥李文熙，想起了……天津的那座大宅院。

第七章

戲台子上演著「霸王別姬」，門口的紅布看板上寫著由坤旦楊翠喜擔綱主演。成蹊高興地牽著蓮溪的手，進到鬧烘烘的園子裡。找地方坐下來之後，台子上大花臉的霸王正與一些小兵打得難分難解，翻觔斗、耍槍花，熱熱鬧鬧的武打戲。店小二送來了瓜子、糕點，成蹊叫壺龍井，待坐定，由楊翠喜所扮演的虞姬亮相，與西楚霸王相會了。

朱蓮溪看著成蹊優雅地看戲，專注而著迷，他不知道該怎麼跟他說起政局的事？他有點迷惘了起來，思慮了一會兒，還是決定讓成蹊認清他所處的這個大時代的現實。他靠近成蹊：「前一陣子，我聽說山東巡府毓賢進京，跟老佛爺讚揚有關義和團的事，這事情你知道嗎？」

「義和團，刀槍不入義和拳、鐵打神功義和團、保家衛國、扶清滅洋？在天津時就曾聽過他們的事跡，這一兩年，有誰不知義和拳呢？怎麼？他們進京了嗎？」

「這也眞不知是不是大淸的悲哀？他們憑著的是一腔對民族、對朝廷的熱忱。但他們可太過激進，而且方法上也都錯了，你以爲人的肉身眞能擋洋槍、擋炮彈。大淸還沉醉在這樣的迷信中，怎麼可能脫胎換骨？依我看，恐怕要招來大禍了！」

「幾十年前有場太平天國之亂，後來又有捻亂與回變，現今又來個義和拳……。」

「你曉得這義和拳是什麼出身嗎？為什麼這一兩年突然間就冒了出來？」

「也許，跟一直存在的白蓮教有些相關吧。在目標上它們是一致的！這樣的局勢，再怎麼說都不可能期待老婆子從內部改革了。原本德宗皇帝與康、梁的變法革新還彷佛有點希望，這下子，德宗皇帝被老佛爺軟禁，康、梁遠奔國外避難，大清要能改變……。」

成蹊將身子湊近蓮溪，咬著耳朵，極低聲地詢問：「你曾經提過的孫先生呢？」

蓮溪緘默了會兒，環視周遭之後，才低聲說：

「孫逸仙三年前在倫敦蒙難，差點就被抓回來判罪處死。幸虧得到他的老師康德黎先生奔走營救，英國政府強力干涉，才得以脫險。不談這個！以免你娘又要責怪我把你帶壞了！」

「壞，還能壞到哪裡呢？這樣的局勢已經夠糟了，卻沒有人有太大的警覺。在上海，夜夜笙歌高唱，我們小老百姓，能做什麼呢？眞是有心無力的時代……。」

「別這麼想，也許，大家都在等一個機會吧。」

舞台上虞姬與霸王互訴衷情，虞姬怕成為累贅，誤了項羽，於是趁霸王一個不注意，橫刀自刎，死前還幽幽唱了一段。悲劇。宿命。難道一切都不可解嗎？

三天兩頭，成蹊邀約蓮溪去上海城隍廟內的湖心亭孵茶，耗一個下午。這裡風水順、風景好，挑一個西面臨窗的桌子，朝窗外看出去，正好可以看到古色古香的豫園、老城隍廟的飛檐，還有一湖碧綠的池水，池畔種著柳樹飄搖，池裡大錦鯉游來游去。上海人管喝茶叫「孵茶」，就像老母雞趴在窩裡蹲上一整天，慢慢地品著啜著。這是上海人的風雅！

這天，光緒二十五年秋天，他們正趴在湖心亭裡孵著，遠遠瞧見兩個穿著華麗的美女上樓來。蓮溪用手肘輕碰成蹊，努著嘴，用不甚熟悉的上海話低聲說：

「喂，文濤，儂看看，是誰來啦？」

「唉喲！來了兩位漂亮姑娘，伊拉是……，乖乖的小狐狸與新小娘兒。」

成蹊的上海話很彆腳，怪腔怪調的，連自己都忍不住就先笑了起來。這一笑倒引起小狐狸朱慧百的注意，她高興地喊著：

「李公子也在啊，嗯……，今天要稱呼你成蹊先生，還是瘦桐呢？」

「儂可以早朗稱伊李公子，中朗喚伊成蹊，晚朗叫伊瘦桐，就不用爲笛個操心！」

蓮溪用上海話調侃著小狐狸，小狐狸也不生氣，偕著小娘兒靠近過來，同桌坐下。她說：

「儂跟瘦桐前來伯相，蠻靈格，但是說起上海話，轄起推板，阿拉還是別說的好。」

小狐狸朱慧百一口氣說了一串，臉上掛著甜美的笑容，眞是談笑風生！蓮溪與成蹊對看一眼，兩個人都笑了。成蹊說：「朱姑娘，很高興見到妳。這位是……？」

「來，我來介紹給你認識。這位是李蘋香，能詩能文，她的才華可不下於我喔！也許，上海未來的天下就屬她的了。她，可是我的好姐妹喔。」

成蹊與她對看了一眼，簡直就是個古典美人胚子，水汪汪的大眼睛，瓜子臉，雪白粉嫩的膚色。她輕輕地點了個頭，態度裡除了優雅之外，還有一種美，含蓄的、幽微的。她微笑著說：

「瘦桐先生，常聽到你的名聲與事跡，今日有幸在這裡巧遇。果然，人如其名。」

朱慧百從他的神情中可以看出，這個上海文壇第一才子喜好的姑娘類型。那種三魂七魄裡少了一魂一魄的癡模樣，她看得多了。於是小狐狸不由自主地輕嘆了一口氣：「瘦桐，別說我不夠意思。今天，是上天的安排，我帶來了最好的禮物給你。你知道我們平時是絕對不會來這種地方的，改天和你那些天涯五友的幾個哥哥，再到春香樓坐坐吧。」

成蹊點點頭，眼神投向李蘋香，他向小狐狸說：「會的，改天會前去討教。上回聽完妳的琴藝，害我醉了好幾天呢！這筆帳，得夥同我的哥哥們，前去向妳討回來呢。」

「那我們就這麼說定囉。蘋香暫時會住在我那兒，如果你想來找她，也儘管別客氣喔。」朱慧百語調輕軟，跟成蹊訂約，還不忘輕輕調侃、撩撥。成蹊笑而不答，想著這小狐狸果然聰明機伶，他的心緒波動，全給她瞧在眼裡了。

「等一等！這麼快就要走了？全上海難道除了李成蹊，就沒有別的男人值得一覷？」

蓮溪打趣地說。小狐狸看了蓮溪一眼，嗔笑著：

「儂也不看看，全上海就伊李瘦桐一個是眞個瞎嶄。有才有料、交關來舉，再也沒人可以勝過伊！」朱慧百用上海話一字一句鄭重地稱讚著他，成蹊看著她，突然了解她表達感情的方式。她並非刻意要找他麻煩，而是，那是她包裹隱藏著的情意啊。

轉眼間，日子晃到了秋天，院子裡幾棵梧桐增添了秋色。在城南草堂裡與許幻園聊天，也不知那一點觸動，幻園心血來潮取出了一幅卷軸，走到成蹊面前，笑盈盈地說：「來，你來猜看看這裡面是什麼？給你個提示，不是畫作。」

「那肯定是字囉。是首詩嗎？看你神祕兮兮的模樣，我猜，是一首對你相當有意義的詩！」

「唉呀！一切可真是瞞不了你，你看，這是我二十歲時所寫下的自述詩……。」

成蹊一邊看著，一邊想起自己也已經快要二十歲了。二十歲，是一個關卡，一個人生的階段；二十歲，他已經死去了一個孩子，而妻子雅菊還懷著另外一個……。自己好像才剛過少年時期不遠，怎麼一下子就老了呢？他的心中不禁感慨萬分。「幻園大哥，看了你的二十自述詩，讓我想起自己的生日也快到了。我也該東施效顰一番，寫下屬於我自己的二十歲自述詩。」

「正是！正是。拿拙作給你看的最大的目就是要拋磚引玉，賢弟一直知道我對你的才氣羨慕不已，你能多寫些東西，對我來講就是最大的快樂與享受啦。你答應我，在你生日前要給我看你的二十自述詩喔，咱們就這麼說定啦！」

成蹊看著幻園整個人散發出來的神采，看他高興的樣子，自己心中也有幾分驕傲與欣喜。如果說千里馬需要遇到伯樂才會顯出珍貴，那麼能遇到許幻園，就是遇到自己的伯樂了！他懂得他的才華、他是自己的知音，李成蹊心中充滿情意、感激地望著他。

「你看，咱們就在你生日當天，請廚子到家中煮幾道好菜。邀老夫人、弟妹，小香、小樓、溪濂，大夥兒趁這個機會好好再聚聚，打打牙祭，你覺得如何？」

「別勞師動眾，這樣太麻煩大家了。」

「不麻煩不麻煩，難得你一生才有一次二十歲，不趁這個機會喝兩杯，恐怕就要等到三十歲了吧。那我可等不及！就這麼說定了，只是這次得限定你，別讓你再給喝得爛醉，要不然我可無法跟弟妹以及老夫人交代……。」

「那就別找小狐狸朱慧百，否則我再聽幾曲她的琴音，恐怕就又得躺平啦。」

「嗯……，這個咱們再商量吧，好歹她也是上海第一風景，而且跟咱們混得也熟，禮數上不能失禮，以免到時候落人口舌。總之，不會讓你為難的啦。」

成蹊看著幻園，知道他不懷好心，不過又有什麼關係呢？反正是在城南草堂，是跟家人以及天涯五友，想來也不至於太過瘋狂。他說：

「好！那我就開始著手寫我的自述詩。其餘一切，就勞煩大哥囉。」

「沒問題，沒問題。就在城南草堂，咱們來辦一個全上海最年輕、文氣才氣卻最頂尖的自述詩發表會。擺個兩桌不為過吧……哈哈哈！真是太好了。我馬上來籌措！」

成蹊還是笑了一笑，他知道，在這裡是他的天下，是可以供他肆意縱情、施展抱負、發揮才華的地方。他胸懷志氣，也了解自己的才氣，絕對是可以傲視整個上海而無愧的！

光緒二十五年，十月二十三日。這天一大早來了幾個廚子，他們和李幻園聚首商量之後，便趕晨光上市集去。上午，成蹊便看到他們抬回來一頭小乳豬，雞、鴨、魚、蝦等，各式菜蔬更是不在話下，成蹊回房取出自己所寫的自述詩，反覆地讀了幾遍。他看著天空，再回頭看著自己那挺著大肚子的妻。二十歲，真的是很老的一個年紀了啊！

「成蹊！成蹊——。」樓下傳來熱情呼喚的聲音。成蹊一看，是張小樓，他正雀躍地向他招手呢！他攜著自己的詩，回頭跟雅菊交代著說：「我先下去跟他們打招呼，妳待會兒再陪娘一起下來。」

話才剛說完，他便快步地下樓而去，雅菊在他的背後顯得落寞，她總覺得成蹊對外人比對她還要好，身爲他的妻子，卻總是像個陌生人窩在家裡等他回來。成蹊與她聊不上話，聊兩句便顯得不耐煩，她不知道是哪裡出了問題？她茫然的眼裡突然感覺秋涼的寒意……

在大廳，天涯五友與宋貞、成蹊的母親與妻子，全聚在一起。斟酒、上菜，好不熱鬧。就在一片熱鬧聲中，廳堂外放起鞭炮，霹靂啪啦，餐桌上的人喧鬧了起來。

「好！這個鞭炮放得好！」

「今天雖然不是過年，但是啊，爆喜報喜。喜事臨門，不是好事一樁嗎？」

「爆竹一聲除舊歲，今兒個可是咱們城南文社第一好手李成蹊二十歲生日。……人生能有幾次逢上二十？又有誰能在二十歲便寫上一手好詩？滿腹詩書呢？這個時代、在上海，就有一個人，真個讓大夥兒佩服！」

「這個人是誰呢？」

「不是許幻園，雖然咱們杵在城南草堂，全上海最有文氣的一個文社。但這個人絕對不是許幻園。」「不是許幻園，那還會是誰呢？」

「還有誰住草堂裡呢？」「唉呀！我明瞭了，是宋貞。可宋貞早就年過二十啦？」

「雖然已經超過二十好幾，但看起來還眞只有二八哩。少胡扯，怎麼會是宋貞？這個人正是英雄出少年！」「不是少年就出狗熊啦！」

大家都笑場了。張小樓看了一眼蔡小香，他們這隨機一搭一唱的雙簧，還眞有些默契呢！

「好！既然大家猜不出來，那咱家就公布答案啦。」

「唉呀！這有誰不知道呢？今兒個，是咱們結拜弟弟李叔同的二十歲生日啦！」

「不！不是李叔同。是李瘦桐！」「不！也不是李瘦桐，是李成蹊。」

「不！不是李成蹊……。」「不是李成蹊？那還會是誰啊？」

「嘿嘿！這你可不知道了吧。我剛剛問過乾娘才知道的。是李文濤。」「眞是夠了。」

「不夠不夠，一個名字代表一個時期，也代表一種心情。在咱們這個弟弟身上，這一生是要當好幾輩子來過活的。四個名字，不夠不夠，當然不夠。」

大家看著他們倆唱雙簧逗大家開心，都笑津津地聽著。許幻園終於忍不住站起來主持：

「得了，得了。再讓你們倆扯下去，到明天這雙簧還唱不完呢！」

「今天，是咱們天涯五友最小的一個：李成蹊的二十歲生日。我，一向喜愛文才，自從成蹊來到上海，舉凡文社所辦大小徵文活動、比賽，只要他出馬，別人都趕緊聞風而逃，不敢纓其鋒。爲什麼？因爲他是最好的，沒人能勝過他！所以今天，要他給自己寫一首二十歲自述詩作爲紀念，並且，爲了考驗他是否眞如我所誇口的那麼有文才，我們要他當場揮毫，寫下自述詩的序言。各位說好不好啊？」

「好啊！好啊！成蹊，露兩手給咱們瞧瞧。」

台下吆喝著，並推擠著拍他的背脊拱他上場揮毫，才剛說完，桌子、紙墨筆硯都準備齊全，原來一切都是有所預謀的。成蹊笑了笑，他是有兩把刷子的，當場揮毫他不怕。他說：

「我與家人來到上海，蒙幻園大哥熱情邀約前來城南草堂暫住，一直都沒把我當外人看，我們親如兄弟，他也拿我母親當成自己的母親一樣對待，這樣的胸襟與雅量，再難找出第二個人。

前些日子看了幻園兄所寫的二十歲自述詩，不免也仿傚著寫了一首，既然今天得獻醜，我就來爲幻園兄，寫下這首詩的序文。」他舉筆，略略沉思，便在桌案上快筆揮毫寫了起來。

墮地苦晚，又攖塵勞。木替草榮，駒隙一瞬。俯仰之間，歲已弱冠。回思曩事，恍如昨晨。欣戚無端，抑鬱誰語。爰託毫素，取志遺蹤。旅邸寒燈，光僅如豆。成之一夕，不事雕劖。言屬心聲，乃多哀怨。江關庾信，花鳥杜陵。爲溯前賢，益增慚恧。凡屬知我，庶幾諒予。

墨漬未乾，幻園在背後看著他寫，不自禁地喝起好來。他牽著成蹊的手，來到圍坐的大圓桌，遞給他一杯酒：「好一個『言屬心聲，乃多哀怨』。咱們處在這個時代，不管是家事還是國事，這都是屬於我們的這個時代！來，大哥先敬你一杯。能在上海與你相交、結識，我知道對我來講，是這幾年間，最有意義、最有價值的事了。乾杯！」

成蹊看著眞情流露的幻園，心中情感波動不已，眼眶中充滿感激的淚水。人生難求一知己，他覺得自己相當幸運，在上海、在城南文社，受到這麼多人的愛戴與扶持。飲完一杯後，他再斟滿一杯，說：「大家，都是我最親愛的，咱們是一家人。來，爲了我二十歲的生日，麻煩大家了，以後，還請多多照顧，互相幫忙。來來，一起舉杯，乾了！」

成蹊仰頭飲盡，整桌人聲再度沸騰，吃菜喝酒，草頭圈子、糟缽頭、蝦子大烏參、八寶蝦，滿桌道地上海名菜。在秋日，有暖烘烘的人情與菜餚，席間，成蹊幾度看著雅菊，心情複雜……。幻園的夫人宋貞，留意到他們之間的互動，於是站起身來，舉杯，她說：

「剛才所放的鞭炮，一來是慶祝成蹊的二十歲生日，二來呢，則是提前慶賀弟妹肚子裡懷的小寶寶，將在過完冬天後，於春天來到這個世間。到時，咱們就準備吃成蹊兒子的滿月酒了。現在，咱們提前來慶賀一下，也敬成蹊的母親，雖然她看起來年輕得像是個姐姐！有他們住在城南草堂，這裡也顯得熱鬧、溫暖許多，祝你們一家和樂平安。往後，咱們一起互相扶持呵……。」

雅菊感激地看著宋貞，她知道宋貞懂她，在他們男人的世界裡，宋貞可以與她分享心底話。她也舉起杯來：「來，我敬大家。」

大家突然愣了一下。原本無聲的雅菊，主動敬大家酒，這不僅旁人感到驚訝，連成蹊與他的母親王氏，也都吃驚地看著她……，她的臉上，泛起了淡淡的紅暈。

時序入冬，成蹊陪伴著母親在佛堂念經，忽聽得草堂裡的小廝前來喚他，於是整裝下樓，到大廳去。城南草堂裡來了兩位貴客。成蹊定睛一看，正是小狐狸朱慧百與那日在湖心亭一起出現的小娘兒。雖然身穿大衣，卻不顯得臃腫，反而有種貴氣。他緩步，在大廳的椅子上坐下。幻園倒開口了：「成蹊，朱姑娘帶著這位姑娘來找你，她說有事想要請託。」

「坐吧坐吧，別客氣。咱們見過的。」成蹊對著小娘兒說。

朱慧百在一旁笑著說：「瘦桐還記得她的名字嗎？我想，你應該有印象吧。」

「我想想……，是叫做李子、蘋果，都很香嗎？」

小娘兒笑了起來，一雙水汪汪的大眼睛眨呀眨，她朝成蹊點了點頭。

「李公子別拿小女子的名字來開玩笑。這次跟姐姐前來，是有事想請李公子幫忙。」

「什麼事就直說吧，只要我做得到的，一定盡力！」

小狐狸一聽，馬上接話：「這可是你說的，誰叫你上回二十歲生日不請我們來！這次，是想請你當我們的教書先生，每個月來教我們幾次詩詞。這是你拿手的，可不許找藉口推託。」

「是的，我和姐姐想請李公子到我們那兒去教，也好讓我們增長見識，學點東西。」

「要我常去春香樓，那可不成！恐怕我大腹便便的妻子第一個擺臉色給我看呢。」

「你……，已經結婚了？」李蘋香的語氣裡有著驚訝與失落。

朱慧百說：「你結婚了？爲什麼看起來還是這麼孩子氣？可眞是看不出來！」

小狐狸的語氣裡有著些許失望，她轉頭看幻園，像是質疑著他爲什麼不告訴她這個消息。幻園當然也是聰明人，趕緊打著圓場，說：「冤枉啊！冤枉。我可不是李成蹊的夥計，這種事情，哪好由我來說呢？」

成蹊當然也懂得她們的心思，他帶著微笑說：「所以我是不方便去春香樓上課的，不如，妳們想學詩詞，到城南文社來吧。每週來一次，也不痲煩。」

小狐狸與李蘋香對望，兩個人眼中原先有的光采變得暗淡，朱慧百說：「這樣也不方便，你與家人不就住這兒嗎？這樣日後恐怕會多有打擾，而造成不便。不如這樣，咱們先約明天下午，到湖心亭孵茶，往後不定期再約，這樣應該兩全其美了。你說如何？」

成蹊看著幻園，幻園急忙說：「別、別，別指望我。明天我早答應宋貞要陪她回娘家，這約會，去或不去。你自己拿主意吧。」

成蹊看著裹在寒冷中兩個臉頰紅通通的姑娘，在寒凍中前來的邀約，他怎好拒絕？

「好吧。那就明天下午在湖心亭碰面，我會帶書及紙筆，妳們記得把心帶來就好。」

「還敢說我們。就怕你不把心一起帶過來呢！」小狐狸話鋒機俏，兩個姑娘掩嘴笑著。幻園見她們耍嘴皮子，也來參一腳：「成蹊的心，早就留在我這兒啦。哈哈哈……。」

隔天，用過中飯，成蹊收拾了一包東西，便叫車出門去。到了城隍廟，時間還早，廟前有兩個小乞兒，一個大約十歲的姐姐帶著小弟弟，在寒風中瑟縮、顫抖，並向他伸手乞討。他在他們面前蹲了下來，柔聲問道：「你們倆是姐弟嗎？」

兩個小乞兒猛點頭，大約六七歲的小弟弟扯著成蹊的衣角。小姐姐說：

「叔叔，我們好幾天沒吃飯了，可憐可憐我們吧。」

「妹妹，你們的爹娘呢？」

「都死了，我們跟爺爺住，爺爺腳斷了，躺在家裡不能工作……。」

「那你們這樣乞討能過活嗎？」

「叔叔肯施捨給我們就能活，要不然給弟弟可以吃粒饅頭的錢，他已經餓得沒力了。」

成蹊從腰囊裡掏出錢給他們，也不怕髒地摸摸她的頭。說：

「快帶弟弟去吃點東西，也給你爺爺買些吃的。這些銀子夠妳們吃一整個月了。」

「謝謝叔叔！謝謝叔叔！」小女孩按著弟弟的頭猛向成蹊點著，她的眼中充滿感激的淚水，聲音是顫抖的，待成蹊一站起來，許多原本不在視線內的乞兒、缺手斷腳的乞丐，全都蟑螂似地從四面八方竄了出來，他們大聲嚷嚷：「大爺，給點賞錢啊！大爺，行行好。」

「公子爺，我幾天沒吃飯了，給頓飯錢吧。」

「小哥，小哥，給點吧，給點吧。」

才一瞬間，成蹊就被三四十個乞兒圍住！七八十雙手像一座環狀的牆將他圍住。成蹊想要掙脫，喊著：「讓開，都給我讓開！」

「不公平，就小女孩跟那髒小鬼有，我們也窮困得要死，你就見死不救？」

「對嘛，不公平，給小女孩的分我們一點兒就能過一餐了。偏心！不公平……」

有些乞丐七嘴八舌說著。這一說，激起了成蹊的火氣，他猛烈地將手往外揮，推倒了幾個，撥開一條路來。「我欠你們嗎？要活，憑勞力去賺啊！」成蹊憤怒地喊著！這些人廉價得連最基本的自尊都沒了。他負氣地往湖心亭走去，背後仍有三三兩兩的乞討聲喊著「給點吧！給點吧！……。」

成蹊快步走著，他生著氣！氣那些乞丐、氣這個社會，他氣清廷的腐敗！氣一種無力感，自己完全無能為力的生命與世界。貧窮，讓人失去了身為一個人的尊嚴……。他繞進了城隍廟，威嚴的城隍老爺高高在上俯視著他。左右各有陰差、鬼卒、兵將拿著鐵鍊刑具，令人不寒而慄，但此刻的成蹊卻滿肚子因為氣忿而帶來質疑，神佛佑人，保佑到哪裡去了？信神拜佛就能富強康足嗎？就能讓老百姓過好日子嗎？他不理解，內心充滿著龐大的困惑。

遠處有人喚他：「李公子，李公子。」

成蹊還專注在自己的思緒中，並未聽到有人喚他，直到眼前出現一襲素樸大衣，他才將目光往上移，見到李蘋香。突然紊亂的思緒有了方向，像是在混沌中辨清了光亮，他不自主地伸出手去握住李蘋香，久久不能自語。

冬天的湖心亭，有冷冽蕭瑟之感，夥計生了炭火，兩人對坐，李蘋香從小袋子裡取出小點心放在桌上。「這是全上海最好吃的三絲眉毛酥，我特地去買的，等會兒你吃吃看。」

成蹊看著她。他發現李蘋香遠遠比小狐狸來得好看，一念間，這才發現小狐狸沒跟著一同出現。「朱姑娘呢？」

「她恰巧有事，今天派我當代表。剛才……」

「妳都瞧見了嗎？」

李蘋香點點頭。夥計端來了茶水糕點，他們要了壺普洱菊花，在寒冷中呵著手。李蘋香說：

「你還好吧？臉色看起來還是臭臭的。」

「嗯！我沒事。只是遇到這樣的事，原本的好心好意全被破壞殆盡，想來可真嘔。」

李蘋香解開小點心包，在細緻的動作裡取出一枚三絲眉毛酥，遞到成蹊眼前：

「你的眉毛，皺得比這眉毛酥還要彎。別氣了！這麼生悶氣有效的話，丐幫就不會成爲武林中第一大幫了！」

「就是這樣，自己墮落沒尊嚴，哪裡同別人要到尊嚴？自己不振作，哪能要別人不欺負？」

原本懸在半空的眉毛酥抖地掉到桌上！掉落一桌子酥餅屑。成蹊看著她，突然意識到這句話說者無意、聽者有心，他連忙從桌子上將眉毛酥取過來。他看著李蘋香，說：

「我沒別的意思，妳別多心。」

李蘋香轉變一個臉色，用手貼著臉頰：「不會！出來江湖行走，沒兩把刷子是不行的。別的我不敢說，練得一身金鐘罩鐵布衫倒還稱頭，沒那麼容易被別人的話刺傷的，你也別多慮……。」

成蹊笑了起來，他覺得這女孩有種特殊的特質，看似柔弱的外表裡有硬撐著的堅強。他問：

「妳老說江湖、江湖，難不成妳是義和拳的幫衆？」

「刀槍不入義和拳、鐵打神功義和團、保家衛國、扶清滅洋？」

「這話好熟，妳怎地盜用了我曾說過的話？」

李蘋香笑了起來，她低語著說：「哪裡又是你說過的話了？義和拳非你所創，他們能擋洋槍子彈早就不是大消息了。我還知道老佛爺打算接見他們，看看他們表演的神功呢！」

成蹊眉頭又皺了起來，蘋香也不搭話，再從小紙包裡取出一枚眉毛酥，遞給他。

「這回可不許再說些讓我掉餠的事了……。以後啊，只要你眉頭皺一下，我就賞你一枚，讓你吃撐，你說這樣好不好？」成蹊搭著她的手，取過來那枚酥餠。

「我們男人關心的事情很多，相較之下，懂一點兒詩詞歌賦根本算是旁支末微的事，要我不皺眉頭，如果大清能不再受洋人欺侮，我發誓此生不再皺一下眉頭，但是妳想，可能嗎？」

「我不曉得，我們女人的世界很小，小到只有另外一個男人就好……。但是我知道，我們今天的課是上不了了。」李蘋香的話愈講愈小聲，但即便再如何小聲，從她帶著羞澀的神態裡，成蹊也能讀出她的心思。

他怔怔地望著眼前這個嬌羞的美人，心中百感交集。

第八章

初冬，冷颼颼的天氣，城南草堂李成蹊的房舍裡，人進人出。成蹊到上海市街去，才剛回來，就聽到母親王氏急急喊他的聲音。

「娘，……怎麼了？」

他的嘴裡冒著熱氣，王氏緊握住她的手，神情裡不僅興奮，還相當激動地說：

「雅菊突然疼了起來，我看是要臨盆啦，已經託人去找產婆，現在宋貞在裡面陪著她，你回來了正好，進去陪她吧。我得到佛堂去上香，並且拿本經書過來……。」

「喔，好。」正待要轉身過去，突然又聽到了娘的一聲呼喚。

「濤兒！」成蹊回過頭來望著娘，只見王氏的眼中充滿淚光，「對她好一點……。」

成蹊進房，宋貞迎了上來：「已經差人去請產婆了，……看她的樣子，疼得挺厲害的。」

「多久的事了？」

「大概也有兩個時辰了，她咬著牙，吭也不吭一聲，挺能撐的。」

成蹊過去握住她的手，緊緊地握著。雅菊突然哭了出來，眼淚止不住地奔流。成蹊安撫著她說：「已經去請產婆了，妳再撐著點。疼的話叫出來沒關係……。」

雅菊額頰冒著汗，咬著牙，搖搖頭不肯，她覺得把那痛叫出來，是在博取成蹊的同情，她不要！春天時，懷了這孩子的事讓他知道，就讓他回憶起夭折的孩子，她見過他的態度與眼神，她不要再讓他痛苦，她能撐、能忍，就不願唉叫、呻吟，讓成蹊看輕她。

「你來了就好，我再去連絡，看看是不是產婆有問題，怎麼拖了這麼久還不來。」

「大嫂，謝謝妳。」

「別客氣了，恭喜你啊，成蹊，就快要當父親了呢！」

宋貞出門後，房裡就剩下他們夫妻倆，成蹊看她悶哼著，汗濕了髮絲，手指將被褥都揪成了漩，他到水盆裡擰了條濕毛巾，過去蹲跪在雅菊身邊，幫她拭去額頰上的汗水。雅菊望著他這個清俊無比的丈夫，他對她是溫柔的嗎？為何只有在這個時刻才感覺到他的溫柔？他是有才情的、是浪漫的，但她總無緣分享，爲何她感覺到他的愛情，是那麼稀薄……。

此刻他在她的眼前，距離如此近。突然一股衝動，她將身子挺了上來，吻了成蹊，然後又躺了回去，緊閉起了眼。她整張臉都紅了……成蹊完全沒料到她會這麼做！他看著她，她雖然大他兩歲，閉著眼的臉上還是有著小女孩偷偷做了壞事之後的羞澀，他撫摸著她的臉，然後俯下身去，深深地，親吻著她，臉頰廝磨，熱情的吻，解放了她的妻子禁閉起來的心與感情，打破了他們兩個長久下來，一座無形的牆垛。

光緒二十五年，十一月十日，俞氏產下了他的兒子——李準。成蹊的臉上有了笑容，他從產婆手中接過洗完澡、包得紮實的小娃兒，他的眼神盯著這個孩子看，他好柔弱……，扭曲的臉與唇鼻，活像個小小的老頭兒。小娃兒打了個哈欠，也許是剛剛來到這個新世界，哭過一陣後，累了！倦了。他將小娃兒抱給母親，心中不由得感動起來……。

小傢伙誕生，帶給他們一陣忙亂，城南草堂的屋舍裡不時聽到小娃娃的哭聲，成蹊看著母親與妻子忙進忙出，自己全然幫不上忙。寫過信給二哥文熙報喜，卻完全收不到回音，他有些焦慮……，不曉得在北方的家人，過得如何？來到上海，當了父親之後，他突然想起了天津老家，他不再像過去那樣，那麼苛責他的二哥。

這天，他在書桌前發呆，看著光影飄搖，在桌前、屋內，一陣光亮、一陣陰暗。是天光雲影所造成的幻變吧，成蹊突然覺得自己老了……父親！這聽起來就覺得老的稱呼，如今是避也避不掉地冠在自己的身上了。他無聊地磨著墨，攤開宣紙，取來毛筆寫著：

梧桐樹，西風黃葉飄，夕日疏林杪；

花事匆匆，零落憑誰弔。朱顏鏡裡凋，白髮愁邊繞，……

還沒寫完整首，他竟趴在桌上，任情緒放縱，他嘆了口大氣：「唉——」

過年前，他與李蘋香約在和豐樓。一邊聽戲，一邊喝茶。聽的是蘇州評書，講的是三國演義！今天講赤壁之戰，李蘋香還沒來，成蹊聽著一位很俊的男子自個兒彈琴，自個兒評說，他倒有些怔愣了。

「自古以來的政治情勢都是一樣的嗎？老百姓總難得過上幾年太平日子，便又逢上一次又一次的戰亂；時局亂，貪官污吏多、亂七八糟腐敗的事情也多。」正出神，就瞥見李蘋香快步朝這兒走來，她的態度裡有些不自然與匆促，臉上猶仍可以嗅到不自在的神色。成蹊問：

「怎麼啦?神色如此奇怪。」

「沒事……。」

成蹊將頭低下去側看她的眼睛，她則將身子轉過一旁去，不願意成蹊直視她的眼。

「還說沒事?被誰欺負了?」

「誰敢欺負我?……只是有個不上道的，算了!我根本就不把它放心上。」

成蹊不再追問，他從懷中取出一方手帕，遞給李蘋香。「我沒有哭啊，遞給我手帕幹嘛?」

「眼眶裡都轉著淚水了，這給妳留著預備，以免弄擰了臉上的妝。」

「你會在意我……臉上的妝嗎?」

「我在意妳，高興不高興、歡心不歡心?在意妳過得好不好?有沒有被誰欺負了……」

「別說了，你的在意只會使我痛苦。……爲了過來見你，我可得罪不少到春香樓指名找我的大爺，可我不在乎，因爲我想來，誰也不能阻擋我。」李蘋香的態度很堅定，她露出了硬撐的笑容，從包包裡取出一盒棗泥酥，遞給成蹊：「這是剛才特地繞到綠波廊去買的，你嚐嚐，裡面的餡是用大黑棗加糖製成的棗泥，甜而不膩，我知道你會喜歡的。」

「你怎麼知道?我不記得跟妳講過，我喜歡甜食的啊?」

「我就是知道。」她眼神怔怔地望著成蹊，成蹊笑著說：「我臉上髒了嗎?不然怎麼這樣看我?」

她彎下腰，將手在地上抹了一把，然後神情很認眞的：「是髒了，我來替你抹乾淨……。」

成蹊握住了她的手，一時之間，兩個人像被猛然竄出的電流咬了一下！成蹊鬆手，蘋香也把手伸了回去，成蹊有點靦腆地說：「妳這把戲，我早在天津當孩子王的時候，就不知抹過多少人了……騙不了我的。」

「我可從來不想騙你，倒是你……」

「怎麼？我騙妳了嗎？什麼時候，我怎麼不知道？」

「妳說啊？」

「你已經結婚了，卻沒有告訴我……」

「上回你與小狐狸來城南草堂，我不就說過了嗎？」

「是的，你說過，我應該記在心上的，是我記性不好，可不是你誆騙我，是我自己不好，擋不了自己的心意，我在這裡向你道歉，成嗎？」

李蘋香話裡有著癡癡濃情，成蹊怎會不明瞭她的心意？他打開點心盒子，取出一枚圓餅形狀的棗泥酥，放到李蘋香嘴邊：

「別鬧脾氣了，是我不好，不會說話。向妳賠罪，請妳吃一枚甜餅。」

「這可是我買來的，怎能便宜你，讓你這麼地拿來借花獻佛？」

「妳買來送我，就是我的東西囉，我拿我的東西請妳吃，還嫌東嫌西，我就算想獻花，妳這尊佛恐怕也太大尊、架子大了些吧？」

李蘋香噗哧一聲笑了出來，她撒嬌地說：

「可是我手髒了，而且我小小的胃也撐不下這麼一個大大的餅。」

成蹊一剝，將棗泥酥分成兩爿，一爿遞給蘋香，一爿留在自己掌中……。

除夕夜，成蹊一家子與許幻園、宋貞圍爐，草堂內外有人放鞭炮，四處盡是熱鬧烘烘的喜慶氣氛。幻園舉杯向成蹊敬酒：「今天，難得是個喜慶熱鬧的除夕，雖然國事紛擾不斷，但對咱們小老百姓來說，卻是怎麼也管不著，既然幫不上忙、使不上力，那就乾脆眼不見爲淨，當它是個好年。對我個人來講，能邀得賢弟一家人前來同住，可說是我今年最有收獲的事了，來來，咱們舉杯，爲這件值得慶賀的事情乾一杯！」

成蹊夥同母親王氏、妻子雅菊一起舉杯，回敬幻園與宋貞。成蹊說：「承蒙大哥不棄，我們舉家南遷之後，有幸受邀前來草堂定居，實是一家人最大的福份，大哥一番情意難卻，多有打擾不便之處，還盼您能多多包涵。」

「成蹊不必過謙，你大哥啊！求才若渴，能請得到你們前來草堂居住，他可不知歡喜了幾個晚上呢！我記得他要前去法租界小白樓同你說這件事時緊張的樣子，就好像是要前去相親一般！你沒看到他那手足無措的模樣，一會兒嫌這不好、一會兒嫌那不好，我還一度懷疑，他要去見的，是個剛出道的標緻姑娘呢！」宋貞答著話，一邊調侃著自己的良人。

「是啊！我那時就生怕你不答應，但是怕也沒用，總得走上這一遭，因爲啊！知道你的存在之後，我是白天也想、晚上也想，就盼著用個什麼妙法將你給擄了來……。」

「還好成蹊是個男人，瞧，你們今兒個作了兄弟，要是你是個姑娘，恐怕他就要把你討回來當媳婦了！那麼，要不我們成了好姐妹，要不，就是咱們為了這個男人，爭風吃醋！」

「啐！瞎說些什麼？」

圍爐的都笑了，只有雅菊的神情裡還是充滿著僵硬的落寞，她旁觀著成蹊，看著他的笑臉，她覺得好遙遠又好貼近，他的熱情像火盆溫暖著大家的手，但是她也見識過他的冷漠……，那種冷，伴著孤單，像針一樣灸著她。在一團熱鬧的圍爐玩笑中，成蹊的眼也對上了妻子的眼，成蹊舉起酒杯，朝向雅菊敬酒：「敬這一年，陪我一起辛苦過來的，我的孩子的娘！我敬愛的妻子。」俞雅菊舉杯的笑裡有著複雜的心情……。

爆竹一聲除舊歲，光緒二十六年，大清國非但沒有除去舊歲，反而縱容義和團在北京、天津等地四處宣洩他們的愛國激情。五月，慈禧太后更是表明袒護的態度，於是義和團衆更加大膽地狠幹蠻幹！就在他們殺了一個日本使館的書記官之後，彷彿蓄積日久的整座火藥庫突然被點燃了，這一爆可不得了！團衆們四處放火、燒殺，不止洋人，許多與洋人作生意的商家，或對洋人的態度保持友善的人家，也都受到波及。北京、天津，許多大城頓時陷入恐怖的混亂當中，這些燒紅了眼、殺出狠勁的神功護體，到後來就像是四處亂竄、見人就咬的猛獸。各國公使調兵進京保護使館……，端郡王戴漪偽造公使照會，要求恢復德宗自由，慈禧大怒，下令宣戰，就在宣戰前一天，德國公使克林德被殺，義和團與清軍圍攻各國使館。七月，日俄英美法奧義等國攻佔北京，慈禧狼狽挾德宗奔逃西安，聯軍在北京燒殺搶奪擄掠蹂躪……。

冬天，人力車載著成蹊奔赴城隍廟，他與朱蓮溪相約見面。蓮溪告訴了他在北京所發生的事情，他們在下著大雪的廟簷下沉默不語。蓮溪與成蹊並立著：

「我早就料到老佛爺會捅出大漏子，果然讓我親眼見到這樣的事情發生。眞是混蛋！」

「你從北方回來，有順道去見我二哥嗎？你知道他的消息嗎？」

蓮溪搖搖頭，他伸出手去接從天空飄下來的雪花，手一握，雪花在手掌中溶成水。

「聽說他大病一場，一路上常有義和團衆滋事、流竄，我沒法子進到天津城內去，現在是一團亂，誰也顧不了誰。在東南各省，是因爲督撫相約互保外人，不奉行慈禧的宣戰詔令，才能不被捲進這場戰爭中……。怎麼啦？」看著成蹊眉頭緊皺，蓮溪停止了說話，伸出手，按著成蹊的肩膀，他感受到成蹊整個人的身體劇烈起伏，兩人緘默著，許久，蓮溪說：

「走吧，咱們四處走走。趁著這雪不大，咱們可以邊走邊聊……。」

兩人相偕雪地行走，也沒有目標，就四處繞，蓮溪停了下來，說：

「我想他們應該沒事才對，你別太過擔憂。」

成蹊轉過身來，看著蓮溪，兩個人的距離靠得很近。他很近地看著蓮溪的眸子，發現長年東奔西跑下來，在他的眼角、臉上都呈現著風霜。這是時代的風霜啊！屬於這個時代的中國人，共同擁有的滄桑。他突然又笑了起來：「這眞是一件怪事，以前在大宅院子裡時，恨不得早日離開這個不學無術、沒啥作爲的哥哥，那時候看他，總是狹路相逢、冤家路窄，可如今，竟不由自主地思念起他來，擔心著他的安危。」

「你一直不瞭解你的二哥。他並非壞人，雖然，沒啥多大的抱負，但總也是兢兢業業地掌管著你們李家遺留下來的龐大基業，那也是不小的重量啊！文濤，你要知道，這個世界上不是每個人都擁有你這般的天份！也不是每個人都能得到這麼大的自由，你現在當了父親之後，也許更能體會擔著責任的肩膀上的重量。」

「是啊！以前我還一直責怪他捧戲子、養小娘兒，那時的我，眼裡簡直容不下一粒沙子。」

「喔——，你的意思很明白喔，小狐狸、李蘋香，你的心裡還容了哪幾粒大沙子呢？」

蓮溪打趣地說，兩個人都笑了。

「才沒有呢！你別胡亂說，現在我可是清白的，你別將好端端的姑娘儘往我的身上按，這筆帳我可吃不消。」

「嗯，又透露玄機了。現在是清白的，過去與未來可就不敢說啦，這是留伏筆，高招。」

「你老抓我語病，就沒事也讓你生出事來，索性我不再說了。」

「……如果可能的話，你還是可以由水路回天津去看看，但至少得等到明年春天，現在時局太亂，又逢寒冬，陸路交通上顯得較不安全。」

「嗯……，我想明年春天，一定得找個時間回去看看。」

光緒二十七年春天，李成蹊在前往天津的輪船上。不斷聽聞八國聯軍攻陷、屠戮消息，讓他憂心，再加上寄到天津大宅的書信全無回訊，他擔心著在天津的家人……。夜晚，船泊塘沽，他感到百般煩燥，不禁走到外頭的甲板來，看著天上一彎新月，百般思緒洶湧奔騰，他看了一會兒之後，折回艙間，在燭光下磨起墨，攤開紙筆，寫下心中愁思：

杜寧聲聲歸去好，天涯何處無芳草。春來春去奈愁何，流光一霎催人老。新鬼故鬼鳴喧嘩，野火燐燐樹影遮。月似解人離別苦，清光減作一鉤斜。——〈夜泊塘沽〉

他聽著夜裡江水拍擊艙壁的聲音，聽著纜繩繫在樁上綳緊鬆開、綳緊又鬆開的啪啪聲，他感到一陣強大的暗黑力量將他包裹著、揉擰著！他發現自己第一次，這麼想念在天津的大宅院，那他自小出生、生長的地方。

一夜無法成眠，次日，天光乍亮，輪船再度啓航，從船上甲板向岸上望去，舉目所見一片蕭瑟。他猶記得幾年前與母親、妻子打同一條水路自天津來到上海，那時岸邊可見的商家與人潮，雖不繁榮興旺，但也不像現在這般，僅偶爾看見幾個人快步走著。一片死寂面貌，讓他感覺冬天仍籠罩此處，未見春天來臨。

好不容易到了天津，在客棧住下，原想直接喚車回去看看，卻怎地也叫不到車。城內凶亂，洋人的軍隊還在勦滅殘餘流竄的義和團教眾，城內一般人等根本無法進出，只要在街上、胡同巷弄裡出現，洋人根本分不清你是平民百姓或清兵、教眾，對他們來講蓄髮留辮的都一樣！寧可錯殺也不可放過……。

這天夜裡，狂風怒吼，金鐵皆鳴，成蹊在客棧客房裡走來走去，飲了一壺酒，體內燥熱異常。他將窗打開，勁烈的風吹灌進來，他突然有了一股蒼茫、悲壯的心情，他回到了故鄉，這是他的家，他是如此靠近，卻又無法前進。這是怎樣的一個時局啊！他攤開紙筆，寫下了一首詩：

> 世界魚龍混，天心何不平？豈因時勢感，偏作怒號聲。燭盡難尋夢，春寒況五更。馬嘶殘月墮，笳鼓萬軍營。——〈遇風愁不成眠〉

他在客棧滯留了三天，終於等到有人從內城出來，告訴他們城內的消息。成蹊租了一輛車，往李家宅院直奔而去，一到了家，發現大門深鎖，空蕩蕩的一片冷清。他不理解，二哥及家人都到哪裡去了？正張望著，突然背後有怯弱的聲音喚他：「文濤少爺？」

成蹊轉頭一看，是個髒兮兮的少年，少年見到成蹊，眼睛一亮。

「小少爺，你可一點兒都沒變，唉啊！你可能不記得我，但我認得你，娘說受人點滴，必當湧泉以報、銘記於心，好幾年前我還是個孩子的時候，曾拿過你給的衣服及熱粥，您瞧，我身上裹著的這件就是當年從小少爺手中接過來的呢……。」

成蹊有點不知所措地笑著，對這個孩子根本沒有半點印象，他說：

「你還逗留在這裡？這裡不是挺危險的嗎？」

「能怎麼辦呢？像我們這些人，爛命一條，不留在這裡，又能去哪裡呢？」

「別妄自菲薄，你還這麼年輕，未來是很難說的，只要肯努力，也許就有機會出頭的！」

「喔！……對了，我看你張望著，你要回來看你二哥文熙少爺的嗎？」

「你知道他們去哪兒了嗎？」

「聽我娘說，好像到河南去避難了，李總管跟我們大夥兒說過，等亂事定了再回來……。他們沒通知你嗎？啊！你遷居到上海去了，對不對？已經好幾年了……。」

「是啊，已經好幾年了……。沒想到這裡竟然變得這麼冷清，就像一座死城一樣。」

成蹊在天津逗留了半個多月，因爲戰亂未平，時勢混亂，大家都在等小道消息，等一個出發的機會，等一個安全的時機。這一趟回天津，眞的是讓他感觸良深，以往聽蓮溪講大清的局勢、面對列強欺凌、義和團等等，都像是聽著章回小說那般地不眞實，有時雖悲憤，卻難以深刻了解到底那是怎麼一回事，此回回天津，一切都裝填上了血肉，活生生、血淋淋的，全都落實爲眞實。返回上海前，尤其感慨特別深，他揮毫寫下了：

感慨滄桑變，天邊極目時。晚帆輕似箭，落日大如箕。風捲旌旗走，野平車馬馳。河山悲故國，不禁淚雙垂。——〈登輪感賦〉

回到上海，正好遇上南洋公學開特設班，希望可以招收一些有古文底子、能作古詩詞的學生。希望藉此選出一些優秀人才，保送經濟特科。於是就在母親的敦促之下，成蹊以李廣平這個名字前去報考，錄取之後並且搬進學校校舍居住，也許多學一點什麼，可以彌補對整個大清國的無力感。因八國聯軍之亂，大清全盤接受聯軍所提出的「議和大綱」，並與各國於九月七日訂立了空前屈辱的「辛丑條約」，國土淪喪，令人悲痛！李成蹊是真正地見識大清的敗亡，令人憂心、鬱卒，他變得安靜下來。他常思考，但思考似乎也發揮不了力量……。

在南洋公學課堂上，他見到了一些與他年紀相當的同學，謝无量、黃炎培、洪允祥、胡山源等，更遇到了一個開明的老師。這個老師一進到課堂裡，先梳理一下頭髮，然後開始自我介紹。他身穿一襲深藍色的布衣馬褂，蓄著短鬚，看起來相當精神！

「各位同學，我是以後你們的先生。我姓蔡，叫作元培，字孑民，以後呢！就由我來帶領大家學習。今後呢，恐怕除了舊日的詩文底子之外，我們還得多學點東西，除了課堂上所教的，我希望大家自己去找書來讀，好不容易考進南洋公學，要養成自動自發學習的態度。讀完書後寫下心得、日記，然後交由我來批改，我會給你們一些建議，這種比較開放式的學習，可以培養大家自由思考的習慣，而這，也是未來的讀書人最應該學習的東西。」

他環視著講台底下的同學們，這些人都有一分特別的氣質，可以預見將會是未來社會的菁英，他心中暗自想著，這幾年的時間，要將民權的思想，傳給這些學生們。

「先生，我有問題。」

「嗯，有問題要找先生，先生，聽說大夫也可以喚作先生是嗎？來，我先幫你把個脈，待會開帖藥給你。」在台下的同學大家都笑了起來，蔡元培說：

「你是李廣平吧，你的詩文寫得很好。什麼問題，你說吧。」

「我想先知道，未來幾年，我們可以在這裡學到什麼？」

蔡元培收起了笑容，沉思了一會兒。他眼睛透著晶光：「除了自由讀書、寫日記，交由我批改之外，我會教大家日本國的語文，日本國自從經歷明治維新之後，國力大大增強，主要是他們誠心吸收了西方的觀念與想法，並推展到全國去，讓大家都有新的觀念、新的認識。所以，等大家學會了日文後，可以試著翻譯日文的書籍，要改變我們積弱不振的現況，第一步一定要由觀念的改變做起！……至於眞正能學到什麼？那就看你們的態度了。嗯，這樣還有問題嗎？」

「目前沒有，但是以後，我們可能要成爲先生最頭大的問題了呢！」一個長得略顯福態的同學笑著說。成蹊看著他，覺得他笑的模樣倒有點像彌勒佛，成蹊對他點了點頭，他想，在南洋公學校，應該可以認識一些新朋友吧。

在經濟特班宿舍，成蹊有一間屬於自己的房間。雖然在學校有宿舍住，但他還是常常回城南草堂去，因爲，他總會惦記著娘，於是三天兩頭地往家裡跑，這天，下了課，他整理完髒衣服準備提回城南草堂去，一出門，遇到了這位長的有點像彌勒的朋友。

「廣平，你又要回家去啊？」

「是啊，旡量，你呢？打算留下來溫書嗎？」

「是啊！以後要能爲國家做點事，也得自己的肚子裡有點學問……。」

「嗯，我看你的肚子，是可以裝得下比我還要多的學問。」

「你別笑我啦，你別以爲就只你這嘴上功夫一流，要嘴皮，我可也挺溜的呢！我瞧你，每天往家裡跑，一定是想嫂子想瘋了！」

成蹊愣了一下，要不是謝旡量提起，他還眞忘了他是有妻子的。

「說眞的，要是因爲想起她，我才奔回去，那可還眞是不錯呢。」

「怎麼啦？跟嫂子處得不愉快嗎？」

「倒也不是，只是沒話題聊。你呢？你結婚了嗎？」

謝旡量笑著摸自己肚子，拍了兩下，他調侃著說：「我所有的聘金，全都在這裡了呢！」

「怎麼？你胃口這麼大，全被你給吃了啊？」

「哪能吃得了那麼多呢？全都被求學問給花掉了！你不曉得，求知識的花費可不輕呢。」

「你說得沒錯，知識與學問，是登向理想的唯一橋樑！咱們改天有空，好好再聊。」

「成了，快回去看嫂子吧，就算不是爲了她才回去，態度也別寫在臉上呵。」

「顧好你自個兒吧。你這個傢伙！……。」

成蹊回到城南草堂，他躡手躡腳地走著，繞到佛堂，想給娘一個驚喜，遠遠地，便聽到她咳嗽的聲音，於是他不自主地加快，推開了佛堂的門。

「娘，您怎麼了？怎麼在咳嗽呢？孩兒去給你請大夫來。」

「不用了，你怎麼回來了呢？不是剛去學校嗎？你這樣常回來，好嗎？老師會不會說話呢？」

「娘，這個您別操心，學校的事一點兒都難不倒我，倒是您這身體，可得好好照顧，否則，孩兒可擔心哪！」

「傻孩子，娘是大人，自己的身體自己曉得。你呢？住在外面習不習慣，可得多加衣，別受凍了，還有，想吃什麼也別省錢，看你這麼瘦的身子骨，可得多吃一點哪！」

「娘，我已經是一個孩子的爹了，您還老這麼嘮嘮叨叨。雅菊呢？怎麼不見她跟準兒？」

「也許在房裡吧。濤兒，我總覺得雅菊的心裡悶著，你跟她之間沒有問題吧？」

「娘，您多慮了，夫妻之間不就這麼回事嗎？沒事的，我扶您回房去，好好歇著吧。」他攙著母親王氏，朝向隔壁的卧房走去，才踏出門，就看見雅菊抱著李準站在門口。他突然不知哪兒冒出來的火氣，厲聲地說：「娘咳嗽了，妳知道嗎？讓妳照顧娘，照顧成這樣，娘咳得厲害妳聽在心底好受嗎？這樣的事怎麼不曾通知我？」

「……娘怕你擔憂，囑我別說，我剛才去幫準兒換褲子，所以不在佛堂陪娘……。」

雅菊仰起頭看成蹊，聲音微弱，眼神裡有著委屈，成蹊記起了同學謝无量的話，別把態度擺在臉上。於是他迴避掉她的眼神，扶著娘走過雅菊身邊，他放軟了聲音，說：

「你知道娘對我的重要，以後像這種事情，就算娘不准妳說，妳行行好，可也得告訴我一聲。我是這個家的主人，是你的丈夫，我不准許有事情被矇在鼓裡……。」

成蹊攙扶娘進房後，獨留雅菊抱著孩子站在城南草堂的二樓廊簷下，暮色中，她的眼淚無聲地滾了下來。她不再說話，說什麼也沒用，成蹊總是第一個怪罪她，不聽她的理由，一次、兩次，她怎麼都無法習慣他說話的口氣與態度，除非將心剜了，完全不要有所感覺，否則……，她是怎麼都不會習慣的。對她，成蹊真像一個陌生人，不！他對陌生人還會好些，她在他的心裡，簡直比不上一個陌生人……。

第九章

光緒二十八年，大清國各省補行庚子科鄉試，大家都想趁這個機會一展身手，也許能因此謀得一官半職，爲老百姓做點事。成蹊也感染了這股熱情，於是在宿舍裡苦讀起來，但是他偶爾也會感到一絲困惑，康、梁變法革新都遭到挫敗，自己就算通過了鄉試又如何呢？他想起了父親，曾經是大清的進士，當過吏部主事，難道自己要步上父親的路嗎？時代已經不同了啊！正在桌案前胡思亂想著，突然聽到有人敲門的聲音：「廣平，你在嗎？」

是旡量的聲音，廣平，是的，在南洋公學，他的名字叫做李廣平，不是李文濤或李成蹊，也不是李瘦桐或李叔同。變換名字是他的特長，只要到了一個新的階段，他總要給自己一個新的名字，一次全新的開始。他前去開門，讓他們進來，尾隨著的，還有班上的另一個同學黃炎培。

「你這傢伙，喔，衣衫不整，獨自一個人，關在房間裡幹什麼壞事？」

「誰規定在自己的房間裡還要衣冠整齊？是你，謝旡量謝大人規定的嗎？」

「你不知道君子愼獨嗎？快快從實招來，剛才在房裡鬼鬼祟祟的作啥？」

廣平搖搖頭，笑了起來。他想，這傢伙愛耍嘴皮子眞是一點兒也沒錯，他看到旡量背後的黃炎培仍舊站著，觀望著他的牆壁，他招呼著這個還不太熟的同學：

「炎培，坐啊。別給我打分數，要是來個寢室淸潔比賽，我這可要拿最後一名了。」

黃炎培走著、看著，牆上掛滿了字畫，全是廣平親手寫的，剛猛的字體，很難與他這麼淸瘦的身材聯想在一起。他說：「廣平，你的書法寫得眞是好，剛健雄渾，很生猛啊！」

「炎培，你也寫字嗎？改天咱們可以切磋切磋。」

「不敢，我的字寫得沒你的好，不敢拿出來丟人現眼，你這個邀約我是不敢答應的。」

「喂！你們兩個，你一句我一句的，謙虛來讚美去的，聽得我一身雞皮疙瘩了！」

「你這個不甘寂寞的傢伙，誰要你講話了？贊成他加入我們話局的舉手？」

只有謝旡量一個人迅速地舉手，他看著廣平與炎培，露出不能置信的表情。

「好，根據蔡老師所教的民主程序，兩票對一票，你不准開口講話，直到我們同意爲止。」

「你這是剝奪我言論的自由，你這是違法的！」

「只可惜，大淸國還沒立這個法……。」

這一下子，又變成了廣平與旡量鬥著嘴，炎培在一旁看著笑。他說：

「好了好了，旡量你忘了我們今天來是有求於廣平，你的姿態不應該擺得這麼高。」

「哼！不擺高一點，待會兒讓他騎到我的頭上去……。」

「嗯，這我倒沒想過，改天讓我來騎騎看。」

「不成不成，這個要求是炎培提出的，要騎，你去騎在他的頭上。」

「夠了，你們別再鬥嘴了，是這樣的。咱們班上有很多同學都不會講普通話，因爲你生長在北方，所以，我們成立了一個小組，想請你當我們的小老師，教我們學普通話。」

「好，只要旡量讓我騎一下，我就答應你們。」

「夠了，要騎你去騎炎培，這種事我可……」

「好啦！誰要騎你？除非你拿銀子來，否則我還不隨便答應人家的呢！」

「看來眞是委屈你喔！」

炎培看著兩人一搭一唱演雙簧，他覺得這個北方來的公子哥，眞是一點架子都沒有。

「那就這麼說定囉，謝謝你，廣平。」

「不客氣，炎培。還有你這個傢伙，不客氣，旡量兄。」

謝旡量跟李廣平裝了一個鬼臉，像小孩子一樣，這讓廣平眞是哭笑不得……。但他的心中同時也有溫馨的感覺，自小他總感到自己是孤單的一個人，二哥文熙大他十多歲，而且老板著一張臉對他，雖是親兄弟，在感情上卻是不親！這不能說沒有一些些的失落……，幸運的是，離家之後所遇到的，都是一些可親的傢伙，蓮溪、幻園、小香、小樓、旡量等，這些人對他，就像自己的兄弟一樣，令他覺得不孤單。

這天，他照例搭著車回城南草堂的路上，忽然之間突發奇想，他命車伕轉向，向春香樓前去。一進了春香樓，首先與小狐狸朱慧百打了個照面，小狐狸愣在當場，還差點打翻了一壺酒。她怎麼都想不到瘦桐會不請自來，一時之間竟慌了手腳。

「瘦桐，不，成蹊，你請坐，今天……，是什麼風把你給吹了過來？」

「沒什麼，一時心血來潮罷了。蘋香呢？她在嗎？」

「喔，原來如此，你是來找蘋香的啊！不巧的是，蘋香正好跟別人出去，看時間也該回來了，你要不要上樓等她呢？」

「方便嗎？還是我改天再來……。」

「方便方便，擇日不如撞日，難得你來這一趟，我不留你，蘋香可是會怪我的，更何況，以前要你教我們學詩文，一直都沒實現，正好趁今天，請你提點一番。」

「好吧，那我就恭敬不如從命，請帶路吧。」

在朱慧百的香閨，她靜靜地磨著墨：「瘦桐，我有一事不解，你可否幫我解答？」

「慧百，妳說，我聽著呢！」

「爲什麼全上海的名士都爲我瘋迷，唯獨你，不解我的風情呢？」

「這能有什麼好解釋的呢？妳的美貌與風采，自然是令人癡迷的，但是，任何一種美都是虛妄的，美到了絕對，就覺得假，失了眞。我總感覺妳身上有過多裝飾出來的華麗，將妳團團包裹著，而妳不自知，所以樂此不疲，但是，美妝會衰退，只有眞誠的心是可以長久的。」

「你說我虛假嗎？你認定的青樓女子中，就只有脂粉一層又一層的濃妝與迷惘嗎？」

「倒也不是這樣，而是許多人不論身在何種情況底下，都容易迷糊了自己，失去原來寶貴的本心，甚至連我有時也是如此哩。人與人之間無所謂配與不配，而是在於彼此之間投不投緣，這樣妳可以了解嗎？跟一個人的身世背景、容貌或財富都完全無關。」

聽完瘦桐的話，小狐狸朱慧百取筆，在紙上寫了起來：

如君青眼幾曾經，欲和佳章久未成，回首兒家身世感，不堪樽酒話生平。

她將詩文拿給瘦桐，神情裡有幾分落寞。「瘦桐，你曾經仔細看過月亮嗎？我曾經好幾個晚上一個人在廊簷下，靜靜地望著天上的月，連續看了好幾個晚上，發現一個道理。月因日而發光發亮，日光愈強，月也就愈漂亮，如果沒了日光，月，再怎麼樣也只有暗淡，你說是嗎？我只有一個請求，希望你好好保存我這首詩，如果有一天歷史上有人認識我，我相信，一定是因為你……走吧，我帶你過去蘋香的房間，祝你和她有一段美好的感情……。」

李瘦桐又陷入緘默之中，對於這種場合，總會讓他無法言語。他想，不該在這種情緒下見蘋香，於是將詩文捲入袖中，告辭離去。

他不想回家，不想將這種情緒帶回城南草堂，也不想折返回宿舍，於是也不叫車，就在街上胡亂走了起來，沒有目的。他不願去想朱慧百剛才的一番表白，他如果喜歡上藝妓，也該是李蘋香；他的心思蕪亂，他想逃避、想放鬆，但是怎麼逃避得了？想找蓮溪，但蓮溪不在上海，他一個人走著走著，走了好遠的路。從霞飛路走到花園弄，在巷弄之間逛來逛去，走到腿肚子痠軟。突然聽到一人喚他：「成蹊哥，你記得我嗎？我是小四。」

瘦桐看著眼前這個跟他齊高的小伙子，記不起來在哪兒認識他……瘦桐露出尷尬的表情說：

「小四，我認識你嗎？你是……？」

「唉呀！都隔這麼久了，成蹊哥一點兒都沒變，倒是我，比以前長高不少。你記得大前年有一回到澡堂來，是我幫你擦背、搓丸子，不記得了嗎？」

「你是那個小少年，唉呀！一下子都長得比我還要高、還要壯了！」

「成蹊哥有空嗎？上我那兒坐坐？」

「也好，我腿正好走得痠死了，你還在澡堂跑腿幫人擦背嗎？」

「不了，我已經長大了，就算我想繼續待，老闆也不肯了！他們要更年輕的來跑腿，你絕對不相信，當澡堂跑腿的小弟，我已經算老了！」

到了小四所租的二樓公寓房子，開鎖、進門，瘦桐突然被從門後撲過來的一團東西，將他整個人蓋住！並被那團東西從背後緊緊抱住！黑天黑地的，他只聽到有個好聽的聲音喊著：「這回可抓到你了吧！看你讓我等了這麼久，得好好懲罰你一番。」

突然抱著他的那團東西鬆開來，接著有人幫他把罩著的棉被套子扯開。瘦桐看到一個打赤膊、只穿一件貼身褲頭的俊美男人，驚惶地杵在一旁，他吃驚的容顏在瘦桐眼裡可眞是有趣極了。他白皙有如一塊玉似的身體，充滿著魅惑人的光影與色澤流閃……。

「成蹊哥，可眞是對不住，我沒想到他會在這裡，讓你受驚了眞是對不住！」

那人才突然回過神來一般，趕忙將地上的被套拾起，當成一件超大的斗篷披遮，裹著身體。

「來，成蹊哥，我來跟你介紹。這位是全上海最出名的歌郎——金娃娃。」

瘦桐朝他點點頭，而他竟從裹著的大棉被裡伸出一隻手來，瘦桐以為他要同他握手，卻不是！只見他將瘦桐的手背貼到唇邊，然後兩眼睜睜地瞧著他！他說：

「給我一個法國式的親吻，否則，請不要進來我的世界。」

瘦桐心中一亮，他興起小時候在天津大宅院裡與同伴們玩耍的興致，那時，雖然與玩伴們在一起玩，但是他們總被告戒著不可以玩得太過火，因爲他是小少爺，是千金之軀，碰不得的。所以他總在院子裡數著葉子發綠芽了、數著夏日微風吹過蔥綠大樹、數著葉片凋了，他一直是很孤單地在院子裡讀書、長大，從來就沒一個可以眞正玩得很瘋的伴。他伸出右手執起金娃娃的手，深深地在他的手背上留下一吻，嘴唇離開的時候，只見金娃娃不斷甩手，並且大喊：

「天哪！你是哪裡來的怪物，竟然在我的手背上留下一坨口水？」

「唉呀！眞是對不住，我的感情太豐富了，竟不小心留了這麼多的口水在你手背上，你可要多多諒解啊！」瘦桐掩不住笑著，看著金娃娃的一顰一笑，都令人覺得有趣。他說：

「這是你的房子？你的世界？可這不是小四……，住的地方？」

「成蹊哥，沒錯。這是娃娃租的房，我住在這兒。他愛來的時候過來，愛走的時候走……，我沒料到……。」

「沒料到我打算給你一個驚喜！哼，還帶一個這麼可愛的小男人回來，當場被我抓到！」

「沒的事，你別亂說。」小四顯得有點慌張，像做錯事的小孩，分不清楚金娃娃語氣裡的調侃意味。

「你也被我抓到，赤身露體攻擊他人！我可以上衙門舉發你。」

此刻金娃娃已經換過衣衫，他的神情詭譎而曖昧，笑容甚至帶著一抹壞壞的邪氣，他說：

「成蹊是吧，你這句話有問題喔。你被一個男人赤身露體的攻擊……，嗯？好好想一想喔！」金娃娃靠了過來，瘦桐更清楚地看著他，兩個人都不迴避的眼神，正視著好久。金娃娃說：「小四，我要出去了。你好好招呼你的成蹊哥，改天，咱們再聚吧。」

瘦桐也不再答話，他饒有興味地看著金娃娃。俊美的臉與挺拔的身子，頂上的髮梳得整整齊，才一會兒功夫就從剛才狂野的孩子氣裡，扮回手釆俊朗的歌郎模樣。瘦桐心底知道，他找到了一個可以知道他的心的人了！那種溫文與狂野揉成一個人的血肉、內裡，那種放縱任情任性，與他自己的內心一個模樣，金娃娃會懂，所以他也不開口問，他知道，他們會再相遇。

應母親的要求參加庚子科鄉試，以嘉興府平湖縣監生的資格報名應試，李叔同根本就無心考試，他懷疑在這樣的時代，就算考過了鄉試又如何？在舊體制之下苟延著，根本改變不了什麼的。但是他要怎麼說呢？他滿心懷著對於未來的茫然……，沒有考取，自然也在意料之中。

這天，他在下課後又逛到春香樓來，果然遇到了想見的人。瘦桐來到李蘋香的閨房，一路上兩人一前一後，都沒有開口講話。他發現蘋香的神色若有所思，心不在焉的，他問：「怎麼了？有事嗎？還是現在不方便我來找妳……。」瘦桐柔聲詢問，再次見到蘋香，彷彿已經隔了很久很久……。

「我以爲你將我給忘了呢！這麼久沒見到你，我都已經告訴自己別再去想你、念你，免得自己心裡苦。」她有點半說笑地調侃著自己，瘦桐靠近她，雙手從背後輕輕碰著蘋香的肩，他的聲音更加地溫柔了。

「我想著妳、念著妳，就不苦了嗎？我來找過妳，妳跟別人出去了。我不曉得這別人是誰？也不願去猜測，以免擾得心裡煩亂。我來過的，妳應該知道。」

蘋香回過身來，剛好整個人攏在瘦桐懷裡，她想輕鬆裝笑來帶過自己思念的情緒全被瘦桐瓦解了！她將頭緊緊貼在瘦桐的肩膀上：「我寧願你沒來過，省得我胡思亂想，省得我朝思暮盼，既然來了也未曾留下任何隻字片語，你要叫我如何呢？」

「妳可以到城南草堂來找我啊！」

「我能嗎？我可以去找你嗎？你的母親與妻子都在……。」

像是突然觸碰到不該碰的火藥，整個猛地炸開來，李蘋香從瘦桐的懷中掙開，坐到房中圓桌旁的凳子上。她背對著瘦桐，整理著自己臉上的粧及髮飾，她說：「瘦桐，我知道你不會喜歡歇斯底里的女人，我不要讓自己陷入這樣的境地……我差點就忘記你還有妻室，你來，我應該就像對待別的客人一樣對你，這樣，應該是最好的方式吧。」

瘦桐走到她的身邊，拉了凳子過來坐下，他將蘋香的手拉過來放在自己掌中，說：

「妳這個傻姑娘，如果妳對我就只像對其他人一樣，那麼，也就不值得我前來找妳了。」

「我是傻，心裡藏著一個不該藏的人。明明知道該把他當成一場遊戲，卻偏偏克制不了自己認眞起來。……就不知道那個人心裡對我，是不是也存有一分眞心？」

瘦桐將蘋香的身子轉過來，與自己正面相對。他深情地凝視著蘋香，蘋香惘然地回看著他，她的心已經全部都交託出去，爲了瘦桐，她寧願得罪天下人……。瘦桐將臉向她湊近，吻了她的唇。這一吻，竟讓蘋香整個身軀顫抖了起來，瘦桐將蘋香攬在懷裡，緊緊地抱著她。他吻著她的嘴唇、她的鼻子、眼睛，他吻著她的耳朵、脖子；蘋香的眼眶含著淚，她也回抱著瘦桐，像汪洋大海中抱住一棵浮木，她吻著瘦桐，用她滿溢的情感！她整個人彷彿被拋到空中，迷亂了。

「我要你，瘦桐，我要你……。我要你住在我的生命裡，我的生命，只爲你活著。我愛你，我要用我的全部來愛你，我已經無法克制自己，不去想你、不去念你……。」

瘦桐解下了她的髮飾，解開她的襟釦，他們在香榻床褥間纏綿，溫存，用所有的感官、膚觸去認識對方，這一刻，他們進入對方的生命中，去了解彼此對待的情感的深度，必須相互信賴、交換與驗證。他們必須沉淪、必須歡快，必須尋找在靈魂中實際存在的溫度。

這天夜裡，他在李蘋香的香閨裡渡夜。經歷過剛才一陣脫韁野馬放肆奔馳之後，瘦桐赤膊的身軀汗濕淋漓，浸溽著蘋香的香汗，他從背後貼抱著蘋香，嘴唇在她的耳廓邊輕聲低語：

「前不久我去參加庚子科鄉試，結果落榜了，很少有我所要的東西，卻得不到的……。」

「也許你並不眞的想要，你只是抱著玩玩的心態去參加的吧。」

瘦桐將身子半撐著起來，在暗黑中看著裸露的蘋香，他細細分辨她那姣好的身軀與容貌：

「妳眞的了解我？妳怎麼會這麼輕易就猜出我的心思？妳倒底是從哪裡來的啊？」

「瘦桐，我是從你心裡來的人！我沒有猜出你的心思，是你自己早就透露了這樣的訊息，全世界都知道，就只有你自己不知道。」

瘦桐將身子俯下去，將頭枕在蘋香的乳胸間，她用一手環抱著他的頭，另一隻手順撫著他披散的髮，輕撫著他的額頰、五官。瘦桐嘆了一口氣：「在這樣的時代，這樣的社會。我感到前途一片茫然，求學問，參加科舉，都緩不濟急啊！列強，就像一隻隻不知飽足的蠶，大清，就像一片肥美的桑葉，無力反抗，只有任由啃噬……。蘋香，妳知道嗎？前年八國聯軍攻入北京，燒殺擄掠，老佛爺因此挾帶德宗皇帝奔逃西安，北京城一片焦土，去年，大清與他們簽定和約，割地賠款、喪權辱國，妳說，在這樣的時代底下，再去考個什麼官職又有個屁用？呵！我眞的想到日本國去看看，看看人家在各方面是如何轉變過來的，如何從一個弱國搖身一變而成爲強國……蘋香，妳覺得我的想法如何？」

蘋香將身子欠起來，拉過被子來蓋住兩人，只露出兩顆側躺著面對面的頭。瘦桐甚至可以聞到她的呼息，吹在他的臉上。她說：「我想你說的是對的。我不知道，我的世界很小，沒有人跟我談過這樣的大事，我心裡只有你……，再也容不下別的。所以，你的任何意見、想法，對我來講，就是對的。」

瘦桐將一隻胳臂穿過蘋香的頸後，另一隻手將她攬過來緊緊抱住，他聽著自己的心跳與蘋香的心跳一起打著拍子，他吻著她的額頭：「我的傻姑娘，我不應該是妳的全部啊！我的心裡有太多的掛慮與憂愁，這樣妳會受苦的！」

「我不在乎受苦，我只在乎你的心裡有沒有我，我不在乎等待，我只怕你的心不在。我要將你放在我生命裡的全部，因爲我愛你，只怕你不愛……。」

「傻姑娘，我愛，我當然愛啊！」

這一年的十一月，李廣平偷著空，正在宿舍裡把玩玉石，刻著印，突然聽到一陣急促的敲門聲，外頭高八度的聲音喊著：

「廣平、廣平，你在嗎?你在的話開個門，我們一夥人找你商量事情。」

他覺得不尋常，平常在學校裡少見一夥人共同行動，而且敲門敲得這麼急。他去開了門，謝无量、黃炎培、洪允祥、胡山源等一共六、七個人，大家面色凝重，但卻都有著某種激情騷動著，先量第一個衝到他的面前，雙手抓住他的肩膀，他說：

「廣平，你說，我們來南洋公學的目的是什麼？你告訴我們，你的答案！」

「目的，求得經世濟國的學問與知識吧。」

「沒錯！但是現在大清這麼腐敗、無能，列強一再的侵略，大清都只能一味的賣國，不斷地割地、賠銀子。我們眞是受夠了！我們覺得應該發起一些行動，讓清政府知道知識份子的憤怒與心聲，所以我們決定要罷課。這樣的國家，再怎麼上課也挽救不了它的腐敗！」

「對！所以我們決定要罷課，這個時代的讀書人缺少的就是行動，我們要讓社會大衆聽到我們的聲音，我們不能再容忍大清這麼下去了。」

「對！再這麼下去只有亡國了，廣平，你也一起來加入我們的行動吧！」

「來吧，一起來吧！」

「先生的意見如何？我們罷課不就影響到了先生？」

「虧你還顧得了那麼多？先生平時不是教我們要相信自己內心的聲音、聽自己內心的聲音，然後化成行動嗎？先生會支持的。」

「對！先生會支持的！就缺你了，走吧。如果連我們這些讀書人都還沉默，那麼大清肯定是完了、亡國滅種了！走吧，一起加入我們吧。」

於是大規模的罷課進行著，而學校當局，竟不支持學生自發性的愛國表現，把罷課的學生們開除！這引起全校其他學生的反彈，於是在同心一氣的情況下，大家都自動地散學……。而蔡元培總教習也因爲同情學生，而自動向學校辭職。

這年冬天，他賦閒在家。讀讀閒書，在佛堂裡陪著母親，聽著母親念經的聲音及木魚篤篤地敲擊聲，他安靜地陪伴著，看著母親蹲跪著的背影，他想起小時候與母親在大宅院裡的情景；他讓二娘無理責罵時，看見母親捍衛的身影，或是母親在房間裡暗自啜泣的模樣。她就像一隻力量薄弱的母雞，拚了命保護他這隻稚弱的小雞；他發誓要保護母親、要孝順母親，只要母親喜歡的，他都會喜歡，母親想要的，他就去掙得！

但是此刻，他的心裡是何其迷惘啊！他煩燥地快速翻書，眼神不自覺地望向窗外的遠方，從這個角度可以看得到草堂大廳的瓦簷，以及整片灰冷的天空。……所有的一切都化為泡沫，南洋公學是這樣，庚子科鄉試也是這樣！天津的宅院是這樣，所讀的聖賢書也是這樣！能有什麼用？全部都在這一瞬間離得好遠，彷佛與他再不相干。他看著雅菊牽著準兒進來，母親也停止了念佛，準兒有點怯生生地抱住雅菊的腿，不肯靠近他。

「叫爹啊！你這孩子……。」

「來，準兒，過來爹這邊，讓爹抱抱。」

這孩子倔強地將頭埋到母親的小腿之間，不願意看他，雅菊蹲下來將他抱起，走過來，要將準兒交給叔同抱，孩子卻哭了起來，而且是那種號啕尖銳的聲音。叔同臉上漠然，王氏過去將他抱了過去：「準兒乖，他是你爹，是阿奶的兒子。就像你是娘的兒子一樣，你是咱們李家的乖孫，來，給你爹抱抱好不好？」

小孩子抿著嘴拚命搖頭，不要就是不要，叔同也不想抱他了，站起身來走出門外，雅菊在廳堂訓著孩子，她的聲音裡帶著明顯的怨怒：「你這孩子怎麼這麼倔？你這個模樣，爹爹怎麼會喜歡你？你這脾氣是跟誰學的？分明要氣我……。」

叔同站在佛堂外背貼著門，一字一句清晰地聽著妻子說話，就像一擊一擊槌子敲在心坎裡，他感受到自己的心猛烈跳著！他轉身進屋，一把將孩子抱起，將他舉得高高的，李準掙扎，哭著叫著，向母親與阿奶求救。

「濤兒，別這樣，你會嚇壞孩子。快把他放下來！」

叔同面對著李準：「你這個孩子，給我聽清楚。我是你爹，不是陌生人。你不可以對我這樣又叫又哭！給我記清楚了。我是你爹，認清楚了沒有？」

「你是我爹，爲什麼常不在家？你是我爹，爲什麼晚上不回家？你是我爹，爲什麼常常害娘一個人半夜裡哭？」叔同沒料到他一串的話句句如針，刺中心扉，令他啞口無言。他將準兒放下，這回孩子不再跑回母親身邊，反倒質疑著他、詰問著他，叔同沒話好講，這些都是事實，雖然他可以對兒子解釋他是去學校讀書、去求學問，但是求到一切都沒了，他心虛，他不能面對這麼簡單而純眞的問題，這表示他已經不再單純了，他必須面對這樣的事實……。

「沒人規定身爲一個父親應該怎麼當，但你是我兒子，就必須認清這個事實！」

叔同說完這句話後便轉身匆匆下樓、離開城南草堂，草草地下一個句點，他心虛地逃開這個家，他無法抵受孩子那麼純眞、氣盛的目光！

在街上走著，他想去找蘋香，卻覺得不妥，孩子的詰難已經在他心裡架起了一堵牆，他想去找誰原不必經過孩子的同意，但他卻無法不去在意。他覺得自己受了委屈，卻搞不清楚委屈的由來，只有任由自己茫然走著。他茫然，不知何去何從，空有滿腔熱情及對未來模模糊糊的理想，但是，能作什麼呢？

他來到二樓公寓房子，小四所住的地方，敲了門，沒有回應，他就在門前頹然坐了下來。樓梯間的光線由正午的強光漸漸西曬轉弱，他倚在牆邊睡著了。

有人拍他的肩，輕輕搖晃他。「成蹊哥，你還好吧？怎麼在這裡睡著了？」

「過來找你，太累，等不到人，又不想去別的地方，就睡著了。」

叔同聲音還在睏寐之中，回答著。小四帶他進房，並擰來一條毛巾讓他擦臉，小四說：

「看你衣服都沾灰了，來，脫下來，我幫你弄乾淨。」

叔同愣了一下，隨即將外衣脫了下來，交給小四：

「在澡堂工作過的經驗，肯定讓你學了一身好功夫！」

「成蹊哥，你不是也嚐過我搓背的手藝，那時你還哭了呢……。」

「是嗎？我完全不記得了。」

「想賴？你可是所有人當中，唯一曾流淚的呢！打死我也會記得。」

「唉呀！糗事都讓你記住了，日後我可不敢再來找你，以免遭你嘲笑。」

「怎麼會嘲笑你呢？我那時在身邊看著你靜靜地流眼淚，心裡好感動、好感動！」

「小四，你太誇張了吧？」

「不騙你！所以當時就不自覺地抱住你，你還摸摸我的頭，說了一聲『傻孩子！』呢，這恐怕你已忘記，但是對我來講，卻是一輩子都難以忘記的一種溫暖，使我記得你！否則，相隔三年，憑一面之緣，我又怎麼記得住你呢？」

「因爲我帥啊！」他不習慣這麼認眞地談內心的感覺，所以將話題用輕鬆的態度岔開。

「你是帥啊！」小四很認眞地說完，突然噗哧一聲笑了出來！

叔同捲起白色襯衣的袖子，他說：

「好啊，你這傢伙，分明瞧不起我的帥，看我怎麼修理你……。」

「我不是這個意思、我眞的不是這個意思……，成蹊哥你饒了我吧……。」

彷彿愈描愈黑，叔同過去勒住他的脖子，與他鬧著玩，一隻手搔著他的癢，兩個人扭著勁掙扎著，卻是笑聲不斷。叔同在這裡，暫時找到一個地方，可以全然地放鬆與休息。

第十章

這天，瘦桐又溜到春香樓去，按捺不住內心想見蘋香的欲望，只有她可以聽他傾訴對社會的不滿、聽他發發內心的牢騷。他見到蘋香，蘋香正在招呼其他客人酒食，彈琴獻藝，見到瘦桐，音律都亂了。客人說話了：「蘋香，我們特地來捧妳的場，妳這樣亂彈，恐怕有損聲名喔！」

「對啊，妳這樣也太不尊重我們了。」一夥客人七嘴八舌，批評來批評去。李蘋香也不答話，板著一張臉，將琴收起，逕往內堂走去。小狐狸朱慧百過來陪罪，望了蘋香一眼，心想，她這種直性子脾氣，跟瘦桐倒是有得比較。

瘦桐尾隨她到香閨，才一進門，將門掩上，蘋香就衝上前擁住瘦桐，並捧著他的臉，熱吻了起來，瘦桐也回應著她，他的熱情被她撩起，她是一個這麼惹人憐愛的可人兒啊！他們熱吻，並移動著腳步，雙雙側身在床榻上跌了下來，蘋香的粧與胭脂沾在瘦桐臉上。瘦桐輕輕撫摸她的臉，蘋香說：「你還捨得來？你不是不來找我了嗎？」

「怎麼會呢？」

「這麼久不來，不是因爲不想來了嗎？你可知道，你不來，對我簡直是一種折磨。」瘦桐任著她講，撥弄著她的髮絲，看著她的眼眶裡又盈滿了淚水。

「我可不可以求求你，不要這麼折磨我。」

「我怎麼捨得折磨你？你知道我最捨不得折磨人了……。」

「你，一天不來，對我就是一年。我每天總盼著望著，直到整個人睡著。我每天病懨懨的，好像我病了。我發現我不能沒有你……，但是我能怎麼辦？你教教我。」

「蘋香，妳這麼對我，會使我放不開腳步。最近我的心裡煩，一大堆東西盡往裡頭擠，我快喘不過氣來了，你這麼對我，讓我壓力更大……。」

蘋香不讓他繼續再說，將身體往他湊近，吻上他的唇，耳鬢廝磨，蘋香低語呢喃：

「別說、別說，我不要你再生壓力，我要你在我這裡得到快樂，我不要你難過……。只要你知道我就好，知道我就好……。」

這個冬天，他三天兩頭地往蘋香的香閨裡跑，蘋香對他，眞有如紅粉知己，但有時蘋香不經意流露出來的感情重量，卻也讓瘦桐備增負荷。他們在閨房裡讀詩書，瘦桐也教她習字、練練書帖。蘋香常常沉吟許久，當她動筆時，總是寄予著豐富的感情，寫出動人的情詩：

凌波微步綠楊堤，淺碧沙明路欲迷，吟遍美人芳草句，歸來採取伴香閨！

春歸花落渺難尋，萬樹蔭濃對月吟，堪嘆浮生如一夢，典衣沽酒臥深林！

潮落江村客棹稀，紅桃吹滿釣魚磯，不知青帝心何忍，任爾飄零到處飛！

梳妝打扮後的李蘋香，有一股貞靜的特質，偶爾發呆露出惘然的神情，更是緊緊扣著瘦桐的心，令他歡喜，也伴著他渡過低潮。在桌前，看著蘋香，瘦桐說：「妳的詩很能表達出內心的感情，難怪慧百讚美妳，說妳才華甚高，將來上海會是妳的天下。」

「朱姐姐對我好，是沒話說的，但我的天下只有你一人，所有的詩文，也都爲你而寫，除卻你，這些對我來講，一丁點兒意義都沒有。」

「蘋香，女人的心思跟男人有很大的不同，來，我給你看一首我寫給朋友的詩。」瘦桐從衣袖裡取出一張折疊著的宣紙，將它攤在桌上，蘋香湊近看。

世界魚龍混，天心何不平？豈因時事感，偏作怒號聲。

燭盡難尋夢，書寒況五更？馬嘶殘月墜，金鼓萬軍營。

她仰起頭看著瘦桐，眼神裡充滿著不理解。瘦桐取過筆來，沾墨，略思索，便在攤開的紙上填下一闕詞〈南浦月〉：

楊柳無情，絲絲化作愁千縷；惺忪如許，縈起心頭緒。

誰道銷魂，盡是無憑據，離亭外，一帆風雨，只有人歸去……。

「家國社會，朋友知己，理想志趣，凡此種種，對我來說都和情感、愛戀一般重要，蘋香，我愛妳，但是我也愛我的朋友、我的家人，我憂慮著大清的前途與未來……，也關心著別人過得好與不好，我的心裡擔憂掛慮著太多的東西，這些妳能理解？能體諒嗎？」

「我知道你是一個有大天才的人！你總是不甘於停留在一個地方很久，你有用不完的才情，總是別人才剛達到你所在的位置，你就又要起身離開，往下一個目標前去。」

瘦桐仔細想著蘋香的話，他也不曉得自己是否眞如蘋香所講的一樣，他也感到迷惘。

「瘦桐，如果你不要我了，你要趁早告訴我，否則我會承受不了的……。」

瘦桐將蘋香攬過來，擁在懷裡，他用臉頰貼著她的頭，在她的髮間深深嗅吻著：

「別說，別說！別說這樣的話……。」

閒晃了幾個月，李廣平與南洋公學的這些同學們還是保持著密切的連絡，雖則他本身對許多現況，會有一時的頹喪，但是他就像一顆發著巨大能量的磁石，引著一群人非他不可！光緒二十九年，這年他與退學的謝無量、黃炎培、洪允祥、胡山源一干人，在上海「滬學會」內增設補習科，並且舉辦各種不同的演說會。他們知道，要救國圖強，就要從改變觀念作起！屈辱只是一時的，日本國能，大清一定也可以作得到！於是他們一夥人持續著翻譯國外書籍的念頭。改革必須從觀念做起，廣平思考著，面對外國人，若發生衝突，最先遇到的會是法律上的問題，所以對於「法」的觀念是第一步要被建立的，於是他著手翻譯《法學門徑書》、《國際私法》這兩本書，並尋找管道出版。

農曆過年，成蹊與幻園、宋貞及幾個結拜的哥哥們多喝了幾杯，這天晚上，半夜酒醒，他躺在妻子雅菊身邊，黑暗中睜著眼看她的背影。她總是背朝著他睡，有多久的日子是這樣度過呢？今夜他突然留意到，他已經冷落雅菊很久很久了……。冷落，是一種刻意的疏離與遺棄，冷落，表示不願意與對方發生關係，語言上不交談、肉體上不接觸。他想起了少年時期在天津大宅的孤單感！他讓她的身與心，都陷入封閉的地窖中去了。

她是他的妻呵！成蹊伸出手搭著雅菊的手臂，發現她突如其來地顫抖了一下！她的身體緊繃而僵硬，她怕他、畏懼著他嗎？他突然感到一陣強烈的虧欠，於是他將手撈過她的身，將身體貼緊著她、環抱著她，發動著最大的熱情與溫度，揉著她、撫著她，他用臉頰的皮膚去摩挲她的全身，要將她的冰冷，溶爲一江春水。

四月，偷了空，他又繞到小四的二樓公寓房子，來應門的不是小四，而是曾經在這裡襲擊他的金娃娃。金娃娃見到他，不知怎地竟神色微惱。

「找誰？找小四嗎？他不在，你改天再來吧……。」

「他不在，那我就找你，或者我在屋子裡等他一會兒。」

成蹊進了門，看見金娃娃取了一本放在窗几旁的手抄本子，逕自坐回椅凳上，理也不理成蹊一下，嘴裡咿咿呀呀哼著調兒。成蹊坐到床上，眼神飄著，還是停留在金娃娃的身上，他端詳著他略帶憂鬱的神態，微蹙著眉，浸浴在光裡的優雅姿態，讓成蹊心動不已！金娃娃突然將冊子收起，抬起頭來與成蹊正面相迎。他說：「猛盯著我瞧幹嗎？有什麼企圖啊！」語氣裡充滿不友善，他質問的神態裡帶著三分孩子氣，真是好看極了！

「你長得太好看了，所以我就不能控制地一直看，想不看，便違背了我的本心……。這對我來講眞是一件怪事！」

「油腔滑調！」金娃娃稍稍收斂他詰問的氣燄，眞正的油腔滑調他見得多，可從沒見過一個像成蹊講得這麼眞心誠意的，他的心裡本來對成蹊就有好感，於是降低了敵意。

「你常來找小四嗎？」

「偶爾來，就來過那麼三、四次，把這裡當成一個避風港，外面一切事都不順遂時，就來避一避，讓心情沉澱沉澱……。咦？你怎麼在這裡？你與小四住一起嗎？」

「這房子可是我租的，給他住，竟然就給我帶人回來？你跟他……。」

「什麼意思？」

「沒事，看你不像會說謊的樣子，應該沒做出什麼對不起我的事吧。」

「做什麼對不起你的事？我不明白，你講清楚！」

「算了，沒什麼好講的。對了，聽小四說你懂詩詞歌賦，唱戲的本子你懂嗎？可不可以幫我看幾個段落，好像有些問題。」

成蹊靠到他的身邊，發現本子有幾個地方都抄錯了，語意上根本不通，難怪剛才看他猛皺眉頭！他在金娃娃身邊，聞著他身上散發著好聞的香氣，他很接近著他的臉、他的膚，成蹊發現自己竟然心跳加快，有怦然心動的感覺。他好強烈地喜歡這個人，膚、髮、五官、衣著，全身散發出來的氣質，都讓他臉紅燥熱，想親近、想多看一眼……。

「怎麼？瞧你臉都紅了。」

「屋子裡熱哪！」

「有沒有搞錯？上海的四月天，睡覺不蓋厚被子都還會著涼呢！熱？」

「眞熱，要不你脫了外衣吧。」金娃娃輕描淡寫地說著，成蹊也不動作，這哪是屋子熱？是心裡頭無來由地熱了起來，可這能說嗎？成蹊自顧自靦腆地笑了起來。

「你跟小四是什麼關係？怎麼這房子是你租給他住的？」

「我有錢，愛租房子給誰住就給誰住！喂，小四怎麼稱呼你？」

「我叫李叔同，也叫李成蹊，你叫我成蹊吧，在上海我用這個名字。」

「你對唱戲有興趣嗎？玩票性質，過過癮的？」

「小時在天津，有幾回去看戲，挺喜歡菊仙、小楊猴的表演。你不提我倒都忘了還有這麼一段……，近幾年看過坤旦楊翠喜的演出，〈貴妃醉酒〉、〈霸王別姬〉，都挺好的，很喜歡，但自個兒上台去演，倒沒想過。」拉拉雜雜講了一串，成蹊才突然意識到，這實在不像自己的風格！是爲了掩飾心底的慌張，而多話的！他注意到金娃娃看他的眼神，成蹊也正視著他。兩個人一時之間竟有些羞赧與尷尬……。

「你講的楊翠喜，我認識她，改天你來，我們一起票戲，我介紹她給你認識。」

「好！那就這麼說定了。准你加入我們這夥，要有心理準備，我們可是玩得很瘋的。」

成蹊笑著。他很久沒有感到快樂的時刻了，每一份感情都有負擔，但他心中知道，至少，跟金娃娃的這份，是他眞心想要的，就算是負擔，也將是一份甜蜜的負荷……。

彷彿突然從失去重心的狀態，再度找到可以投入去做的事，他將他的才華再度發揮在學習京劇這件事上，他喜歡扮演不同的角色，好的壞的，對他都同樣具有吸引力！

八月，天氣正暑，他與金娃娃在小四的住處排練，天氣炎熱，兩個人雖只穿著薄衫，卻仍汗流不止。成蹊對金娃娃說：「停停停，休息一下吧，你這歌郎的封號，我看可以改一改了。外人可能以爲你只會唱歌，沒想到你對唱戲也有一手，咱們排這武戲〈白水灘〉，看你一身俐落功夫，耍得乾淨又漂亮，這太折騰我了……。」

「休息一下也好，這齣戲本來就要一些功力，可不像你上個月演〈捉拿費德恭〉那般，大多是文戲，唱唱就好。這齣〈白水灘〉以打鬥見長，你扮演穆玉璣，得打敗許起英之妹所率領的一干部衆，身手得好才行！」

「來吧，我示範給你看！」拿著布巾拭去汗水後，金娃娃一邊說著，一邊比畫起武打動作，每一個架式、亮相、出拳、翻身，都充滿力量。成蹊看在眼裡，深深記在心裡，輪到他再上場學動作，一招一式，由金娃娃幫他矯正姿式，一次、兩次、三次，直到做好爲止。金娃娃耐心地陪著成蹊磨戲，一整個下午，兩個人都累翻了。成蹊索性躺在地上歇著，只聽到金娃娃說：

「喂！懶蟲，全身濕漉漉的，躺在地上當心著涼。」

「我沒力了，一點力都沒了，你行行好，讓我歇歇。」

「要歇可以，先把身子擦乾了再歇。」

金娃娃丟來一條大毛巾，剛好蓋著成蹊，見成蹊一點動靜都沒有，於是他去將成蹊扶坐起來，脫掉他的薄衫，幫他擦乾身子，再扶著他躺到床榻上去。他因爲太過疲倦而且放鬆，很快地就睡著了。

晚上，他被爭吵的聲音吵醒，微瞇著眼，是小四與金娃娃在說話，他們不知道吵著什麼？有點不愉快……。但他實在太累了，於是不管他們、繼續睡，他睡得很沉、很熟，整個人跌進夢裡的一團光，他被光所包攏著，這光又有點像水，是有實體的將他包裹著，讓他感覺到很安全，可以鬆懈掉一切的悲哀、壓抑、任何累積下來的情緒，都在這實體的光裡一寸一寸鬆脫。他突然沒有意識地哭了起來，沒有悲傷的情緒、沒有任何的情緒，就一直流著淚。有人在黑暗裡伸手來擦掉他的淚，並輕輕拍撫著他的背，他再次於黑暗中瞇睜開眼，矇矓中看到是小四，他感覺很安心地繼續睡著，他想他是得昏睡病了，總得把它睡飽了才有力氣再動！

清晨醒來，日光明亮，已經九點多，翻身，發現只有金娃娃睡在床鋪內側，就像第一次見他一般，只穿著貼身的褲頭，打赤膊，弓著背朝裡睡。成蹊凝視著他的背發愣，突然大膽地將身子向他移近，貼緊著他，將他環抱著，讓自己的心跳與體溫傳進他的身體裡面去。他發現他愛金娃娃，無法欺騙自己，他愛上了這個男人……。

霎時間詩意盎然，興起了塡詞的熱烈情感，他從櫃子上取下紙筆，磨墨，望著在床褥裡睡得像個孩子的金娃娃，胸臆中充滿了情意。於是他寫下了一闋〈金縷曲〉，給金娃娃：

> 秋老江南矣！忒匆匆，春餘夢影，樽前眉底，陶寫中年絲竹耳，走馬胭脂隊裡，怎到眼都成餘子？片玉崑山神朗朗，紫櫻桃，慢把紅情繫，愁萬斛，來收起。
>
> 泥他粉墨登場地，領略那英雄氣宇，秋娘情味。雛鳳聲清清幾許，銷盡塡胸蕩氣，笑我亦布衣而已。奔走天涯無一事，問何如聲色將情寄？休怒罵，且遊戲！

他看著金娃娃發愣，搞不清楚自己，也不願去理清楚，就順著心情走吧！他用紙鎮將墨漬酣暢的一闋詞壓著，看著金娃娃一個翻身，將薄被踢到床下了，成蹊過去拎起被子幫他蓋上，金娃娃卻伸出手來拉住他，成蹊看他猶仍身在夢中，於是將他的手按下，不自禁地笑了起來……。

愛，是如此地微妙。當成蹊一夜未歸，在中午回到家後，立刻被母親叫到佛堂裡去了。對這個天才孩子，王氏總是板不起臉孔來對他，他們母子相依爲命，而成蹊一直又是個孝順的孩子，從來不忍違逆她的意見，但這回，母親語氣裡有明顯責備的意味：

「濤兒，你多大歲數了？昨天一晚沒有回來睡，你野到哪裡去了？」

「娘，我在一個朋友那兒練京劇，是齣武戲，因爲太累，睡著了，也不曉得一醒來已經中午了，您瞧我，怕您著急，一睡醒連午飯都還沒吃就趕回來了呢！有飯嗎？我肚子好餓。」

「還曉得吃飯？當眞是去練京劇，不是跑到別的地方鬼混？」

「您瞧，您聞聞看，這身衣服都還是汗臭味，昨兒個下午天氣熱，您是知道的，這齣戲叫作〈白水灘〉，又叫作〈捉拿青面虎〉，是講宋朝總兵李德俊擒獲俠盜青面虎許起英，押解到京都途中，在白水灘遭到許起英的妹妹半路攔截……。」

「好了！好了！娘要是這點兒對你的信任都沒有，那還眞白疼了你呢！今天一早，春香樓的李蘋香姑娘託人送這封信來，說你原本昨天約好要去找她，卻失約了，她擔心你的安危，你啊！不去了也跟對方說一聲嘛！」

「唉呀！我可眞把這件事給徹底忘了呢。」

「虧你沒忘了娘，還懂得回來吃中飯！你這樣子，又怎麼對你的妻子交代呢？別人家姑娘都懂得關心你的安危？你有沒有想過，在雅菊身上，對你的關心又會少過外人嗎？」

「娘，我知道，你別再訓我了。這樣的時代，孩兒心中的苦悶您是知道的……，」

「娘懂你，就是懂你才要點醒你！現在李蘋香姑娘對你有深情厚意了，你要怎麼對待她呢？再討她回來作小妾嗎？濤兒，娘的身份就是你爹的小妾，那種壓力與看不見的阻礙你是知道的，你要這麼對李姑娘嗎？更何況她跟你都還同一個姓氏。這是不可能有結果，你再這樣子對她放感情，不是又要加深她的痛苦嗎？你想想，娘說的有沒有道理？」

成蹊默然不語，娘的一句話戳破了包裹著他的薄膜，這是他一直在逃避、迴避，不願意去面對，卻無法不去面對的事實……。

「濤兒，不管做什麼事，你要守得住自己啊！更何況，雅菊現在又懷了你的孩子，已經有六個月的身孕了呢！對這個家庭，你也該有份責任吧。」

「……娘，您別操心。我知道該怎麼做了。蘋香這事情，我保證就到此爲止了，孩兒再怎樣都是不願給您添煩惱的，您相信我，我會處理的。」

「打你從小起，娘就不曾強逼你做不願做的事，因爲我知道你的性格，濤兒，你有才情，但太任性、意氣用事，多情者善自縛，這樣是要受苦的。」

「我會記得娘的教誨，但是，如果這苦是孩兒的人生所必須去嚐的，那麼孩兒還是得親自去嚐這苦果！」

「娘捨不得啊！看著雅菊受苦，娘也同樣捨不得……。所以，人生總是在取與捨之間游移，是吧？所以，《波若般羅密多心經》裡說道『色即是空、空即是色』，要能看清世間事物的本來樣貌，就是這個道理呀……。」

洗過澡，換過一套衣服，成蹊整個人攤開躺在床上。窗外不知什麼蟲叫得挺兇猛！門外，準兒露出個小臉偷看他，他怯怯踟躕，想靠近又不敢靠近。成蹊翻身坐起，向他招手，問道：

「準兒，有事嗎？來，過來爹這裡。」

準兒好不情願地慢慢將腳步移近，他不敢正眼看成蹊，像做錯事一般。

「怎麼了？畏畏縮縮的，男孩子不可以這樣！」

「爹，我是你的孩子嗎？」成蹊愣了一下，一時無法理解這孩子話裡的意思，他將李準牽到身前，整個人蹲在他的前面，說：「你當然是我的孩子。怎麼會這麼問呢？」

「我覺得你不愛娘，也不愛我，你只愛阿奶，還有許伯伯他們。我常在想……，我是不是你生的？不然你爲什麼不愛我？」

「傻孩子，爹怎麼會不愛你呢？只是在我們大人的世界裡，有很多事情你還不懂，但這並不表示爹不疼你啊。」成蹊摸著準兒的頭，暗自心驚。這孩子的眞心話，往往戳中了事實！他不願去看見的事實、顧此失彼的事實……。他將準兒攬了過來，緊緊地抱在懷裡！

「很多大人的事情，等你長大了就會懂……。」

在春香樓，氣氛凝重。兩個人的神色皆黯然，蘋香偶一抬頭，看到成蹊的眼，遂又將臉低落。「瘦桐，我恐怕再也沒有辦法承受了。你知道那天和你相約碰面，你沒有出現，我便一直等，等了許久，竟擔心起來，生怕你出事。我不願意去想，卻沒法子克制我自己！你從來不曾這樣，我一個人，竟然怕到哭了起來，一整夜我都睡不著，我想，你一定有事無法來，但你會通知我的，不是嗎？但是你沒有，你彷彿從這個世界上消失了。」

「蘋香，我同朋友排戲累了，睡著了，害妳擔憂著急，是我的不對！我向妳賠罪。」

「別這麼說，我發現我因爲你整個人都亂了！但是我甘願，我甘願與你一同共生死，如果你有什麼意外，我也不想活了。」

「妳對我的好與愛，我都知道，在我心中，也對妳有著深厚的情意，但是蘋香，天底下無不散的宴席，任何事情都沒有絕對，更何況在這個大時代裡，一切都那麼不確定……。」

「瘦桐，你要跟我說什麼嗎？你已經想好要跟我說的話了嗎？不！別說，我不願意聽，請你將準備好的刀收回去，傷人的話請別說出口……，最起碼，這樣還能在我的心裡保留一方美好的世界！只有你和我的世界。請你慈悲地對待我，就施捨給我，多一點兒的溫柔吧！」

瘦桐緘默了。他斟著桌上的酒，一杯又一杯地喝著，空氣裡瀰漫著一股化不開的沉重，隨著夜深，更加壓得人喘不過氣來，蘋香不能克制地，眼淚又掉了下來。

「我已經知道你來的用意了，我不是一個駑鈍的人，但是……，難道除了傷人的話之外，就再也沒一句別的話好講？」

「蘋香，別這樣，妳知道再怎樣，我都不願意傷害妳，但是，我怕妳受苦！感情放得愈深就愈痛苦，而我是個有妻室的人……。」

蘋香拭去淚，紅腫著眼，很堅強地撐起微笑，但這讓她的臉顯得很不協調，更形扭曲！

「瘦桐，我早就知道有這一天。再怎麼樣，我都只是個青樓藝妓，從愛上你的那一刻，我便知道終有一天要離開你……。謝謝你這幾年帶給我的，這輩子除了你，我再也不能去愛了！你說世間的事沒有永遠，但是我要告訴你，有的！你，在我的心中，就是永遠！」

瘦桐看著蘋香，她是他的紅粉知己，是他眞心愛戀的情人，但他必須割掉與她的感情，成蹊不忍心她再繼續受苦，所以連同可能的愛，也要一併割捨。

「我也會記得與妳的愛戀，對我來講，這是我所經歷過最甜蜜的事……。」

「有你這句話，夠了！瘦桐，別了，望你珍重。」

「妳也保重，蘋香。」

瘦桐轉身離開香閨，離開了春香樓。他沁著汗，內心一片慌亂！他的心在淌血，每走一步路，血就淋淋滴下！他感到全身冰冷，硬生生割離了貞心的愛戀，他有如被重重砍了一刀！全身劇烈地痛！他不想回家，他知道此刻起伏不定的情緒，回家必定傷人！莽莽塵世，他可以往何處去呢？在街上走著，愈走愈快、愈走愈快！他走過愛多亞路、來到法大馬路，看到黃浦江，他來到堤岸邊，江上吹來的風拂著他的臉，他再也忍不住哭了起來……。像小孩子失去心愛的玩具，不顧路人的目光，他號啕大哭著！不要了，就再也不要了！

他依舊認真地去吊嗓、排戲，卻少了笑容，彷彿心裡缺了一塊，失魂落魄的穆玉璣，怎麼打得贏來劫牢的一干草賊？演出前一天，在戲園子裡排練，與文場的師傅們搭配著鑼鼓點，穿上行頭打扮，簡直認不出這個人就是成蹊了！他們彩排著，對於這戲，成蹊已經熟練，可是就是在某一點上提不起勁。彩排同時，他看到台下的一個人，目光炯炯地瞧著他。是個女子，他不知道女子的眼神也可以這麼犀利！休息時間，他留意到女子向他走了過來。

「你是李成蹊吧。你好，我是楊翠喜。」

有如一道光劈向他！這女子，與舞台上的模樣完全不同，以至於他沒認出她來。他下了台來，與她握手行禮：「楊姑娘，怎麼來了？妳這一來，可真是讓我手足無措……」

「甭招呼了，是金娃娃找我過來的，他說怎麼也無法讓你進入狀況，囑我過來看看。果然如此，你在台上扮演的，那是行俠仗義的穆玉璣？根本就是行屍走肉的你自己——李成蹊。」

第一次見面，楊翠喜單刀直入，有話直說，她兩眼睜睜看著成蹊，直要穿進他的靈魂裡。她說：「你在台上，你就是穆玉璣，不是李成蹊。你以爲京劇這麼簡單容易，三兩下就能唬得過人嗎？你沒有假戲眞作，對不起台下的觀衆不說，更加對不起你自己，也將會污衊了這門藝術！要眞像你這麼失魂地演，就是個天大的英雄，也讓你演成了狗熊！」

成蹊從小到大從來沒聽人這麼訓過他，初見面便不怕得罪、不拘繁文縟節，告訴他最專業的眞心話。這樣的人，他還是第一個遇到！

「不怕你怎麼看我，成蹊，我有話就直說。這個世界上誰沒經歷過一些不如意的事呢？但是要學著將自己分開啊！台下你可以是你自己，愛怎麼鬧情緒、放情任性都由得你高興，但是在台上，你就是另外一個人，你是角色，你不是你，你是他。他的存活與否，就全在你身上了。這道理可淺可深，但專注一意去演好一個角色，則是每一個唱戲的人的基本義務。別讓大家看到李成蹊，在戲台上，是沒有你這號人物的！」

楊翠喜向成蹊點點頭，從剛才嚴肅的神情轉爲微笑的臉，逕自轉回原先的座位去。票戲反串飾演許起英之妹的金娃娃在戲台上招喚他，他們必須再繼續彩排，熟悉走位、動作與鑼鼓點。成蹊一步一步踏實了階梯走上台去。他知道，他一上戲就是穆玉璣，不再是李成蹊，自然就擺脫掉李成蹊身上所背負的包袱，他是穆玉璣，自然就有屬於穆玉璣的戲台人生……。

他演出穆玉璣，獲得滿堂采，所苦練的功夫，在戲台上發揮得淋漓盡致。耍槍、舞刀，鷂子翻身、劈腿等，他與金娃娃在台上混戰，雖是業餘的票戲性質，精采程度卻直逼專業水準。只聽得台下喝采、叫好聲不斷。成蹊已經完全變成穆玉璣！一個俊美的少年英雄，身手矯健，英氣勃發，他在戲台上的空檔，看見了底下坐著的家人，母親王氏與妻子雅菊、幻園、小四，小狐狸朱慧百及旁邊，一個陌生的姑娘……，讚賞著他的表演，對他笑著。

這一年冬天，他們全家圍在一起，迎接了第二個孩子的降生，叔同將孩子取名爲李端，大有規矩方正的意思。他了解到節制是控制情感與慾望無止盡氾濫的不二法門，放縱自己亂，結果肯定只有更亂！這是他所獲得最新的心得，這一年，他二十五歲，離二十六歲不遠，他已經是兩個孩子的爹了。他覺得自己老了，青春，早已離他遠去。還能掌握什麼呢？這樣的時代，不出去闖一闖，不到國外看看世面，是根本學不到什麼東西的！眼界不開、觀念不開，又談什麼改變與圖強、進步呢？

望著天上飄降下來的雪花，成蹊思考著未來，懷著對祖國的一腔情感，他覺得該收拾起靡靡不振的心思，該努力做點事。但要做些什麼好呢？卻沒有個方向，可是他知道，要有大的改變，一定要從觀念做起。

第十一章

上海的風，是自由的風，上海的月，是自由的月，風月之間，伴隨著大時代的變遷，歲歲年年，有著相同卻也相異的面貌。過年前，成蹊忽然想起了那一年在城隍廟前湖心亭，第一次見到李蘋香的情景。那是多麼美、多麼令人眷戀的一幅圖畫啊！

蘋香已經離開上海，她對成蹊感情放得太深，以至於只要待在上海，心就痛！她已經離開上海，不知前去何方了。

這天，他懷著思念的情感再度來到湖心亭瞬茶，大雪將屋瓦掩成一片白，極美的銀白世界。讓一切都顯得安靜、純美。成蹊發著呆，獨自一人趴在桌上，看著亭外雪花飄落。這雪，下了好幾天，氣溫反倒沒有先前的冷！他覺得某種熱情在心中靜止下來，他已經又當了一陣子規矩的孩子，也樂得當一個母親心中的乖兒子。但是總無法欺騙自己，難掩心中的落寞。

一個女孩從樓梯上來，披著大氅，有一種吸引人的氣質。成蹊見她，覺得眼熟，彷彿在哪兒見過？女孩也瞧見他了，帶著笑向他點頭：「成蹊先生，怎麼一個人在這裡呢？」

「來這裡隨意坐坐，妳好眼熟，我是不是在哪兒見過妳？」

女孩笑了。她的笑，讓整座冬天的茶亭都溫暖了起來。她說：

「見過的，我見過你在戲台上扮演穆玉璣，少年英雄，不止身手好，還唱戲呢！」

「唉呀！取笑了……，我記起來了，妳那時坐在台下，在朱姑娘身邊，對不？」

女孩高興地叫了起來。她的快樂全寫在臉上，有如一個受到獎賞的孩子，她嘟著嘴說：「我還以爲你是不會注意到我的呢！好高興喔。」

「爲什麼這麼說？」女孩搖搖頭不說，但神祕兮兮地自顧著笑，成蹊從沒見過一個女孩的表情能這麼豐富！他也因此而感到心情晴朗。

「妳知道我的名字，不公平，我都不曉得妳叫什麼，如果要叫妳，也只能喊著：喂！喂！」

「你是上海第一才子，誰不曉得你的名字，知道你的名字一點兒都不稀奇，而我，無名小卒，反正說了你也會忘記，那還不如別說了，就讓你每次見了我，就叫：喂！喂！好了。」

「好吧！喂喂姑娘，我在看雪，妳別打擾我了……，不告訴我名字我早晚也問得到。不說，妳就走吧！」成蹊也耍起了小脾氣，逗著她，繼續將臉埋在桌上，不再理她。

「你答應到春香樓來看我，我就告訴你。」

成蹊沒有抬頭。春香樓？……，是他胸口的痛！他曾將血肉愛戀硬生生割捨在那兒，又怎麼會突然因爲這個女孩而回轉呢？他想到蘋香，不再說話……，他的眼中漸漸有溫熱的淚……。

女孩也不再問了，就在成蹊身邊坐了下來：「我是謝秋雲，秋天的雲朵，來了就要走。不勉強你，若是來了，我頂多敬你一杯酒，好嗎？」

成蹊還是沒有抬頭，謝秋雲待在他的身邊，靜靜地陪著，看著漫天的雪花飄落……。

當成蹊再度踏進春香樓，他突然發現自己改變了，原本以為自己不能承受的，卻好像海潮退去，只在心底蟄伏著、居藏著。小狐狸朱慧百不在，謝秋雲來招呼他，她依舊露出純真的笑容，說：「成蹊先生，你來了！好高興喔。」

成蹊點了頭，他對這裡並不陌生，倒是在這裡被稱為「成蹊先生」，還眞是有點怪怪的！謝秋雲引成蹊進了廂房，點了酒菜。她的興奮裡有小女孩般的天眞，熱切地忙進忙出，終於折騰好一桌酒菜。謝秋雲像一朵欲滴的鮮嫩牡丹，在他面前綻放，成蹊似乎心有所感，飲了酒後，提筆寫下了一首詩，贈與謝秋雲：

風風雨雨憶前塵，悔煞歡場色相因，十日黃花愁見影，一彎眉月懶窺人；
冰蠶絲盡心先死，故國天寒夢不春，眼界大千皆淚海，爲誰愁悵爲誰顰？

謝秋雲蹙著眉，神情倒有三分像李蘋香。她不理解爲什麼成蹊先生寫這樣莫名其妙的詩給她？也許是他心有所感，對歡場有幾分疲態了吧！她沒發問，也不追問。她懂得在該保持沉默的時候，便靜靜地陪在身邊守候的道理。

斟酒，對飲一杯。秋雲突發奇想：「先生，我請人來彈琴給你聽，好不好？」成蹊不置可否地看著她，這個女孩一副古靈精怪的模樣，眞不知道她正動著怎樣的腦筋……。

「最近我們這裡來了一個姐姐，琴彈得很好，只可惜年紀大了點，不過那不重要嘛！重要的是琴彈得眞是好！因爲她家境上有困難，所以才會出來彈琴賣藝，我們找她來好不好？」

原來如此，成蹊點了頭，他來春香樓，不就是要回味著歌台舞榭的旖旎風情嗎？不一會兒，進來了一名老邁的藝妓，年紀上豈碼比他的母親高上十歲，卻仍脂粉厚塗，盤髻，手中抱著一把琵琶。一陣招呼坐定後，她開始彈起來……。

琵琶琴音拖引著他進入樂音的世界，由緩而急，撩動著他的心弦，琴音訴說著她的身世，勾勒著世事滄桑、變化無常，即便是華麗的抖顫音，在成蹊聽來，也都充滿著深深的悲意。他覺得這個老妓身上充滿了歷經滄桑的能量，她的姿態，一舉手、一投足，都充滿著典雅的美感，有著年華老去之後不得不內蘊的節制，而這節制，使得她的美並不散發在色貌上，論色，她已色衰，但因爲節制，所以那美是從內裡蹦發出來的！

成蹊附耳詢問謝秋雲後，再次動筆，爲這名老妓白描，寫下了一首詩〈爲老妓高翠娥作〉：

殘山賸水可憐宵，慢把琴樽慰寂寥。頓老琵琶妥娘曲，紅樓暮雨夢南朝。

成蹊，看著這些爲了生活而在歌樓酒肆營生的衆生，心中有了同情與悲憫。並不是同情他們的工作或職業的貴賤之別，而是，他了解到，浮沉在其間的感情，是沒有出路的，就像水塘裡冒出的泡泡，過不了多久，就會「啵！」的一聲，消逝無蹤，而活在列強環伺、瓜分侵略下，如今大清的處境，又何嘗不像晨間的泡沫呢？

老妓高翠娥的琵琶琴音，引發他對家國命運的更多思考……。

上下數千年，一脈延，文明莫比肩。縱橫數萬里，膏腴地，獨享天然利。國是世界最古國，民是亞洲大國民。嗚乎大國民，嗚乎唯我大國民！幸生珍世界，琳琅十倍增聲價。我將騎獅越崑崙，駕鶴飛渡太平洋，誰與我仗劍揮刀？嗚乎大國民，誰與我鼓吹慶昇平！

推卻不了滬學會補習科夥伴們的熱情邀約，廣平懷著自豪的口吻作了一首〈祖國歌〉。他將這首歌詞交給謝无量，无量立刻大讚一聲「好！」

「果然是我的好兄弟，你呀！眞是才華洋溢。廣平，這首〈祖國歌〉，必定能傳唱各處，光聽這幾句：我將騎獅越崑崙，駕鶴飛渡太平洋，誰與我仗劍揮刀？嗚乎大國民，誰與我鼓吹慶昇平！就讓人心中熱血奔騰，激昂了起來！沒錯，我們自己本身如果都沒了雄心壯志，又怎能鼓舞群衆？謀求改變呢？」

「是啊！我們是有本錢的，大清積弱不振，但我們老百姓，可不能也怯懦喪志啊！」

「走！走！我們找人譜曲去，順便去邀炎培，喝酒慶祝。」

「不了，才剛尋思振作，別又去喝酒，更何況，我得回家去看我娘親，不能久留。」

「怎麼了？才剛來，就要走？」

「我娘病了，鎭日咳個不停！我幾次要請大夫都被她給拒絕，我眞是不知道該聽她的意思，還是私自作主？」

「嚴重的話，當然要找大夫。廣平，長一輩的都忌諱就醫，但病了就得找出病因，對症下藥，才會好起來。走吧，不喝酒，咱們給你娘請大夫去。」

在城南草堂，王氏所住的臥室，不時傳來咳嗽的聲音。咳得都啞了！大夫幫她把脈，聽著脈象所透露出來的訊息……，不一會兒，他搖搖頭說：

「夫人，這得的是雜疾症。怎麼現在才請大夫來看病呢？拖得也太久了吧！」

大夫的語氣裡有責怨之意，他望著成蹊，眼前這個公子哥兒的神情急切，眼看都快哭出來了。「什麼是雜疾症？我娘一直好好的，怎麼突然得了這種病？這這，大夫，你可以治得好嗎？你開藥方啊！」成蹊可真是慌了、急了！對這病症醫術之道，他是完全陌生的。

「我可不敢跟你保證，這雜疾症大抵是因為長期積鬱，導致燥熱攻心！並非一天兩天的急風寒所造成的，當然，初春時節天氣變化不定、冷熱交間，是引發這病症的導火線。我開一帖涼藥，先退火再看看……。」

「你可不可以先開止咳的藥，別讓我娘咳得這麼辛苦？」

大夫在桌案上寫了張藥單子，成蹊接過去後，謝先量便快快轉身出門去抓藥。

「這雜疾症泰半是心中有所積怨、操心，東想西想胡亂操煩，日積月累導致而成，像你母親咳成這樣，已經是……唉！你們這些做兒女的，實在是太不注意、太不關心了。」

大夫走後，一天、兩天，成蹊總陪侍床榻，除了晚上回隔壁房間歇息之外，可說是無時不刻地陪在王氏身邊。原本就消瘦的他眼眶凹陷、身子骨更加瘦稜。母親發著熱病，連眼淚都控制不住地流了下來，成蹊看了心底難過，也跟著掉淚。

「娘，娘？您感覺如何？有好些嗎？……」成蹊輕聲探問，王氏已經消瘦乾黑到不成人樣了，這雜疾燥熱之火，已經將她烤乾，由內而外，眼見是不能活了。王氏勉強睜開眼，看見成蹊就在眼前，她露出了笑容，啞著聲音說：

「濤兒，娘是不行了。你去佛堂裡幫我拿《心經》過來，唸一段給娘聽……，嗑！嗑！」

雅菊忙轉身出門去拿，成蹊則在床榻前握住娘枯槁的手，娘的手上戴著一串佛珠。

「娘，您一定會好起來的，您還這麼年輕，您不可以放下濤兒，離開我。我不依！別的事我從小都依您，唯獨這件事我不依，您不可以拋下我以及您的媳婦兒、您的兩個乖孫……。」

「傻孩子，你要看娘繼續痛苦下去嗎？我知道大限已經到了，是該走了。心裡再有百般不願意，時候到了，自然也是要走的！」

雅菊已經將《心經》拿了過來，母親對著雅菊笑：

「雅菊，我的好媳婦。妳一直陪在娘身邊，娘一切都看在眼裡，委屈妳了……。」

「娘，您別這麼說……，您趕快將病養好，別說這些。」

「我再不說，就要來不及說了……濤兒，我一直最放不下心的孩子，他眞的是個孩子，長不大的孩子！很多事情都太任著性子去做，完全沒顧慮到妳的感受，妳原諒他吧。」

「娘，沒的事，別說，別這麼說……。」

「濤兒啊！娘就你這麼一個孩子，你這眞性情，也是娘最欣賞的，所以放任你，從不怪你、責罰你。但是，你的眞性情很容易對身邊最親的人造成傷害！或者……連你自己也被那把刀割得鮮血淋漓……娘心疼你，但是娘眞的不知道該如何教導你，你啊！是有大天才的，別妄自菲薄……，有能力飛，就別甘於停留吧！這是娘對你的……最大的期望了。」

「娘，孩兒知道。您歇著吧。再喝一碗藥，您別再操心，孩兒讀經給您聽……。」

「我這一生啊！我這一生，最大的驕傲與滿足，就是有你這樣一個孩子……。」

王氏將眼閉上了，她仍然發著熱，咳已咳不出聲了。成蹊在一旁流著淚讀經，一隻手緊緊握著母親的手。

觀自在菩薩，行深般若波羅密多時，照見五蘊皆空，度一切苦厄，舍利子。色不異空、空不異色，色即是空，空即是色，受想行識，亦復如是。舍利子，是諸法空相，不生不滅，不垢不淨，不增不減，是故空中無色無受想行識，無眼耳鼻舌身意，無色聲香味觸法……。

母親睡著後，他出了門，到上海街上來，他知道母親已經油盡燈枯，再也撐不下去了。在這最後的一程，他得為母親選一口上好的棺木。他在街上逛過了幾家壽材店，都不滿意，他心煩意亂，著實不知該何做選擇……。終於選定之後，突然感到心頭一陣劇烈的痛，他再也忍不住嚎啕大哭……。回到城南草堂，還沒踏進家門，就聽見雅菊的哭聲。接著看到幻園、宋貞及一些人圍在卧房內外，他知道不好！趕忙奔進內去。

母親壽衣已經穿戴整齊了，靜靜地閉著眼躺在床上。她在睡夢中過去了，臨死前再沒開口說話，或留下隻字片語。他倚在門邊，想張口喊聲娘，卻感到一陣天旋地轉，眼前一片黑暗罩天罩地蓋住了他！隨即整個人晃了晃倒在地上，昏了過去。當他再度醒來，則踉踉蹌蹌跪著爬到母親身前，握起母親冰冷的手，貼在自己臉上。一股哽咽之氣憋在胸中，他幽幽流著淚……。

「娘啊！您忍心拋下濤兒了。這二十六年來的養育之恩，您要叫我怎麼報答呢？」

「娘啊！從今天起，濤兒還有什麼幸福可言？還有什麼快樂可言？我的一切，都已經因為您的離去，全都變得沒有意義了啊！」

「娘啊！您這一生所教導孩兒的，孩兒都不會忘記，都不會忘記的……。您安心地走吧，別再擔憂掛慮了，放心地走吧……。」

夜裡，成蹊一人獨自守靈，對著點在母親腳底的一盞油燈，怔怔發愣。哭了一整天怎樣也無法將母親喚醒的了，他的肉體疲倦不堪，心靈卻異常清冷。面對這場死亡，他根本無力說要或不要，死神來臨時，沒有人能說個不字！如果生命眞的這麼脆弱，有如落葉飄零，活著，能守住的、能堅持的又有什麼？死了，空了，一切都沒了、一切都自由了、一切也都喪失了……。哪裡是他的歸處呢？以前，母親在的地方就是他的歸處，就是他的家，但是如今，母親死了，他的家也沒了！一個連家也沒有了的人，又有什麼資格再去談人間的情感與愛戀？一切，都是虛枉啊！

黑暗中門打開，雅菊走了進來。她過來跪坐在成蹊身邊。成蹊說：「孩子都睡了吧。」

「嗯……，都睡了！準兒剛才還吵著要找阿奶，他不懂什麼是死，他以爲娘只是睡著了，他說要來叫醒她呢！」

「這陣子多虧妳，否則，娘不知道還要承受多少的痛苦？」

「別這麼說，娘一直當我像是自己的女兒，從來也沒拿我當媳婦兒看待，娘對我的好，是我自己的福氣。我孝順她，就等於是在孝順著自己的親娘……。」說著說著，雅菊忍不住又落下淚來。成蹊將她攏到身邊，親吻著她的額頭。他將臉貼著雅菊的頭，抖顫著說：「對不起……。」

雅菊不作聲，她的心被重重地敲擊著！她不知該何作回應……。

「對不起……。」成蹊哭著、哭著、痛哭出聲。已不再是哽咽，而是全身顫抖地哭著！雅菊抱著他。安撫著他，也流著淚。她說：「今後，……我們怎麼辦？」

「給娘守靈，按舊俗給娘『守七』吧。這期間我再寫信回天津，將娘運回故鄉安葬。」

「從今以後，我再也沒有自己了。娘死了，過去的我也死了！李文濤、李成蹊、李瘦桐、李廣平都死了……，如今我的心底只有悲哀兩個字。我的名字，從今天起，就叫作李哀！」

「娘死了，我也沒了依靠，我們……，也只有回天津吧。我……。」

「別哭了。哭也沒有用，我打算將娘運回天津東北郊李氏祖塋安葬，她生前是爹爹的小妾，但怎麼樣也算是李家的人，爲了李家，扶養我長大成人，她所受的，也眞是夠了。」

「你去睡吧，咱們可得撐著，輪流幫娘守靈呢……。」

「我不睏，還是妳回房去睡吧。兩個小傢伙醒來的話，也只有靠妳才能安撫得了呢！」

乙巳年，西元一九〇五年國曆三月十日，王氏病逝於城南草堂，享年四十五歲。

次日，叔同修書一封，寄回天津李家大宅，跟二哥文熙表明要將母親迎回祖塋安葬的心願。二十多天後，收到文熙的回信。叔同當場大發雷霆！他對著妻子說：

「這是什麼？這是什麼道理？他竟然說，在外地過世的家人遺體，依照祖先舊訓，不得安靈於家中正廳！最好找一個地方安厝，然後再覓地安葬……，這是什麼狗屁舊俗！」

「你別生氣，這樣的舊俗我也聽我娘說過，總之，他們也許是覺得，沒有在家裡過世就是橫死……，所以不得進大廳。」

「我們眞的是太不尊重死者了！不行，我一定要強硬地要求他，時代是往前走的！舊觀念可以改，不適合的就必須改！這樣的道理，應該是很清楚的了。沒有新思維，老守著舊觀念，又有什麼用？又能有什麼進步？舊法都可以修為新法了！有什麼是不能改的？母親已經是我們李家最後一位尊長了！我們這輩可以決定，就別把責任再往祖先身上推！」

「也許你將剛才的道裡說給二哥聽，他會理解，也會同意的。畢竟……，娘也是他的長輩，動之以情好好同他說，我想他會答應的。」

於是叔同再修書一封，嚴正陳說，強烈要求母親的靈柩必須供於大廳，除此之外別無選擇！文熙再找不到理由回拒，加上他原先也對陳年舊規有所厭棄，只是他的勇氣及行動力不如叔同，而被綑綁於舊宅，多年不得動彈。叔同強烈的要求，正也符合了他內心的想法，於是他答允了。

叔同開始處理在上海的一切，準備北歸，對於叔同來講，在上海將近七年的時光，是他一生中活得最快樂的時光，但這一切，也都隨著母親的去世而劃上句點了。人世間的感情、愛戀，都是如此虛枉不眞實，也許這一刻握得緊緊、抱得緊緊，下一刻，就可能連感覺都得靠追憶來回想，而追憶……，是怎麼樣都只能感到悵然與空虛的！

幻園、宋貞、天涯五友幾個好哥哥們；蘋香、秋雲、慧百、翠喜、小四、歌郎金娃娃，這些他都曾有過感情的人們；先量、炎培、蔡元培先生，這些他的好同學與師長，都將存封於記憶之海，告別了。叔同知道這是自己生命中一個階段的結束，他必須起身，離開。

「守七」期間，春天日暖，花兒綻放了！大地一片綠意盎然，全然不像冬天的酷冷與蕭瑟。這天，他窩在城南草堂裡守著母親的靈柩，雅菊輕聲敲叩著門。「成蹊，蓮溪大哥來找你。」

是蓮溪，好幾年不見，如今竟意外地出現在眼前。叔同滿臉鬍子，削瘦的臉頰與凹陷的眼眶，看到自少年起便有如親人一般的兄長，他不能控制自己的情緒，眼淚再次奪眶而出，他說：

「你可出現了，我以爲你已經不在了呢……。娘死了……，我們要全家搬回天津了！」

叔同擁上前，一把抱住了蓮溪，蓮溪拍撫著他的背！蓮溪說：

「你看你，把自己搞成這樣，伯母在天之靈，看在眼裡，能不心疼嗎？」

「倘若眞孝順的話，就把自己振作起來。我了解伯母對你的心意，她不會喜歡看你這個樣子的！振作起來吧。」

雅菊點了香，遞給蓮溪祭拜。祭拜過後；他們在叔同的書房聊著，看著叔同如此憔悴的模樣，蓮溪心中百感交集：「文濤，對於生死，你應該要看開一點，你的性格啊！太深情了，這樣會讓你吃上不少苦頭的……。」

「你別擔心我，倒是你自己，怎麼憑空消失了這麼長一段時間？」

「我啊！當然是有重要的事情在打算……，這個時代，有志氣的年輕人，都應該要好好學些東西，或者打算做點事情，爲老百姓、也爲了自己，看看是否能闖出一些名堂來？」

「你呢？將伯母送回天津祖塋安葬之後，打算留在天津嗎？北方雖然不像前兩年八國聯軍攻入北京時那麼亂，但我也不認爲有什麼事是值得你發展的……。你不像你哥，必須守著家業，你可以有一番作爲的，你的才華，浪費了可惜啊！」

「我有什麼才華呢？放眼望去，前途一片茫茫。這樣的世代，又有什麼前途好計畫的呢？」

「你這樣說就不對了！最壞的時機，才有最大的可能，如果你眞想做些什麼……。」

叔同看著蓮溪，他總是這麼樂觀、進取，對未來充滿希望。他說：

「你呢？會回天津嗎？或繼續留在上海？或者……又會不告而別，消失一段時間？」

「我會到日本去吧。已經計畫好了，要在日本成立……，嗯！這不方便講，總之，面對這樣的時局只有一個辦法扭轉它、改變它，對不？不到外面看一看，老將自己囚在這裡，看不到新東西的。也許……，文濤，你也可以好好思考一下。」

這一年陽曆七月上旬，叔同打理好上海的一切，從吳淞上船，將母親的靈柩運回天津，他將靈柩安置於大廳正中央，供親友憑弔，而在叔同心裡，對於這些舊觀念的繁文縟節實在厭煩，他心想，大家被這些綑綁得還不夠嗎？一代傳過一代，要沿襲到什麼時候才能善罷甘休呢？

於是他寫了一則〈追悼李氏王太夫人哀啓〉的文章，在天津《大公報》上刊登。

七月二十三、二十四日，《大公報》分別以〈文明喪禮〉與〈天津追悼會及哀歌〉爲題，公布了這次喪禮的消息與內容：

河東李叔同——廣平，新世界之傑士也。其母王太夫人月前病故。李君特訂於本（七）月二十九日開追悼會，盡除一切繁文縟節，別訂儀式。

當日除備有西餐，以饗來賓，並附〈哀啓〉三則：

一、凡我同人，倘願致敬，或撰詩文，或書聯句，或送花圈花牌，請勿饋以呢緞軸幛、紙箱紮彩、銀錢洋圓等物。

二、請君光臨，概免弔唁舊儀；倘須致敬，請於開會時，行鞠躬禮。

三、追悼儀式：甲、開會。乙、家人致哀詞。丙、家人獻花。丁、家人行三鞠躬禮。戊、來賓行鞠躬禮。己、家人致謝詞，並向來賓行鞠躬禮。

喪禮當天，早上九時，各界來賓雲集，大家都想來看看這所謂的新式的喪禮，倒底是什麼模樣？駐天津的各國使館人員、日本駐天津的代表、天津教育文化界的首長等，也都獲悉這場劃時代的新式喪禮而趕赴前來，追悼會場黑鴉鴉一片，總共達四百多人來參加這場告別式。連報社的記者也都前來做專訪呢！叔同在會場一片肅靜聲中，彈著鋼琴，唱著悼歌，他的袖子纏黑巾，剃去鬍鬚，他要用最乾淨的一張臉來送別母親。

在一片哀悽肅穆的氛圍中，叔同有最深的沉痛，他對著前來的來賓們朗讀著他爲母親所寫的哀歌。他說：「各位前來參加先母李氏王太夫人喪禮的朋友們。容我發表、朗讀一首哀歌來追悼我的母親。這首詩題爲：〈追悼李節母之哀辭〉。希望能表達我對已經去世的母親深深的想念與難捨的親情。」

松柏兮翠姿，涼風生德闈；母胡棄兒輩，長逝竟不歸？
兒寒復誰恤，兒饑復誰思？哀哀復哀哀，魂兮歸乎來！

淒涼的聲音，在風中，令人悽惻不忍聽聞、令人鼻酸。這是叔同對母親最後的哀悼了！淚水已經哭乾，他啞著聲音，彈著鋼琴，在一連串儀式進行之中，他突然有整個人都空了的感覺。母親的死，有如一記重槌捶著他，世事無常，有形的一切，都將因死亡的來臨而崩毀、消滅。這就是人生，無法迴避的事。母親的死，讓他淸楚意識到，人生只有更加誠實於自己，才會是踏實的。踏實有什麼好？他不曉得，但是踏實可以讓他心安、篤定於當下，因爲面對自己是如此的無所愧，所以，他才有辦法穩妥地過他的人生。

他記起了娘臨終前曾對他交代的話：「有能力飛，就別甘於停留！這是娘對你最大的期望。」叔同的眼淚再度流了下來，他的娘，眞的是懂得她這個孩子的心……，他的娘，臨終前的心思裡，都還是這個孩子，替這個孩子擔憂煩惱，怕他被困住、飛不了。叔同心中有了決定，他要將翅膀張開，看看自己的能力，看看自己能飛多高？他已經厭煩被困在原地！他要離開，到日本國去，他的心中，很堅定地做下了這個決定。

追悼會過後，將母親安葬於李氏祖塋，一切都處理完善之後，八月初，叔同便開始著手前去日本讀書的事宜。他決定要去日本的事，卻一直沒告訴他的妻子，等一切都辦妥後，他心中才想到，是該告訴雅菊這件事情的時候了。

八月上旬，豔陽高照，天氣炎熱，他從書房裡看著三合院裡青石磚上準兒獨自在樹下玩著，兩代之間，一樣的童年。他環視著書房，蒙上一層灰的桌椅、書櫃，回天津後一直忙著母親的喪事，對其它的事根本沒有心力再去顧及，對妻子，一直也都是這樣吧。他深深嘆了一口氣，起身，到臥房去。推開房門，雅菊正在奶著孩子，李端，他的二兒子。叔同在茶几旁椅子坐下，眼神還是凝望著獨自在院子裡玩的準兒。

「有事嗎？」

「娘的後事已經都辦好了。這陣子妳勞累辛苦，如今，總算可以告一個段落了。」

「你呢？接下來有你的計畫吧。」

叔同稍微愣了一下，他看著妻子，一時之間竟說不出話來。

「叔同，我並非嫁給你一天兩天，看你最近忙進忙出的，是在辦事情吧。這裡與上海不同了，你的朋友弟兄們，恐怕除了二哥文熙之外，一個也沒有吧。」

「……我打算去日本讀書，已經都辦好了。這樣的時代，不出去是學不到東西的！我得出去闖一闖，證明我有沒有能力！從南洋公學接觸新思潮以來，我便知道這樣的趨勢是無法抵擋的，我得出去看看，學些東西。」

「只要一有假，我還是會回來的。就好像……，到遠一點的南洋公學去讀書吧。日本國，是獲得新知識最好、也最方便的地方，我打算下週便動身。還好的是，我們已經回到天津，倘若妳無聊的話，可以多回娘家走走，孩子們也有兩個地方可以跑動。」

「你總是做好決定了才告訴我，再怎麼樣我也只有聽從的份，你決定了，就去做吧。對我來講，都一樣，沒有什麼差別……。」雅菊的聲音裡有極強烈的委屈與自制，她知道，對叔同來講，是沒有人留得住他的。他是一隻孤鶴，展翅欲飛時，在地面上的人，也只有遙望與祝福的份。她很清楚這一點：「那你就去吧。沒有人阻擋得了你的道路，只要你還記得有個家在這裡，有你的妻子與小孩，有你的親二哥，都在這裡，那就好了。」

叔同怔怔望著雅菊瞧，她對他是一點要求都沒有了。他虧欠她嗎，他不曉得，只知道他的心推著自己往前走，不願意違逆自己的心意，他不願意停留。

出發去日本前一日，在書房裡，他知道這一腳步跨出去，便是另外一個境地，他不會回頭。這幾年來的心情與生活，都在這裡告一個段落吧！他寫了信給幻園、也寫信給在上海的同窗好友謝无量，並塡了一闋詞〈金縷曲·留別祖國　並呈同學諸子〉，表明他的心情：

披髮佯狂走。莽中原，暮鴉啼徹，幾枝衰柳。破碎河山誰收拾，零落西風依舊，便惹得離人消瘦。行矣臨流重太息，說相思，刻骨雙紅豆。愁黯黯，濃於酒。

漾情不斷淞波溜。恨年來絮飄萍泊，遮難回首。二十文章驚海內，畢竟空談何有？聽匣底蒼龍狂吼。長夜淒風眠不得，度群生哪惜心肝剖？是祖國，忍孤負！

八月中旬，告別了二哥文熙與妻兒，叔同由塘沽登輪出發，起航前往日本。

第十二章

在日本，叔同先住進了留學生會館，以他的日文程度，要在日本獨自過生活是不可能的，他打算先補習日文，語言通了，也才有辦法學習。他並沒有直接申請入學，他知道這是急不得的，更何況，他也得好好想清楚，在日本他可以學習什麼？

不只補習日文，他還學鋼琴。以前在祖國時所學的鋼琴都是用簡譜自己摸索，沒有正式學過五線譜、理論與技巧，既然來到日本了，也就趁這個機會，把底子重新打好，除此之外，他看到日本的進步，心中感慨很深！爲什麼日本的明治維新可以成功？而康梁變法就失敗呢？原因在於守舊的保守勢力太強大了，即便是感受到亡國亡種的危機，也硬著頭皮涉下水去。淹死，就淹死吧……。大清就是這種心態，如何改變得了呢？他在學生會館裡寫了一首〈書憤〉，署名李哀，寄回去給梁啓超所編的《新民叢報》，內容是這樣的：

文采風流四座傾，眼中豎子遂成名！某山某水留奇跡，一草一花是愛根。
休矣著書俟赤鳥，悄然揮扇避青蠅。眾生何用干霄哭，隱隱朝廷有笑聲。

因爲署名者沒有名氣，誰認識個什麼叫李哀的人？這首詩就被擲棄在校對間裡的紙簍子裡，並未被發表，但這並不影響李叔同的熱情。他很快地將詩稿投給日本有名的詩社「隨鷗吟社」，並在詩社的刊物《隨鷗集》裡發表，並獲得森槐南、大久保湘南等這些東京文化人常出席的「聯吟賦詩」雅集之邀，請他來朗讀自己的詩作、並參加他們的聚會。

這天，叔同在留學生會館收到一封森槐南熱情邀約的信函，要他前去參加「東京十大名士追荐會」，他打算將叔同介紹給日本的這些名詩人們。

在一間雅緻的木造房舍裡，燈火通明。有人彈著三弦琴，並唱著歌。橫拉開木門，進到玄關，脫去鞋，登入會場，眼前所見的全是日本人，叔同環視向大家點個頭，在回字型的桌几前已滿座，有人來向他低聲詢問，然後向正前方的主席附耳說話。主席臉色馬上歡欣起來，他拍拍手，大家將注意力轉向他。他說：「來人是李哀先生。讓我們歡迎他。」場上的文化人士很恭敬地向他行了個鞠躬禮，叔同也按禮回敬一番。他被帶到主席森槐南的身邊，坐下。森槐南對他輕聲說：「你眞是個俊美的小夥子啊！沒想到你的漢詩寫得這麼好？待會兒可要請你即席賦詩，發表個一兩首啊。」

「謝謝先生。承蒙先生賞識，在下榮幸之至。」

在所有日本人眼裡，這個剪著短髮西裝頭的小伙子，穿著質料不錯的日式和服，根本看不出來他是來自懦弱腐敗的大清，幾個人輪番上台即席作詩、朗讀之後，他們看著他站了起來，到發表的台前，略略沉思，然後吟詩：

蒼茫獨立欲無言，落日昏昏虎豹蹲。勝卻窮途兩行淚，且來瀛海弔詩魂。

叔同的聲音有著悲愴之音，聽者莫不受到強烈的震動！大家打量著他，怎麼會吟出這麼悲壯的鏗鏘之聲？正懷疑著的時候，只聽他又吟了第二首：

故國荒涼劇可哀，千年舊學半塵埃。沉沉風雨雞鳴夜，可有男兒奮袂來。

吟完之後叔同下來，歸座。隨鷗吟社社長大久保先生站了起來，發言：

「各位可能不解，為何李哀先生吟出這般沉痛悲壯之詩？李哀先生是我們詩社裡唯一來自大清國的社員，他同時也是在日本的留學生。詩裡反應著這個人的心性之真，試想，我們若設身於李君之處境，還可能有心情賞風吟月嗎？這兩首詩，反應著他真摯的內心，很震撼人吶！」

一番話後，在台下的日本詩人、吟社的成員們有人鼓起掌來，繼而，所有的人都鼓起掌來。詩，發乎心性，除了風花雪月之外，當然還可震聾發聵，而生金石之聲。叔同發覺這些人的心性中有一種美好的質地，他們懂得美、而且懂得欣賞真正好的事物。

與之同時，叔同做著好多的事情。他知道新觀念對祖國人們的重要，而自己身在日本，更是在接觸、接收新觀念的第一線。他義無反顧地扛起這個責任，將新知發表、介紹，傳回到祖國去！他化名李曇與同寢室的留學生高旭在東京創刊一份叫作《醒獅》的雜誌，他們兩人同時負責編務，而叔同還畫了刊頭一隻怒吼的獅子，以及獅身下端的兩個小天使。他在月刊上發表了〈圖畫修得法〉、〈水彩畫法修略〉等，他急著將目標實現，他知道，改變非一朝一夕之間，但是他是一隻眼，願意將外面世界的新思潮帶回祖國去。他像一只陀螺，轉啊轉補日文、學鋼琴、辦雜誌、寫文章、寫詩參加詩社……，他將生活排得充實極了，不願意有片刻的空白，他甚至還跟留日的學友們商議出版包括音樂在內的《美術雜誌》，但是因為部分學友回國去而作罷！

他不死心，既然弄不成《美術雜誌》，那麼念頭一轉，就來編一份《音樂小雜誌》吧。於是他將自己關在留學生宿舍裡，開始構思，既然是音樂的雜誌，除了介紹國外的音樂家之外，應該還得有些創作的歌曲吧！於是他自己寫了三首，〈我的國〉、〈春郊賽跑〉，以及〈隋堤柳〉。除了邀田村虎藏、堤正夫、種竹山人的文章外，其餘的介紹全是由叔同一手包辦。全部的內容包括木炭畫一幅、文章七篇、樂歌三首、詞章五闋。全部共計二十六頁，於一九〇六年正月十五日在日本印刷，二十日託船運回上海發行。

忙完了這件事，他感到確實地做了點事！他無法顧及那麼多了，總之，是憑著一己的力量，做能力範圍內可及的事罷了。此刻，他人在日本，在留學生會館的宿舍裡歇息著，突然耳邊響起京劇的鑼鼓點與西皮二黃，屬於祖國舞台上翻動著戲子的身影，他想起了楊翠喜。於是他起身，磨墨填一闋詞〈菩薩蠻·憶楊翠喜〉：

燕支山上花如雪，燕支山下人如月。額髮翠雲鋪，眉灣淡欲無。夕陽微雨後，葉底秋痕瘦。生小怕言愁，言愁不耐羞。

曉風無力垂楊嬾，情長忘卻遊絲短。酒醒月痕低，江南杜宇啼。癡魂銷一念，願化穿花蝶。簾外隔花陰，朝朝香夢沉。

他不敢去想其他的人，蘋香、秋雲與金娃娃，都會引起他心痛的熱情。人在異地，他不願意讓自己再陷入那種撕扯的痛中，他只能回憶著楊翠喜，舞台上的藝術，精彩的是角色，精彩的是戲子，對藝術的著迷與熱情，是更理所當然一點的嗎？他不曉得，也不願再去深思，寫完後他再次窩回被子裡，讓自己沉沉地睡著。

夢裡，盡是流晃的色彩與光影。音樂的鑼鼓點叮叮咚咚敲著，他彷彿墜入一團溫暖的水域中，在其中愉快地悠游著。遠處有幾個人影，模模糊糊地看不眞切，他撥動著身邊的空氣流，讓自己趨近他們，赫然發現，他們全都裸著身子。蘋香、秋雲、金娃娃還有小四……，他們招手喚著他，要他加入他們的遊戲。初時他覺得有些害羞，但隨即感到相當自然，身體去掉了外在的拘束，有如變回小孩子，對一切都那麼容易滿足！他加入他們之中，一同遊戲。在夢裡，每個人都是一塊顏料，隨時消解，又再度聚合，他很快樂地與他們玩著油彩，充滿了興奮的情緒。

醒來後，沁著汗。春天，北國的春天已經來臨了。

他起身讀書，一個人在東京，他不覺得孤單。他沒有孤單的感覺，反倒是覺得無拘無束、一派自由。他喜歡這種一個人的清靜，就只專注於想做的事，不用理會其他的人、事、物。他覺得一個人在宿舍裡太無聊了，便拿起了日文課本及紙筆，租了車子，到櫻花盛開的地方，去讀書。

大街上，所呈現的風景是進步的。所感受到的氣息是新鮮而有朝氣的！有一股動力，像鋼鐵般堅硬地推動著這個國家的人民生活著、努力著，在他們臉上、身上都可以感受到這股動能。叔同很好奇，爲什麼呢？爲什麼他們經過明治維新後，全國人民的心裡都經過了改變與滌淨？那促成改變的原因是什麼？他知道，以一個旁觀者的角度，永遠都無法融入日本社會，更別談可以親自體會……。他的心中有些思維騷動著……，他知道不窮究這其中的道理，他是不會滿足的。他渡海來到日本國，絕對不是爲了要窩在留學生宿舍裡掛個出國留學的名義而已，他想體會的是眞正從骨子裡的改變，徹頭徹尾地改變！

參加完考試後，他在夏末抽空回天津去一趟。但是這次回去所看到的景象是讓他失望的！末世的氛圍瀰漫，人與人之間充斥著頹墮的氣息。像一張網將他罩住！他塡了一首〈喝火令〉：

故國鳴鷓鴣，垂楊有暮鴉。江山如畫日西斜。新月撩人透入碧窗紗。陌上青青草，樓頭豔豔花。洛陽兒女學琵琶。不管冬青一樹屬誰家，不管冬青樹底影事一些些。

——〈喝火令〉哀國民之心死也。今年（丙午）在津門作。

懷著失望的心情回到東京，他對祖國的衰敗與民族性格，有一種恨鐵不成鋼的忿忿不平。該怎麼樣可以敲醒這頭昏睡的獅子呢？

一九〇六年秋天，來到日本已滿一年，他結束了日語補習，考入東京上野區的「東京美術專門學校」油畫科，並且將住所遷到「下谷區上山崎北町三十一番地」，他不再主動和祖國來的留學生密切往來，因爲他們總是太急切地在這個國家匆匆一瞥，便想回去救國，回去謀個好缺、好的職位。他不喜歡這樣，但也管不了別人，他漸漸地和他們疏遠，獨自一個人過活。

他將李哀這個名字改爲李岸入學，別署則用「叔同、息霜」，以文會友。因爲他是一個清國人，加上又能聽以英語授課的課程，所以立刻就引起了日本新聞界的注目。

這天，秋雨飄渺，叔同坐在屋裡，聽見院子裡有人聲。「請問，李先生在家嗎？」

叔同理著三七分邊的短髮，很有精神地蹬著出去迎接，他早就與對方約好今天在住處接受報社的專訪。「請進。這邊請。」

叔同帶領著這個戴著圓形黑框眼鏡的記者，經過一道二丈多寬的黑板牆，穿越一片凋零的花草圃。脫鞋，經過一小段走道，來到叔同的房間。

記者眼中看到的，是大約三疊大小的房間。牆壁四周擺滿了樂器、書架，還有椅子、茶几等，把房間塞得滿滿的，只餘中央一小塊可供旋身的空間。

「你是……？」

「你好。我是《國民新聞》的記者山本一支，這是我的名片，冒昧前來採訪，希望不至於打擾了先生的作息才好。」

「別這麼說。是槐南詩人的報社嗎？」

「是的。先生認識槐南先生嗎？他的詩作也常常在報上刊登呢！」

叔同笑了起來。他邊說邊開始沏一壺茶，手法全是日本風味。

「是的，我認識槐南先生。除了他，鳴鶴、種竹等詩人我也都相識，都是我的好朋友。我最喜歡的就是詩了！」

「你也玩樂器嗎？看你的房間裡擺著好幾種樂器。」

「你玩嗎？我現在正在學拉小提琴，像殺豬一樣，連房東太太都皺眉哩！嚴格說來，鋼琴我比較拿手，但是正式從基礎開始學，也是來到日本之後的事……。」

叔同看他猛抄著筆記，心底暗暗覺得好笑，他覺得這記者認真得可愛，他將沏好的茶在陶盤上迴過一圈，在他的杯子裡斟上。

「謝謝！喔。哇——」

山本一支伸手去端，卻不小心將茶打翻，燙手的茶毫不留情地潑在他的西裝褲與外套上。萬幸的是茶水雖燙，但涼得也快！叔同從穿著繫有一條黑縐紗腰帶的和服裡取出手帕來，遞給這個粗心大意的記者山本一支。

「小心點，有沒有燙到哪兒，一支？」叔同一說完突然覺得好笑起來……。

「眞是不好意思，李先生，你看！打翻了你的茶。」

「茶一點都不重要！那，一支，燙傷了可不好！」

「是的，是的。」山本順便拿著叔同的手怕擦汗，也不知是在緊張什麼？叔同像看著一個孩子般看著這個記者。他決定要作弄作弄他……。

「你是從大清來的留學生，最喜歡的是油畫吧！」

「嗯！」

「父母還在嗎？」

「都在！」

「你不想念故鄉嗎？一個人在異國求學？」

叔同像個小孩子般搖搖頭，他回答：

「不！有什麼好想的。學成之後就會歸國，更何況能有機會到日本國來，是很難得的耶！」

「你結婚了嗎？有妻子、子女嗎？」

「我呀！今年還沒娶，小生二十六歲，行情正好，單身漢！獨身一人啦！」

說完這句話叔同就笑了起來。他再幫山本一支斟茶。

「請喝茶。訪問我不用那麼緊張的嘛！輕鬆一下。」

喝完茶後，兩人站了起來。

「這牆上的畫與書法，全是李先生的作品吧。」

「是啊！胡亂塗鴨，山本先生見多識廣，指點一下！」

山本一支搔搔頭，傻楞楞的模樣有股憨厚，可愛極了。房內極窄，叔同站在山本的身邊，有時一個轉身則站在他的身後。他可以聞到山本一支身上散發著的薄薄的汗水味。

「我啊！還是喜歡你畫的這幾幅。」

叔同看他所指，是幾張指導老師黑田清輝課堂上所繪的裸女素描寫生。叔同笑著說：

「果然好眼力！一支不愧是一支！記者的眼光和一般大衆沒什麼兩樣。」

山本回頭瞄了叔同一眼，他說：「你這兩顆也畫得不錯！」

「你是說這兩顆橘子吧！要說清楚，不然我會誤會的。……好在哪裡呢？」

「用色及筆觸相當酣暢淋漓，看了，就好像眞的一樣，讓人胃口大開，想咬它一口哩！」

叔同又笑了起來，他覺得這個記者有點意思。

「改天山本先生到我這兒來當當模特兒吧！我來幫你畫張像。」

「不成不成，這種天氣我會感冒的！」

「誰要你光著屁股啦？」

山本一支的眼神裡有著靦腆與害羞，表情很怪，叔同也不理會他，就背著手站在他身後。一會兒，叔同說：「今後有空，一定前去拜訪貴社。《國民新聞》是一份很好的報紙哩……。」

山本轉身看著叔同，再次搔著頭，靦腆的一個大孩子，笑著：

「一定，一定要來喔。啊！我來幫李先生拍張相片，得幫你寫篇精采的專訪才行。」

「那就拜託你啦！」

山本環視了房間一番，取了個角度幫叔同拍了幾張相，也對著牆上的幾張畫作閃了幾次鎂光燈。收拾著器具準備打道回府時，他問道：「李先生應該不會在這裡住太久吧。」

「怎麼說？」

「看你的氣質，是窩不下這間三疊大的房間的！」

「是啊！正在找房子呢。這裡可快把我給悶壞了！」叔同笑著說。一邊送客，一邊覺得日本人在許多細節上很有禮貌，那是對別人的尊重，也是對自己的尊重吧。

東京上野美術學校的素描課堂上，黑田清輝老師要他們用木炭素寫石膏像。叔同認眞地描繪著。一筆一筆的黑炭框出了圖畫上石膏像的輪廓，他認眞地畫著，而老師在每個學生的身旁走動，不時停下腳步，做個別的指導。

「線條是一切物像的基礎。如果要畫畫，對於線條的準確度無法掌握，就永遠無法眞正傳達、有所誤差。美術就是要藉由畫家的眼與筆，將一己的感受，傳達給觀賞者知道，讓他們也能感受、分享畫家心中的感動與美。如果不能準確地掌握線條，還談什麼畫畫呢？所以不斷地練習，練到熟爛，是身爲一個畫家的不二法門……。」黑田清輝老師如此說。叔同側耳傾聽。覺得這句話眞是中肯與貼切！任何事情的道理，都與之相通吧。

「李岸！發什麼呆？」不知何時這個蓄著大鬍子的老師移到他的身邊，突然叫了他一聲！

「我在思考您所說的話呢。要求線條的準確……，那麼不依賴線條，純粹使用色彩的抽象畫呢？還有……，我國水墨畫的原理，要求意境，似乎與您所講的又有一些差異。」

「呵呵呵呵！我們才剛上了幾次課而已，你的問題，我們會在這幾年的課堂上逐一解決的！不錯、不錯！」

叔同覺得這個留法的老師身上有一股自由開放的氣息，讓人對美術充滿了興趣。大鬍子老師瞧著他，笑呵呵地說：「不會讓你們失望的啦！還會有人體的素描寫生課，嘿嘿！到時候，恐怕讓你感到好奇的，就不止線條啦。」

同學們有的笑著，有的尷尬、害羞，真不知一時之間該如何作反應。叔同看到與他一同來自大清的同班同學曾延年，漲紅著臉。

下課後，收拾著書本與畫具，他尾隨曾延年。曾延年走了一段路後，停下來說：

「你是李岸吧！我是曾延年，你可以叫我孝谷。看來在上野，我們得當上好幾年的同學。」

「你可以叫我叔同，或是息霜。你好像是一個很害羞的人，我們上了三堂課，你都不好意思主動開口找我說話呢。」

「你挺有名氣的。我看過《國民新聞》上你的那篇專訪。你穿上西裝的模樣，英氣煥發，文章一旁還有一幅你畫的速寫插圖呢。」

「那也沒什麼，他們說要來，就來訪問了。我這個人一向不擅拒絕，況且，讓他們知道大清也有人來東京這樣過活，也沒什麼不好……。」

孝谷看著他，彷彿斟酌著什麼，許久，他才說：「叔同，你對大清的未來有什麼看法？」

「……你這個問題，可不是三言兩語就可以說得完的啊，不如，最近我正打算搬家，你來幫我的忙，我再告訴你如何？」叔同附耳對著孝谷說。手並搭上他的肩，輕輕拍了兩下！

「你這麼出鋒頭的人物，對政治……。」

「不談了，不談了！我已經在上野不忍池畔找到了一間小白房子。是一間位於二樓的公寓，明天，你來我的住處，嗯，下谷區上山崎北町三十一番地，到了之後你在外頭喊我，我就可以聽得到。我已經託人叫車，不會讓你太勞累的……。」

曾孝谷有點不可置信地看著叔同，他爲什麼認爲他一定會答應呢？他說：

「好，明天我一定會去幫你搬家，但你也要答應陪我去參加一個聚會。」

「沒問題！就這麼說定囉。」

隔天下午，曾孝谷氣喘噓噓地抱著一箱書，陪著叔同將打包好的行李一箱一箱扛到外面的三輪車上。他揮著汗，說：「天哪！你怎麼擁有這麼多的書？重死我了！」

「這個啊！天將降大任於斯人也，必先苦其心志、勞其筋骨……。」

「你這勞的可是我的筋骨啊！」

叔同笑了起來，他輕鬆地抱著一箱字畫，說：

「好吧。你昨天的問題是……，我對大清的未來，有什麼意見，是不是？」

「嗯……，你應該對政治，保持著相當的距離吧？」

「是啊！我在少年時代就因爲刻了一方『南海康梁是我師』的印章，而差點惹禍上身呢，所以舉家南遷上海，這也是其中的一個因素。大清啊，要有未來，恐怕只有一條路了。」

「改朝換代！換人做做看。」

叔同看著這個害羞的同學，眼睛睜得大大的。他驚奇地問道：「你也這樣想？」

「就是因爲這件事，才過來幫你搬家的。……，有個人，不知道你想不想見一面？」

「誰？」

「孫逸仙。」

「是嗎？他會來東京嗎？」

叔同的眼眸露出亮光，這個孫先生是他少年時代就進駐他心房的人物。他是大清國的通緝犯，叛國卻也救國的傳奇人物。

「去年，在東京成立了同盟會。有志於救國的同志們都入會了，下週將在東京有個祕密聚會，信得過你才告訴你……。你答應過我的，一起去吧。」

在同盟會聚會的會場，黑鴉鴉的近百人，將一間不大的庭院內外擠得水洩不通，叔同的出現，遭到一夥穿得破破舊舊的留學生的側目。隨著大家的目光，看到穿過人群的是一個衣飾華麗、乾淨光鮮的削瘦青年。叔同的氣質與這些同志們根本就格格不入。

曾孝谷引領著叔同來到一小間房，壓低聲音問叔同：「時值祖國腐敗，大家想來想去，不推翻它，是無法改善目前狀況的……目前在東京的中國留學生已有四百多人加入同盟會。我們是以『驅除韃虜，恢復中華，創立民國，平均地權』爲宗旨，我想，你可以加入我們，大家一起奮鬥吧。」

叔同沒有回答，點了頭。他在一份同盟書上簽了名，正式表明他對國家前途與命運的關切！等候孫先生來臨前大家三三兩兩閒聊，叔同的心思游離著，他見過八國聯軍攻陷北京、天津後蕭條的模樣。他知道，孫先生創的興中會已經發動過幾次革命戰役，死傷的同志一批換過一批！他不是怕死，而是他對革命之後的世界也感到茫然、不確定。他希望可以貢獻自己的專長與能力，而不是盲目地砍啊殺啊！他知道自己並不是一個很懂政治的人。

「叔同，想什麼？」

「我在想，孫先生可能不會來了吧……。」

話才剛說完，立刻有一個人匆匆進來，附耳與另一人說了幾句話之後，同盟會的幹部便宣布孫先生今天有事，無法前來。孝谷驚奇地問叔同：「你怎麼那麼靈驗？竟讓你給說中了！」

「孝谷，我們是學畫畫的，有時靠的就是直覺與第六感啊……！」

孝谷看著叔同，他臉上的表情看不出任何的情緒，他們離開了聚會的場所，各自分開回家。叔同躺在鋪著榻榻米的房子裡，穿著的寬大和服袍子自由地攤躺著。他已經想了好一陣子，自己的個性並不適合與一堆人談政治，他覺得那裡面有一種說不上來的虛假，大家的熱情是真的，但是他從大多數人身上感覺到的，卻是藉此來謀求一種對自我有利的權謀關係。不確定是不是自己的成見，或先入為主的觀念？但他相信自己的直覺，直覺告訴他那是個是非之地！要救國或報國，有千百種不同的方法！

更何況，他並沒有在這個團體裡面見到朱蓮溪，……已經來日本的他，在做些什麼呢？

他將自己大部分時間都花在素描、油畫與彈鋼琴上面！他自己一個人，有如飄浮在東京上野的上空，在一片線條與色彩之中，他像一尾獨自泅游著的魚，孤單而寂寞。

這天將要清晨，他起了個大早，洗過臉後睡意全消，這些日子以來困擾著他的國事，仍然未得解。他想出去走走，於是披上一件外衣，到附近的不忍池去逛一逛。他仔細地思索著，望著藍紫色的天幕慢慢揭起一天的序幕，他的心中生起許多感慨。

回到住處二樓公寓，他攤開紙筆，寫下一首七言律詩〈朝遊不忍池〉：

鳳泊鸞飄有所思，出門悵惘欲何之。曉星三五明到眼，殘月一痕纔似眉。

秋草黃枯菡萏國，紫薇紅濕水仙祠。小橋獨立了無語，瞥見林梢昇曙曦。

他感嘆一聲，這是一個沒有答案的問題。沒有答案的未來，要如何前進呢？

課堂上，大鬍子黑田清輝講著課，他一派頹廢的浪漫色彩影響全班，也影響著叔同。他說：「……若是問到生命的實像是什麼呢？我認爲從藝術的角度上來看，那只有三個字是可以說得清楚明白的。那就是眞、善、美。有沒有同學了解這幾個字的眞意呢？」

大家在講桌下彼此看著對方，卻沒人願意回答。

「嗯，不錯。不想回答也可以算是一種眞，至少忠實地反應了你的內心狀況。但是我所知道的學問是激盪出來的，來，李岸，說說你的看法。」

叔同站了起來，說：「我還不清楚剛剛老師的問題是什麼呢！嗯……，是談眞善美嗎？這個定義可大可小，一時之間是說不清楚的。我倒是有一個問題想請教老師。爲什麼我們要畫人體模特兒呢？這個，在我國或日本國，好像只有春宮畫裡才會出現全裸的人體，西方繪畫或雕刻等藝術，爲何與東方的我們，有如此差異呢？」

「西方是很重視人的！不管是人的感情或身體，他們都認爲那是美的。東方因爲君權思想，所以一直壓抑了人的感情與身體，連最美好的性愛都變得畏畏縮縮、見不得人似的。」

「難道黑田老師認爲性……，性愛這件事是可以坦蕩蕩的嗎？」

「愛是美好的。如果一個人的一生從來沒有享受過愛的美好，那麼他眞的是既貧窮又可憐啊！愛是精神上的富足。我們可能在物質上一貧如洗，卻在精神層面飽滿富足。藝術便是提供了這樣的境界！它讓我們的富足往內求，而不假於外，當然，性是愛在表達上的方式之一，最美好的性愛，當然是天底下最美好的事情。」

「先不講到性愛，我們來談身體。人的身體是大自然神奇的賜予，我們看自然界，除了人類，再也沒有別的動物、植物或昆蟲，會穿著衣服出現在你的眼前。人的身體是美的，就像你看所有的自然界裡的生物是美的一樣，山川、溪谷，只要是自然的就美！而這種回歸自然的美就是一種眞！難道你們不覺得經過矯揉造作的都會令人心生厭煩、失去感動之心嗎？不要羞恥，去感受它的美好。去正視裸體的美好。我們都不曾靜下心來，好好看別人的裸體，或自己的裸體。我相信，西方藝術之所以讓人感動，就是他們不迴避地去面對、去尋找眞與美。當然，這包括他們重視萬事萬物的細節，因爲他們對所有的事物都不看輕、都有一分尊重。」

叔同聽了這番話，心裡被好強烈地撞擊著！這是眞實的聲音！如果大清要改變，如果自己要能更進一步有所收獲，就要重視這眞實的聲音；傾聽自己的心聲。不再逃避，不再退縮。

黑田清輝說得口沫橫飛，突然意識到台下的同學們大家都嘴巴開開，聽得面紅耳赤、目瞪口呆。他笑著說：「這是最基礎的道理，往後還有更精采刺激的呢！記住我的一句話：一個太正經、乾淨的人，是無法體會藝術的眞諦的！一個在感情與肉體上都沒有受過苦的人，也是一樣！下一週起，我們會開始找一個模特兒來讓大家寫生，大家得多用點心才行啊！」

「老師，你一開口，我們可眞是一句話都插不上嘴呢！」

「嘿嘿！改天，老師還得邀你們一起去澡堂洗澡，一絲不掛，好好看看彼此的身體，訓練你們愛上人體的自然美才行！」

所有的同學再一次面面相覷，有些臉都紅到耳根了。黑田清輝則哈哈大笑了起來！

「這就是藝術，破除有形的樊籬，也破除無形的心底的障礙。」

叔同的心中眞切地想著，他帶著崇拜的神情看著黑田老師，眼眸裡閃爍著晶亮的神光……，一切、一切都變得不一樣了。他確定，這才是眞正吸引著他的！這才是生命中可以傾一生的力量去追逐的，美好的理想。

第十三章

十月秋天，在叔同的二樓小公寓內，雖然升了一盆炭火，仍然讓人感到從窗外灌進來的涼意，與室內的暖氣流互相翻攪著，形成不穩定的氣流。小公寓裡兩個人，其中一個光著上身、打赤膊，雙手環抱胸前，坐在椅子上，時不時打著抖擻。

「叔同，你倒是畫快一點，再這麼下去，我不被凍出病來才怪！」

「你倒是敬業一點，我都已經答應與你一同創立劇社，多麼的乾脆！那像你，黑田老師說的可是要全裸的耶！你只肯脫一半！這藝術要求的眞，也眞得不徹底！」

「別再囉嗦了！答應打赤膊讓你畫，已經是我最大的尺度了，你這傢伙，哪來這麼多的眞善美呢？」

「好好好，委屈你了。我可沒主動要創劇社啊，不過要你客串個模特兒！」

「別再說了。如果你要找，可去找年輕貌美的姑娘，畫出來才會有看頭。畫我，恐怕來看的，就小貓兩三隻！」

「總是先實驗，才能漸漸上手啊！你別動來動去，這樣我怎麼畫得眞切？」

「牽拖！自己畫技不好還怪我，畫壞了也只有這一次啊！別想叫我再來挨寒受凍第二次！」

「你可眞是惜肉如金哪！」

「不然換我來畫你，你全裸讓我畫，肯嗎？」

「我可並未有求於你……，交換條件是什麼？」

「隨你選！」

「謝謝你，我暫時不需要，更何況我全身都排骨，能看嗎？」

兩個人在小公寓裡逗著嘴，害羞的曾孝谷話匣子已開，唇槍舌劍可不輸人！除了參與同盟會之外，他也想藉著演戲來宣揚理念。十月，他們兩個人一起創立了春柳社，期待新的思潮，就像春日新柳，風姿搖曳，並讓生氣散發，綠意布滿祖國各地……。他們要藉由演戲，來散播民權的思想！孝谷對這件事，積極而熱衷。

叔同也頗爲認同，這新式的話劇引起他的好奇和表演慾，他將許多事安排在一起，齊頭並進。畫畫、學鋼琴，還前去參加日本的文藝團體「文藝協會」，登記爲第五百十九號呢！當然，除此之外他也沒忘了每天練習書法，偶爾心血來潮時刻刻金石，他有太多的才華要散放出來，而這正是最好的時機。成立劇社演戲，可以將許多藝術形式結合起來！他讓孝谷去籌措，他則專注在畫畫上，聽過黑田老師一席話，他覺得自己急需要找個模特兒來畫，但該去哪兒尋找呢？

這天，他照往常一樣，在課堂之餘也到音樂學校去學習鋼琴，旁聽作曲理論。下課後，他步出學校，正好遇上鄰近的音樂女校也放了學，一群女學生迎面走了過來，像小鳥一般地交談著，叔同心情好，竟一時主動向她們喊著：「日安，妳們好！」

女學生彷彿受到驚嚇，隨即又像小雀鳥聚在一起吱吱喳喳，時不時側眼看著。很少人會在街上向一群陌生女孩這麼大聲喊！叔同也沒細看，便經過了她們。突然，叔同定住了腳步，他看到一個姑娘，獨自站在女校門口，她像一朵開錯季節的花朵，在深秋中獨自綻放著她的美！她躊躇的模樣，微蹙著眉，叔同看到了她，整個人竟一時不能動彈！因爲他得好好地將視線定下來，瞧瞧她的模樣。

一個婦人從轉角過來，女孩看見她則跑了過去。她喊著：

「母親，辛苦妳了。天氣這麼冷，妳怎麼穿這麼少？」

「我將洗好的衣服拿去給人之後，就給妳送錢過來。對不起，讓妳的學費拖欠這麼久，妳一定很不好意思。」

女孩將身上的大夾克脫下來，披在母親身上：「母親，謝謝妳，妳把父親的夾克穿回去吧。我在學校宿舍裡還有大衣！妳要好好保重身體，家裡還有弟弟們呢。」

「我又要工作，又得照顧家裡，恐怕不能常來看妳。妳要好好照顧自己啊！」

「我會的，母親妳別擔心，我在這裡過得很好！」

「那就好！我還有事，要再趕去收一些衣服，就不與妳多聊了。」

「母親再見。」送走母親之後，女孩一個轉身便看到了叔同，她發現這個男人眼裡滿滿都是淚水，正好與自己欲奪眶而出的眼淚相輝映。她不理解？莫非剛才與母親的對話，全都叫這個男人給聽去了？那也不至於讓一個陌生人熱淚盈眶啊！

叔同伸手擦掉眼淚，近距離裡，他更加看清了女孩的容貌！她不只容貌典麗，全沒一般日本女孩的通病——粗手粗腳、身材矮小，反而，具有一種浮世繪裡日本美人的古典美！她的身上有一種溫和的氣質，吸引著人，讓人一看到她就感覺很舒服，彷彿置身在一件美好的藝術品旁邊，沒有壓力，並感到滿心愉悅。

女孩的臉上充滿疑惑，但隨即轉身，準備進入音樂女校。叔同怎能讓這位終於出現的完美模特兒，就這麼溜掉呢？他趕緊上前：「對不起，可不可以請妳留步？」

「有事情嗎？先生。」

「妳好，我是上野美術學校的油畫科學生李岸，我也常來妳們女校附近的音樂學校聽課、練習鋼琴。這是我的名片，請指教。」

女孩微傾著頭看他，一會兒之後才接過名片：「你找我有什麼事嗎？」

「是這樣子的，我在找一個模特兒，找了很久一直沒有適合的人選，直到剛才發現妳。我就告訴自己，是了！就是妳了！妳具有美人的所有條件，我想邀請妳來當我的模特兒……。」

「你會不會找錯了？我是音樂女校預科的學生，沒當過模特兒，我想我不適合。」

「先別這麼快給我答案，也許妳有空可以到我名片上的住址來看看工作環境，純粹是一份工作，我也會支付薪資給妳。我用最誠懇的心邀請妳，請妳先來看看，到時候再作決定……。」

女孩猶豫了一會兒，沒有說話，叔同的態度顯得急切，他緊接著說：

「妳可以下課後的空餘時間來，一週大約兩次，我白天也得上學，恐怕得利用週日或下午的時間，這個我們可以再商量。請妳考慮一下，好嗎？」

女孩打量著叔同，她發現這個人的神態一派誠懇，剛才看見他時，眼眶裡充滿淚水及擦拭的動作，她輕聲地問：「可以問你一個冒昧的問題嗎？」

「妳說。我一定誠實相告！」

「剛才我一轉身，看見你在哭，爲什麼呢？」

「不瞞妳，剛才我聽到了妳們母女的對話，這讓我想到我那已經過世的母親，她對我的好，也是這般關心。天底下的母親對子女，都是一樣的愛啊！」

女孩看著叔同的眼眶，又有激動的淚光滿溢上來！她心中想，一個對母親這麼有感情的人，應該不會是個壞人吧，於是她點了頭。

「太好了！太好了！那我等妳喔。」

週日早晨，叔同還在瘖寐中，便聽得樓下有人喚著：「李岸先生，李岸先生！」

叔同睜開雙眼，他記得這個聲音，於是趕緊起來，下樓去開門。一見到他的美人，才發現自己穿著睡衣，一臉惺忪模樣，他引領女孩上樓坐下之後，便匆匆忙忙去洗臉盥洗。女孩在公寓裡看著他的工作間，牆上掛著書法、素描作品及油畫，畫架上一幅油畫作品。是個上身赤膊男子，雙手抱在胸前，栩栩如生；證明了這個李岸的確是個學美術的藝術家。

她四處看著，突然注意到浴室裡的沖水聲，她心想：「當模特兒……，難道像這畫中的模特兒，得裸露身體嗎？」想到這裡，她感到有點不安。

叔同從浴室出來，頭髮及身上還濕漉漉的，他很有精神地說：「還不曉得妳的名字，怎麼稱呼呢？」

「我……，我叫做誠子。」

「妳好，我是李岸，妳也可以叫我叔同，或是息霜。」

叔同生起長火缽，讓室內的溫度暖和點，然後他回轉過身來，跟誠子說：「每週六下午三時到六時，妳可以過來嗎？我打算安排這個時間私人作畫。週六下午，你應該不用上課吧？」

誠子沒有講話，她看著剛洗完澡的叔同，全身蒸騰著熱氣，她有點害羞地將視線投向畫布，有點說不出口的擠出聲音：「你要我，也像畫中的人物一樣……，一絲不掛嗎？」

「裸體？有的時候吧！也許對妳有點難，但是只要將它當作是一份工作，職業是無貴賤之分的！我打算每週給妳五元的銀幣。」

「啊！」

「怎麼？妳覺得太少？那麼，我可以給妳十元銀幣。只希望妳別拒絕我……。」

「不不不！李先生，我怎麼會嫌少呢？這比我父親一個月的薪資還多，我只是驚訝，你竟然願意支付我這麼多……。」

「如果妳能答允和我一起來共同從事藝術的創造，這一點兒微薄的代價，是不多的。」

叔同心中知道，要一個女孩在陌生男子的面前寬衣解帶，雖說是爲了藝術，但總有出賣自尊的感覺。兩人一時間有點緘默，看來誠子是願意接受這份工作了。

「妳的父親呢？」

「……他在幾個月前過世了。」

「對不起。」

「不！我不忌諱談他。他是京都鄉下一所小學的教員，因爲喝酒過量死的。」

「嗯……，妳還有幾個家人？」

「還有兩個弟弟。母親幫人家洗衣服，每天都累到晚上，才能勉強維持家裡的生計。」

「那妳怎麼還有能力讀音樂女校？」「……。」

「不好意思，如果妳不方便回答就別回答了。我看我們從下週開始，妳在約定的時間來，我會教妳該怎麼作、作些什麼。妳不用擔心。」

「你說你也練習音樂？你彈鋼琴嗎？」

「嗯，到我的琴房來吧，我來彈一曲給妳聽。」

叔同領著誠子到隔壁房間，坐在新買的英國製鋼琴前面，揭開琴蓋，他一坐到琴前便入定一般，琴彈得有如行雲流水，這琴音在初冬之際聽來，有如雪花輕輕地飄著、落著。誠子覺得與這琴音似曾相識，她凝視著叔同，發現眼前這個人，與她之間似乎並不陌生……。一首即興曲彈罷，兩人怔怔地靜默著。叔同輕聲說：

「獻醜了。隨便彈彈，總是這樣，一上了琴桌，便無法克制指尖胡亂彈，讓妳見笑了！」

「你彈得比我們老師還要好！也許我下次來，可以向你請教音樂，請你指導我。」

「好，咱們就這麼說定。作畫時間之外，妳想學什麼？我能力所及，一定奉陪到底。」

春柳社成立之後，理所當然地要有所呈現與表現，讓大家可以看看這個劇社，到底是在作些什麼名堂？這天，叔同與孝谷下了課後，聚在一起討論。

「叔同，咱們要演出的第一劇，一定要具有與整個世界潮流連結的共同課題，也就是站在弱小民族的立場，來對強權的侵逼，做一定程度的控訴！」

「你講得對，而且最好擺脫咱們在祖國所慣常見到的表演模式，或者日本國的浪人戲等等，帶著象徵或寫意式的表演，這些都得拋棄掉！我們要像西方的話劇、文明戲的表演，布景或衣服、裝飾，全都忠實反應劇中的角色，我們得找個指導老師，來看看像不像西方的話劇表演！既然要做，就要做到最好……。」

「也許我們可以找藤澤淺二郎先生來指導。他出國學過戲劇，對於西方的話劇演出，一定可以給些意見，而且，他與黑田老師也熟，找他，應該沒有問題。」

「孝谷，上回和你以及校內一些同學，去看了川上音二郎夫婦所演出的浪人戲之後，更加堅定了我們可以放手一搏的念頭。戲劇感人的力量，可以直接撞擊人心，這力量是無比的強大啊！我想，在學期末、寒假的時間作一場公演是跑不掉的！但是咱們創的這春柳社，恐怕也不應只包括戲劇這一項，我看，所有的藝術在精神層面上是共通的，咱們這春天的楊柳，要帶動的是全新的風氣與世界性的思潮，得把美術、文學、音樂、戲劇都納進來才好。」

「好！咱們就這麼辦，先將所有在東京的留學生們都找來，積沙成塔、聚水為川，咱們就這麼一點一滴的攢，我相信，一定可以開風氣之先的！」

「先做出點成績，有作品才成！嗯……，不如我們來演『茶花女』，你想如何？」

「嗯，這個劇目很適合，但可能會太長了吧。」

「我們挑兩幕來演，反正是先丟個石頭出去，如果激起了水花或漣漪，咱們再動員來做更大的！何況，只有三個多月的時間，對於劇中的角色，我們也務必反覆琢磨，求其在情感的表達上，不失精準才行！」

「可是，這『茶花女』裡，最主要的角色茶花女瑪格麗特，是個內心相當複雜的可憐女性，我們有適合的人選嗎……？」兩人低頭沉思著，這齣『茶花女』在日本國有個名字叫作『椿姬』，是一齣家喻戶曉的精采好戲，既然選擇這個戲碼來演，可不能拿石頭來砸自己的腳啊！

「叔同！」

「什麼事？……不！No way！不可能……。」

「不可能，那咱們就得換戲碼了，環顧我們認識的這些人，都只有砸鍋的份！」

「好啦。叔同！……你的腰夠細，你的容貌夠美！只要把嘴唇上的小鬍子剃掉，再戴上假髮，裝上胸部……。恐怕半夜裡我們這些光棍，都要爬上你的床了。」

叔同突然欺身靠近，將手勾過去勒住孝谷的脖子，他使勁，孝谷則掙扎著……。叔同說：「上我的床？這麼容易？先過得了我這李岸獨門十字鎖，再來說吧。」

「好好好，我認輸、我認輸，不然讓你上我的床好了，你上我的床……。」

叔同鬆開他，還順手在肩膀上捶了一拳：「臭美，上你的床就不必了！只要你答應繼續當我的模特兒，而且是全裸的……，我就答應你反串，由男變女，演椿姬！」

「有沒有搞錯？」

「這樣才公平啊！」

誠子依約來到不忍池畔的小白樓公寓，叔同已經準備就緒等著她。畫室裡照舊生著炭爐，氣溫總是比外面來得暖和些。

「我們開始吧。誠子姑娘，請妳將上衣脫掉，好嗎？」

誠子背對著叔同，遲遲沒有動作，然後她緩緩地脫去外衣，剩下最裡面的襯衣。她握著襟口，好像仍不能坦然地卸下這最後的防衛……。

「誠子，妳是學音樂的。妳應該了解音樂是用聲來表達，而美術則是用色來表達！如果妳依然不肯用最自然的身體來展現美，那麼，我們能寄望從包裹著一塊布的身體來看到嗎？我是坦蕩無愧於心的，以欣賞美的角度來看妳！來將妳的美、自然的女性身體之美，用繪畫來留住！所以，請妳脫下衣服吧。」

誠子深呼吸一口氣，還是背對著叔同，內心掙扎著，她的淚水在眼眶中打轉，眞正面臨了，還是無法突破心結。叔同走到門邊將門上鎖，再走回來。他說：

「我已經將門鎖上了。這段時間，除了妳跟我，再也沒有別的人會進來，如果妳還是不願意將衣服脫下來，我是無法畫的。不如，爲了公平起見，我也陪妳一起脫，不讓妳委屈！」

誠子不太理解他話裡的意思，於是緩緩轉過頭去看他，只見叔同將衣服脫掉，連褲子也脫掉，裡頭穿的襯衣也一併脫得精光，誠子趕快再回過頭來。她囁嚅地說：

「我了解了，李岸先生，請將衣服穿起來吧。我相信你的爲人，是我自己的心理還沒調適好。我是模特兒，你是花錢雇我來的畫家，你不用脫的。」

誠子再度深吸一口氣，鼓起勇氣就將襯衣一把脫下了！她將身體轉了過來，面對叔同。叔同根本來不及將衣服褲子一下子穿回去，她就這麼快地轉了過來。兩個人互看著對方的裸體，誠子姣好的身體果然就像一尊完美的藝術品，柔軟的線條、合乎比例的骨架，她青春洋溢的乳房像兩顆多汁的蜜桃懸掛在身軀上，叔同一時怔愣了。隔了一會兒，才吞著口水，笑著說：

「好，我們算扯平囉！妳也看過我這滿身排骨的裸體，這會兒我們可以開始工作了。」

叔同一邊說著，一邊害羞地將衣服撿拾起來，穿回身上，他的臉鋪上了一層紅暈，他走到誠子的身邊，請她坐下，並拿來一張茶几，讓她的手及身體可以靠著，調整好之後，叔同便坐回畫架後開始描摩她的輪廓……。一張、兩張、三張炭筆畫，快筆描摩著她的神韻與外形。誠子看著他專注的神情，他覺得這個人不是人，不！應該說，他專注起來的模樣，整個人的神思是充滿整個空間的，有如一團溫暖的光，將她籠罩、將她擁抱。

誠子開始較爲放鬆地觀看著畫架後的這個男人，這是什麼性情啊？竟然將自己脫光，赤身露體在一個陌生的女孩面前。這是一種怎麼樣的信任呢？

叔同與孝谷連袂前去拜訪藤澤淺二郎先生。他們將創立春柳社之後想要發展的戲劇理想、熱情，透露給這位留著小鬍子的戲劇專家知道。藤澤淺二郎曾經聽黑田清輝說過這個來自大清的留學生，是個有天才的傢伙。他看著他，聽他講話，發現在他的眉宇中有股堅毅之氣，這是那種極端固執的人，才會有的樣貌，他聽完他們說明來意之後，抽著菸斗，說：

「如果你們要來演戲，憑著年輕人的熱情與可塑性，自然是不難，但是你們要知道，西方的話劇著重在寫實。希望藉由寫實的表演讓人感同身受，進而更容易融入戲劇裡所要傳達的意涵。寫實的意思，就是要在舞台上造一個摹擬眞實的場景。包括布景、衣服、裝扮等，都要很講究的！不是像東方的表演，許多就用抽象的象徵物品帶過就算囉！」

「這點我們清楚，所以要請您來指導我們，看如何做，才可以達到西方的標準？」

「這要花上一筆很大的錢喲！你們一群留學生，有這樣的預算嗎？」

「錢的部分我來籌措，一定能達成所需的，請先生不要擔心。」

「好！如果你們可以克服金錢上的困難，在物質上沒問題，那我當然也沒有問題。」

「那就謝謝先生了，我們擬定詳細的排戲日期表後，會再來邀請先生指導，有您幫我們，我想，我們已經成功了一半！謝謝！」孝谷與叔同面面相望，臉上充滿著對未來的熱情與想像。

過年前的週六下午，下著大雪。誠子照例前來，她按了公寓的門鈴，等了很久，叔同才來開門。一進到屋子裡，她發現叔同只穿著襯衣，裹著被子前來開門，而且面容憔悴！這樣的情況誠子倒是第一次看到！她將叔同扶回臥房，發現他發著高燒，她柔聲的問：

「叔同……，你還好嗎？你生病了！有去看醫生嗎？」

叔同搖搖頭：「今天我生病，我看今天就不畫了，錢我一樣會給妳，等我下週好了，妳再過來吧。」誠子看著他，他的眼眶黑了，鬍渣子都冒出來了，臉頰消瘦不少，還不時咳嗽著。

「你先歇一會兒，我去給你請醫生。看你這個樣子，肯定還沒吃飯，想吃點什麼嗎？」

「別麻煩了，我只要睡一覺就好……。」

安撫叔同窩回被子裡後，誠子便出門去了。叔同陷入昏沉沉的迷夢中，整個人很不舒服，意識不斷地流轉流轉。誠子回來時，身邊跟了一個醫生，醫生拿著聽診器壓在叔同的胸口，這邊聽聽、那邊聽聽，摸摸他的額頭，然後要他張開喉嚨，看了一下口腔裡的狀況。醫生說：

「你感冒了。病得還蠻嚴重的！我開藥給你，多休息、多喝水。」

「瑪格麗特，瑪格麗特……。」叔同的意識有點混亂，口中喃喃唸著茶花女的名字。

「讓他多休息，餵粥給他吃，不吃點東西是不行的，沒有體力恢復健康。」

「醫生，謝謝，我會好好照顧他……。」

「這樣的天氣裡，如果一直沒有起色，很有可能會感染肺病的，萬一嚴重的話，再過來找我，我開重一點的藥……。」

叔同迷迷糊糊中夢見母親在房裡走動，夢見蘋香，也夢見歌郎……，還有一個洋姑娘，披著長長的頭髮，滿臉病容，卻頗具丰姿地偎坐在房裡看他。是她！瑪格麗特。他病著，腦子裡迴旋著盡是這些濃得化不開的深情！誠子來照顧他，幫他用熱毛巾擦臉，餵他吃藥、吃粥，幫他蓋被子，誠子守在他身邊，聽著他囈語呢喃……。

「娘，娘，您別走。您走了，叫濤兒怎麼辦？娘——。」

叔同不斷發著高燒，身上沁著汗。誠子終於發現他不是日本人！因爲他在夢中所喊的，全是清國的語言。誠子不理解，這麼一個傑出的人怎麼是清國人呢？清國，就她所知，是一個腐敗而無能的國家，至少，在小學、中學，老師是這麼教的！但是，這個男人身上所散發出來的美好的品質，是連一般的日本人都比不上的。

她擰著毛巾，幫他擦汗，解開叔同的釦子，讓他感覺舒服一點。看著滿牆壁的畫及書法，這些作品絕非泛泛之輩的程度，叔同，是個不簡單的人哪！

半夜，叔同醒來，整個人清醒許多，看見誠子睡在一旁鋪著的被子裡。他悶出了一身的酸汗，虛弱地起身，他移身過去幫誠子將被子蓋好！誠子卻醒了，她將身子坐起，並點亮了燈：

「你感覺好一點了嗎？」

「嗯！只是全身臭汗，想洗個熱水澡，或者……，擦擦身子。」

「天應該快亮了！昨天醫生來過，你得了風寒，已經昏睡一整天。」

「謝謝妳留下來。我記得說過停畫一天的，不好意思，耽誤了妳的時間……。」

誠子不說話，怔怔看著叔同。

「怎麼啦？」

「你啊，像個孩子，儘讓身邊的人擔心！」

「是嗎？這樣的話我還是第一次聽到……也不知道是讚美還是責罵？」

「是責罵！爲什麼不曾告訴我，你是清國人？」

「妳怎麼知道了？誰說的？」

「自己夢話講了一堆，還想否認？」

「我是清國人，我不會否認。妳沒問，所以我也就沒說。對我來講，人就是人，是不分國界、種族的，就像我們的劇社要演『茶花女』一樣，茶花女就是個洋人。」

叔同發現誠子的問題裡有隱憂……，是對他來自清國的疑慮嗎？他起身，身子猶仍晃盪，誠子起身來扶著他。

「你要幹嘛？天快亮了，等天亮再燒熱水洗吧。」

「我進浴室不是打算洗澡，我得方便一下……。」

誠子聽完後突然鬆開手，叔同一時失去重心，摔了一跤，跌在榻榻米上。

「妳……，放手也放得太快了吧！」

「你要方便，我當然不好再扶你啦！不快點鬆手，萬一放不掉……。」

誠子笑著說，卻愈說愈不好意思。以至於最後一句話只在自己的嘴裡咀嚼。叔同見她語焉不詳，也笑了：「誠子。待會兒天亮，一起去吃早點吧。」

一大早，在學校，孝谷便過來報告好消息。他說：

「叔同，場地與演出時間敲定了！」

「什麼時候？」

「這幾天都不見你的人影，你肯定不知道，國內徐淮發生了大水災，造成許多人流離失所！所有在東京的留學生決定辦個遊藝會，可以籌些款回去，多少救助一些災民。時間定在二月，地點在駿河臺中國青年會的禮堂。」

「好！那時間所剩不多，我們得加緊練習，務必展現一番新的氣象……。」

為了公演茶花女，叔同也沒時間再病下去，身體尚未調理好，就投入戲劇排練忙進忙出。他到圖書館查資料，看看在那個時代不同階級的人的穿著，然後在草圖上畫了每個角色的服飾、配件等，連同布景的擺設、樣式都一併包辦了。定案之後則發圖給裁縫師，請他們按著圖畫的式樣、材料，量過演員的身材後，做出戲服來，另外邀請函、接洽場地、演出流程等，叔同也都參與，舉凡戲裡戲外所需，無不一應俱全。

一九〇七年一月，誠子依約在週末來到不忍池的二樓公寓，一打開門，她「啊！」大叫一聲，眼前一個女子，花枝招展地來開門。她怎麼也想不到叔同的公寓裡還有女人！她掩著臉，急忙說：「對不起！我要找李岸先生，……，請問，他在嗎？」

「咦！他不在喔。妳是誰？妳爲什麼要找他……。」

誠子覺得這女子的聲音很怪，沒聽過女人的聲音那麼難聽！那種像是喉頭鯁住一塊什麼、而發出來的聲音。誠子驚魂稍定，定眼看他，好眼熟的女子……。

「連妳也認不出我來，那麼我的扮像，算是成功了！」女子的聲音變回男聲，原來是叔同。

「叔同，你存心嚇人哪！」誠子說完，馬上噗哧笑了出來，而且愈笑愈大聲，眼前的叔同，滑著腳步，移到鏡子前。他身穿嶄新的洋裝，長裙蓬鬆，頭戴假髮，而且胸前還掛著一條項鍊。他照著鏡子，說：「別笑了，妳來替我拿主意。我穿這套米色的洋裝，好看嗎？」

「好看、好看。」

「唉，我恐怕要爲這個女人失眠了。妳知道嗎？瑪格麗特這個女人好苦！她因爲愛人亞蒙的家庭因素，兩人相愛卻不能結合。最後愛人遠離，她喘著氣快死了，連討債的人也都在外面等著她死，好將屋子裡值錢的東西搬走，拿去拍賣場賣。突然間，她聽到心愛的人亞蒙前來看她，於是拖著最後的一口氣強顏歡笑，起來梳粧打扮，不想讓情郎看見，死神已經讓她的臉變得慘白……。最後終於在出遊的途中不支倒地，死了。」

「叔同……。你要來演這個可憐、苦命的女子嗎？」

「是啊！其實瑪格麗特也曾去拍賣場，搶購她死去朋友的值錢傢俱；巴黎的人生浮華與虛枉，在這齣戲裡很鮮活地被表達出來了。」

「人生的苦，就是這個樣子，世界各地都一樣！再透澈不過了……。」

誠子看著叔同，他的臉上透露著悲憫的神情，才一會兒時間，已經與剛才搞笑的模樣有一百八十度的轉變。在這個男人的身上，大喜之中，隱藏著的深刻感情，竟是大悲啊！

第十四章

爲了演出病容滿臉、柳腰纖細的茶花女，叔同將自己狠很地餓了幾頓。原本就一身排骨的他，演出時可說是更瘦了。演出當日，日本各界名流、東京的大清留學生，全都來捧場，將整個大禮堂擠得水洩不通。大家隨著劇中的人物心情起伏，一顆心全懸在那亮眼的主角瑪格麗特身上。曾孝谷扮演她的情人亞蒙，他們糾葛的愛情，令人揪心，叔同的演出，精采而準確地捕捉了這個女子的神韻……，加上這是由來自清國的留學生首次在東京演出西式話劇，沒想到品質與水準如此高，以至於獲得滿堂喝采！演出結束，謝幕。所有在台下的觀衆幾乎都站起來鼓掌！叫好聲不斷。

許多觀衆擁進了後台，想跟演出茶花女的這個留學生握握手、打個照面，認識一下。叔同在後台，與不同的人匆匆打招呼、寒暄、傻笑著。他記得有一位，隨著指導老師藤澤先生前來的松居松翁先生，對他讚不絕口，並緊緊握著他的手，把他都握疼了！這個日本藝評家的激賞，也讓叔同感到相當的振奮！衆多人群逐漸散後，他看到了一個熟悉的人影，他不禁喜出望外地喊了出來：「誠子！妳怎麼來了？妳不是有事情不能過來嗎？」

「還是……，忍不住想看你男扮女裝的模樣，這麼難得一笑的機會，應該不常有的。」

「啊！妳瞧我，咱們這可是兩個女人在講話啊！這可眞是……人比花嬌啊！」

兩個人都笑了。叔同將假髮取下，臉上厚厚的粧還是挺嚇人的，叔同說：

「妳等我一下，我卸過粧之後就出來。」

等到所有的人都散場之後，就剩下叔同與孝谷雙雙走出禮堂。誠子已經等了很長一段時間了。叔同跟孝谷介紹之後，孝谷說：「原來妳就是叔同找到的新模特兒啊！妳好，誠子姑娘。」

「你好。我見過你，光著上身、雙手盤在胸前的樣子，……」

孝谷用手肘輕撞了一下叔同，臉上微笑著說：

「哪裡找到這麼漂亮的模特兒？改天也幫我找一個！」

「別鬧了，你還是在課堂上畫石膏像就夠了！」

「你這傢伙……。好了，不聊了，叔同，改天再跟你談下一齣戲的事，看今天的反應，也許，咱們的努力與心血並沒有白費！未來，是一片大好啊。」

「咱們改天再聊。你慢走，不送啦。」望著孝谷遠去的身影，叔同嘴裡低聲唸著：

「亞蒙，我親愛的愛人。再會啦！我一定會等著你……。」

回身一看，發現滿臉錯愕的誠子，正注視著他。

「叔同，你是不是中毒太深了？像你這麼入戲，會不會混淆了自己與劇中人……。」

「唉！人生如戲，戲如人生啊，誠子，經過了這次的演出，我發現身爲一個演員的心境眞是太苦了！我希望妳永遠都不要經歷這種苦。在舞台上，瑪格麗特死去的那一剎那，我的心好像也停止了跳動。她愛亞蒙的深情，所經歷的，我都得活生生經過一回啊！」

「你演得很好。台下許多人都流著眼淚呢！連我也忍不住想哭。」

「我自己早就哭過好幾回了，我覺得自己就是瑪格麗特。我的體內住著一個女人，不！應該這麼說，我的體內同時存在著男人與女人。像我現在，與妳就有如姐妹一樣……。」

「叔同，你是一個傑出的天才，天才總是承受著比別人更多的痛苦與不被理解……。」

「我從不在乎別人理不理解。我只做我想做的事……，妳呢？妳理解我嗎？」

「我不知道，眞的。叔同，我不知道！」

「走吧。夜深了，校舍恐怕已經關門。今天，到我那裡去聊聊吧。」

叔同與誠子並肩走著，叔同叫了車，回不忍池畔的小白公寓。

三月某一天，課堂上，黑田淸輝老師拿了一本雜誌給叔同，並且露出笑臉對他說：

「這是剛出版的《芝居》月刊，有一篇對『椿姬』的評論文章。裡面寫著關於你的報導，很精采呢！這本雜誌，送給你吧。好好加油喔！」

「是的。我會努力的！」

叔同翻到有關「椿姬」這齣戲的評論文章，作者是松居松翁，他這麼寫道：

中國的俳優，使我佩服的便是李叔同君。當他在日本時雖僅僅是一個留學生，但他所組織的「春柳社」劇團，在樂座上演「椿姬」一劇，實在非常好，不！與其說這個劇團好，寧可說就是這位飾演椿姬的李君表演得非常好。化妝雖簡單了些，卻完全是根據西洋風俗而來的。……尤其是李君的優美婉麗，絕非日本的俳優所能比擬。我當時看過之後，頓時又回想到在孟瑪德小劇場所看過的裘菲列所表演的椿姬，不覺之間竟感到相當興奮，於是跟著一大群人跑到後台去和李君握手，表示我的敬意。

叔同笑了。他知道這名女子在他的身上重新活過了一次，他的努力，大家都看得到！他將雜誌拿給孝谷看，孝谷也感到相當高興。他對叔同說：「你這傢伙！怎麼能揣摹女人的心理與神態，拿捏得這麼好？不只日本人要讚美你，最近有個新加入的團員叫作歐陽予倩。他也很佩服你的演技，問我是不是可以去拜訪你，向你請教請教。怎樣？要不要答應他？」

「嗯，好吧。你轉告他想學怎麼當女人的祕訣，週日早上八點正，到我家來吧。這可是逾時不候的喔……。」

「得了！難不成你又要人家交換條件，脫光光當你的人體模特兒？」

「對喔！你倒提醒我了，這陣子畫的都是誠子，盡是渾圓柔軟的線條，是該換一下口味，畫畫男的！別鬧了你！除了你，我是不再畫其他男人的，怎樣？這樣算對得起你了吧，亞蒙！」

「夠了！請你快從瑪格麗特的身上回來吧。我們接下來推出的『黑奴籲天錄』，搞不好就讓你當黑人了呢。」

「是的，亞蒙。我的愛人，請你好好的把劇本先寫出來吧。我期待你、也支持你！」

「不聊這個了，倒是……，你跟這個日本姑娘之間，是不是應該好好斟酌一下。在天津，你不是還有一個家庭？妻子與兒子，都在等你學成歸國，不是嗎？」

「孝谷，別問我這個問題。我也不知道該怎麼辦？我對她應該有責任嗎？……我啊！總是從一個感情的漩渦中跳出來，隨即又掉入另外一個漩渦裡去！一次又一次！」

「這會嚴重困擾你嗎？」

「孝谷，每次的愛戀都有如一場甜蜜的刑罰啊！我也不知道爲什麼這麼多人對我情不自禁，而我也常常對別人動情？多情的人就像身上背著一架旋轉鋼刀，每動一下，下場總是皮開肉綻、鮮血淋漓……。」

「你別說得這麼恐怖！我可還沒嚐過愛情的滋味，別讓我先倒了胃！」

「說個笑話給你聽。有一隻蠍子和一隻青蛙打算渡河，蠍子要求青蛙背著牠游過去，可是這青蛙怕被螫，所以猶豫不定。蠍子說：『我螫了你，我也會淹死。你想我有那麼笨嗎？』青蛙想想也對，於是就背著牠渡河。到了河中央，水流湍急，青蛙突然背部劇痛！牠被蠍子螫了！臨死前問：『爲什麼？我死了，你不是也活不成嗎？』蠍子流著眼淚說：『對不起！我也知道我活不成，但這是我的天性，我無法克制。』」

「這是寓言，不是笑話吧！含意是什麼？」

「我到圖書館查過書，我十月二十三日出生，在西方占星學裡恰好是天蠍座。」

「你的意思是你很毒？死也要螫人？」

「這是我的天性！我情不得已啊。人……，能不愛嗎？所以，別問我與誠子的事。我眞的不知道。只能順著生命的大洪流走，但我保證，在每個時刻，我都是眞心、眞情的啊！」

週六下午，誠子又來到小白公寓，誠子現在已經很自然地能脫掉身上的衣物，全裸地展現在叔同面前。有時叔同畫她半裸，有時全裸，靜態的、動態的，各種姿勢與表情，叔同喜歡作許多不同的嚐試，這天他打算讓誠子半裸坐在椅子上，雙手放在扶把。叔同靠近誠子，端詳著她的臉，動手調整著她的角度，並將她的身子稍微移動著，好讓光線與構圖形成畫面上的美感。誠子一直盯著叔同看，不管叔同怎麼調，她總是將目光投向叔同。

「怎麼啦？我臉上有灰嗎？」叔同迴避著誠子的目光，轉移話題故作輕鬆地說。

「叔同，老實回答我一個問題。你愛我嗎？」

叔同避無可避，他早就知道與誠子之間，終有一天要面臨到這個問題。他能說不愛嗎？那是違背自己心意的，但是他能說愛嗎？愛了之後附加而來的就是責任！他要納誠子爲妾，這樣公平嗎？更何況，自己從小看著母親身爲一個小妾的身分撫養著他長大，這其間受盡了多少世俗眼光的鄙夷、委屈，何況她還是個日本人。他極力要擺脫掉的狀況，難道註定無法逃避，又得輪迴到自己的身上來？

「你不須擔心掛慮太多，我只是想聽你心底眞實的聲音。我知道的叔同，是寧願遭到天下人的誤解，也不願講一句謊話的，愛與不愛，都請你坦白的告訴我！」

叔同注視著誠子裸裎著的上半身，美好的乳房、完美的比例與漂亮的古典美……，這些雖然都吸引著他，卻不是決定著愛與不愛的關鍵。雖說在愛情的領域無從比較，但是誠子美好的心與像音樂般輕快敲擊著的靈魂節奏，卻是其他人所不曾有的。

他無法欺騙自己，無法捨棄誠子。他很認眞的點了頭。

誠子坐在椅子上，向著叔同張開雙手。叔同就像一塊無法控制自己的磁鐵，被吸引過去。他走近誠子，蹲在誠子的腳邊，誠子用溫暖的身體包住他的頭與背。她擁著他、攬著他，她顫抖地說：「叔同，你知道嗎？剛才我好怕！怕你搖頭，怕你說不愛我……。對我來講，你已經是我這輩子生命裡唯一可以寄託的人了。我好怕你搖頭，說不愛、說不要我。」

「誠子，從今以後妳不用再怕了。就如同此刻妳包裹著我，我是屬於妳的一部分，妳也是我生命裡無法割捨的一塊肉了。我……是有很多的顧慮的，但是此刻那些世俗的一切，都已不再重要了。因爲愛，所有的一切都可以被割捨、都可以不在乎了……。」

週日早晨，叔同還睡著，窗外便傳來了呼喚的聲音：「李岸先生。你在嗎？」

叔同醒了來，腦子裡轉了轉，是誰呢？這麼早……。突然記起了孝谷同他說過，與歐陽予倩有約的事。他看著身旁熟睡的誠子，遂拉過被子來幫她掩上，看著錶，已經八點五分了，他起身套上一件衣服，到窗口，打開窗戶，說：

「予倩兄，我們約的是八點，現在已經超過好久了。我說過逾時不候的。」

「叔同，我大老遠地跑來，花了一個多小時的車程，路上又遇到塞車擔擱了……，今天假日，時間也還早嘛！」

「予倩，你回去吧。火車是一分鐘也不等人的。咱們改天再約吧。」

「叔同——。」

叔同將窗戶關上，歐陽予倩在公寓底下失望、沮喪。他搞不懂這個人到底是怎麼啦？他花了一個半小時的車程趕過來的，卻這樣吃了閉門羹，怎麼都很難將他與舞台上深深吸引人的瑪格麗特聯想在一起。他矖著早上初昇的太陽，整個人熱辣辣的！

在房內，叔同一回頭，發現誠子已經醒了。她睜著眼睛看他。她將被子拉到頸部，整個人只露出一顆頭來：「爲什麼？」

「妳是說外面的那人？我與他約八點，如果他八點以前來，我就會見他。他遲到了……。」

「可是你沒有別的事啊！爲什麼不見見他」

「我跟他約的是八點，不是八點五分或三分。這雖然看來也沒什麼大不了的，但是人生就是這樣，在取與捨之間，差一點點，所有的事情就不會照原來的樣子進行了。我想，這對他也好，知道這後果，以後他就不會遲到。」

「我不曉得你是一個這麼認眞、嚴肅的人。」

「是，我是。我是個對什麼事都很認眞而嚴肅的人。」

「那你對我，會認眞嗎？我們是不同國家的人啊！我們之間……應該有感情嗎？有一天你讀完書，還是要回到你的國家去，不是嗎？」

「……，我們先別談這個，好嗎？我相信會有出路的，更何況我還得待在這裡好幾年。這幾年，妳就先當好我的模特兒吧。」

計畫演出「黑奴籲天錄」，爲了這齣大戲，他們可是動員了在東京的許多留學生共襄盛舉。這齣戲乃是由美國女作家皮丘·斯陀夫人的小說《湯姆叔叔的小屋》所改編的，劇本是由曾孝谷根據林琴南所翻譯的小說來改編。其餘的一切，又全都落到叔同的身上，他負責舞台美術設計、道具、服裝、布景等，這次所耗費的人力更多，金錢與精神也都加劇。叔同又反串了，扮演劇中的女奴愛彌玲，而且還演了其中一個白人的角色，他演湯姆的第二個主人聖克萊爾。

這齣描寫美國黑奴受白人迫害的戲，正好刺痛中國留學生們的心！因而引起更大的共鳴，也引起了日本戲劇界的重視，他們都不相信懦弱腐敗的清國人可以作出這樣的戲來！但是他們的演出的確連許多日本的戲劇權威都讚賞不已，《早稻田日報》更有由伊原青青園所寫的二十多頁的劇評，大讚李叔同與曾孝谷等所飾演的黑人、外國人物，在生活習性等細節上的研究，就連當代一些著名的日本演員也有所不及！

叔同當然是無比的高興，於是著手再策畫另一齣戲「天生相憐」，但這齣獨幕劇並不如前兩齣那麼受到讚譽與好評，甚至還有些觀衆在底下說些風涼話，說這個旦角應該肥一點、應該怎麼樣怎麼樣之類的。而天生就瘦的叔同可是這齣戲裡唯一的旦角啊！春柳社內也有了一些不同的意見，叔同在演劇上的興致漸漸地就弱了下去，他在演劇上總共花了好幾萬圓，父親留給他的遺產竟花去了大半！自此他將心思收回來放在繪畫與寫作上，不再過問春柳社的事……。

他常常思索著未來，也想起了過去的日子。想起了朱蓮溪與歌郎金娃娃，他躺在榻榻米上，裸袒著身子，整個世界在他的腦海中旋轉，他盡量不讓自己想到母親，因爲一想到，便想哭。誠子來叩門，他引她進來，誠子看著叔同赤膊的身子，胸膛上有指抓的痕跡，她感到略微吃驚，問道：「叔同，我帶包子給你，你還好嗎？怎麼這個樣子呢？」

「唉，有時胸中一口氣就鯁著，下不去、上不來。有太多事讓人煩心！」

誠子靠近他身邊，坐了下來，安靜地聽著。

「整個時代有如一個困境，人的一生也是一樣。我不了解，雖然知道生、老、病、死是必經的過程，但就是無法釋懷。我想，春柳社也許可以激起一些戲劇的衝擊，但當身旁一堆雜音發出，我便很快地感到厭煩！我花了幾萬圓、投注了那麼多心血與精力，最後難道眞的就只映照出『人生如戲、戲如人生』一句話？我反問自己，難道眞的是自己禁不起他人的批評嗎？我想不是，而是做下去的益處又在哪裡？他們能接手，有意見，那就由他們去改良、去創造吧。」

「叔同，如果人生眞是這樣，那麼我們最好的作爲，不就是依著自己的心意與能力，一步一步踏實地向前走！能完成什麼？能達成當然最好，不能，至少也盡力了。」

「是啊！我就是依著自己的需要而來到東京學美術，因爲我喜愛音樂，所以學鋼琴。但是，這些對我的國家和人民會有用嗎？如果沒用，那麼我的學習，意義又在哪裡？」

「說不定這個世界的一切，都是沒有意義的。不過我看你的樣子，就知道你是太急燥了點！……有很多事是無形之中發生的，就像我答應來這裡當模特兒，到今天，有很多事都在無形中發生、改變了。同學都說我不一樣了……。」

「怎麼不一樣呢？」

誠子又搖搖頭，笑著說：

「她們都說我的眉頭開了，原先常常是不自覺的深鎖著，現在從外表看來，就是兩個字。」

「什麼？……哪兩個字？」

誠子笑著不講，臉頰上泛起紅暈，有著嬌羞的神態。叔同欺近她，要她講，她則縮著身子迴避著、躲著，叔同去呵她的癢，誠子像個孩子咯咯地笑著。一個翻身，叔同竟壓在誠子身上，一陣短暫靜默與喘氣……。他深情的眼眸看著她，誠子也凝視著叔同。

她吐出那兩個字：「幸福。」

叔同的嘴唇，像一片秋天的落葉緩緩飄落湖面。他吻著誠子。吻著她的唇、鼻、臉頰，吻著她的眼、睫、額頭，他輕輕地吐出一口長氣，然後趴伏在誠子的身邊，貼近她的耳垂說：

「這幸福，是妳給我的。這幸福，是降落在我們兩個人身上……。」

不忍池畔的水色雅致，叔同與誠子在池畔的亭子裡賞著湖光水色。誠子說：

「叔同，是不是又有什麼事讓你感到心煩……。願意說出來讓我與你分擔嗎？」

叔同的視線望著不忍池，這池，雖名爲池，規模卻不小，而且經過人工修整，池畔的一些建設與建築，也都能很適切地與自然環境搭配著。他看著眼前這個融合著古典與現代兩種不同質地於一身的美人，是他在日本國最親近的人，他們彼此相知相愛，照理講應是夫復何求？但是叔同的顧慮一直不減，他不要誠子進入李家成爲像母親那樣的小妾。那太苦了！但是又能怎麼辦呢？他猶豫著是否該告訴誠子他已經結婚的事實……。

「誠子，我覺得我對妳有責任。」

「是嗎？是因爲愛嗎？因爲愛，所以有責任……。那麼我對你也有責任！」誠子笑著說，但她知道叔同還沒說出重點，她心想，除非叔同不要她，不然，她是不會離開他的。因爲篤定，所以她堅定地看著叔同。

「我愛妳。但妳知道的，總有一天我要回國去，那時候妳該怎麼辦？我不能丟下妳不管，但是……，我在我的國家是已經……有了妻子以及兩個孩子！」

叔同總算將一直埋在心裡的事，告訴誠子。他已經將球抛出，剩下的就是等待誠子的反應了。誠子的笑臉收掉了九分，這回換她看著不忍池，過了許久，她說：

「你不講，其實我多少也猜到幾分。我並不一定要跟你回去，我在這裡還有母親與兩個弟弟。我不可能丟下他們不管，除非……。」

「沒有除非！我說對妳的責任，就是我對妳的感情、我的真心，以及我對妳的不可或缺。妳已經是我生命裡的一部分，我不能沒有妳。我打算找一天去跟你母親提親，我要妳嫁給我！我要妳當我的妻子。」

「可是你已經有妻子了，不是嗎？」

「我與妳，是日本國的夫妻。跟我在天津的婚姻不同！而我與妳，是一對單獨的夫妻，沒有人能拆散我們的完整性，我們是一體的，就只有我與妳。」叔同有點激動地握住誠子的手，他的語氣斬釘截鐵，完全沒有一點疑問的空隙！「除非妳不要我……，除非……。」

誠子伸出另一隻手摀住他的口，不許他再繼續說下去。「沒有除非！但是婚姻大事不是我可以自做主張的，我想，還是找一天與母親談過，再做確定吧。」

叔同點點頭，答應找一天前去京都提親。他不知道哪裡來的強烈衝動，促使著他必須去做下這個決定！也許人在異國，孤身一人，特別容易感到寂寞。也許，他需要誠子分享他的內心、他的感受與體會，他遇到了能與他契合的心靈伴侶，此時此刻，推動著他訂下盟約！他說：

「誠子，我誠心誠意地，請妳嫁給我吧。」

誠子凝望著叔同的眼眸，眼淚再也忍不住奪眶而出，她流著淚，叔同俯身下去看她，她卻又笑了！撒嬌的拳頭輕輕地捶在叔同的胸前，叔同將她抱在懷裡，緊緊地抱著！

彷彿訂定了祕密的約定，誠子隔一年從校舍搬出來，也住到不忍池畔的小公寓來，他們簡直就同居在一起了。叔同畫得更勤，炭筆、油畫、水彩、水墨，他喜歡變換各種不同的表現手法，喜歡嘗試新鮮的事情，他甚至要誠子梳個「大阪頭」，將長髮梳成高髻，在頭頂上盤起來，然後裸露著姣好的身體，供他繪畫。在藝術的領域，他喜歡不斷地開發、玩些新的花樣與把戲；可是在感情上，他卻逐漸地內縮與自我要求，變得愈來愈自制。在他的眼裡、他的世界中，只有誠子一個人了……。

淡出春柳社之後，由留日的學生所組成的劇社就像雨後春筍般，一個個宣告成立，冒出了頭；演出活動也頻頻出現，也有演出京劇或音樂會的，但這些對叔同來講都已不再那麼熱衷。戲劇是集合衆人力量的藝術，不像文章、美術或音樂，是可以獨力完成的，戲劇在演出的當天生，也在演出的當天死，當戲落幕之後，所遺留下來的，竟是一種對生命的悵然若失。他暫時不再思索關於戲劇的問題，對他最迫切而有意義的是與誠子的盟誓。他與誠子前去京都，準備向誠子的母親提親。

京都，日本的文化古城，在這裡，人們的生活舉止中都透露著一股優雅的禮貌，有秩序地運轉著。坐在誠子家，顯得有些擁擠的榻榻米小空間裡，叔同曾匆匆見過誠子的母親一面，直覺上知道她是個疼女兒的堅毅女性，見過面後，叔同說明來意。

「伯母。我今天單獨一人前來提親，因爲我是來自清國的留學生，家人並不在這裡。但那並不影響我要娶誠子爲妻的心志！我與誠子相愛，希望伯母可以成全，讓誠子嫁給我。」

誠子的母親早就聽誠子透露過這件事，今天正式看見叔同，覺得這個青年相貌端正，氣質非凡，心中原有的擔憂疑慮也就減去了一半。她說：

「誠子已經說過與你之間的事，謝謝你在東京對我女兒的照顧。我也沒有什麼好反對的。不過有兩件事，你答應了，我才可以將女兒許配給你。」

「伯母請說，我一定會盡全力做到。」

「第一，誠子必須完成女子音樂學校預科的學業，這是她父親與我最大的希望。」

「伯母放心，我答應您。一定輔助誠子完成她的學業。」

「第二，我並不排斥你是哪一國人，重要的是你對誠子的愛，能帶給她幸福的人生。那麼我也就沒有話好說。日本人，也是有些專門欺負弱者、貧窮人的，所以，如果到時你帶誠子到清國去，希望你可以讓她每年至少回日本國一次，來看看她的母親與弟弟們，也讓我們了解她過得好不好……。」

「沒問題。我以人格擔保，在我的能力範圍內，一定照伯母所說的來做。我會好好對待誠子的。」

「那我就沒有別的條件了。」

誠子的母親堅毅的神態裡有隱隱的壓抑與淚光，這讓叔同想起過世的母親王氏。叔同心中的情緒波濤洶湧，他輕聲地喊了聲：

「母親，您放心。我會盡全力的。」他將準備好的訂婚禮金移到誠子母親面前，深深地一鞠躬。誠子的母親回禮，她說：

「以後，誠子的一切就要請你多照顧，萬事拜託了。」

在上野，誠子伴著叔同，他們常常一起練琴。叔同喜歡彈奏柴可夫斯基的「第六號交響曲」，那裡面有一種悲愴的音樂感情，牽動著他的心。他也欣賞貝多芬，覺得他的音樂有力量，那種力量，強力地敲擊著他的心！有時像強風颳掃，有時像雷電，有時又像置身於舒適的田園，他覺得音樂是動人的聽覺刺激與享受！而不同的，繪畫則是視覺的，不需要言語。

他思考著，該如何將這兩種藝術帶回國？怎樣的傳播與刺激，才可以讓人有所收穫？有時看著身邊的誠子，心裡就會覺得稍稍安心。他們就在音樂與繪畫之間度過充實的求學生涯，誠子對叔同的才華與藝術涵養，愈接近，就愈感到他的浩瀚繁複、洶湧澎湃。

誠子從女子音樂學校預科畢業後，叔同與她結婚。小型的婚禮完全是日本式的婚禮習俗，叔同操一口流利的日語，婚禮過程一點也不急就，精緻且典雅，許多前來參加婚禮的賀客都不曉得這個新郎，並非日本人哩。他們高興地向這對新人祝賀，喜氣洋洋。叔同與誠子向母親叩首，誠子的母親看著這個貼心的女兒穿著白色和服的美麗模樣，心中相當喜悅，但是心底又相當捨不得，不禁落下淚來。叔同瞥見這幅景象，靠近她身邊，遞出白色的手怕。他輕聲卻充滿感情的喚她：「母親。您是多了一個女婿，可不是失去一個女兒啊！」

她破涕為笑，臉上勾起了信賴的神色，不知怎地，這個男人有一種可以讓人信賴的特質，她的女兒相信他，她也相信他。她看著叔同，相信女兒的選擇是一個正確的選擇。

一九一一年三月，在東京所學的課業終於告一個段落。叔同從上野美術學校畢業了。整整五年，他在這裡看到了另一個寬廣的世界。有些觀念與形式，沒有到國外來，永遠無法碰撞、無法激盪出火花的。他準備回國去，臨行之前，攜同誠子，一起去拜訪黑田清輝。

黑田清輝熱情的招呼，他一看到誠子，眼睛突然亮了起來。他呵呵地笑著說：「好傢伙，好傢伙……，今天我總算是見到畫中人的廬山眞面目啦。眞是美人！少見的美人，我有幸邀請妳當我的模特兒嗎？」

誠子受到讚賞，面帶羞澀，整個臉通紅了起來，而這顯得更加可愛。黑田清輝伸出手邀請，叔同馬上來解危。先咳了兩聲！他說：「這位大鬍子先生，請你有紳士的風度。這位是我的妻子，她雖也是模特兒，但卻只是我專屬的，不出租、也不外借的！」

「扣分！扣分！這麼好的模特兒從不跟老師分享，難怪你的畫有好幾幅都畫得比我還好，原來是素材的關係。」

「要扣也扣不到了！我已經畢業啦，今天來，是來跟你辭行的。」

黑田清輝收起笑鬧的態度，假裝很正經地說：「這個還要你說？我知道啦！老實講，自從我從法國回日本教畫以來，你啊！可以說是我所遇到，最具天份的學生。你一畢業，我就不當你是我的學生了。你是我的朋友！能與你相識，眞是我這輩子難得的機遇。」

「黑田老師你又開玩笑了！」

「我是說眞的！但是啊，在你的國家，就不知道是否能容得下一個純粹的藝術家？不過，不管怎樣，也不管在哪個領域，你都將會是最傑出而頂尖的！」黑田清輝語氣相當誠懇，他的眼睛又露出那種智者的光芒了。這光，叔同當然記得，就是這光，引領著他在藝術的原野上脫韁奔馳，而得到了浸淫於藝術中時生命的完整。

他向這個令人又敬又愛的黑田老師彎腰行禮。

「希望你一切保重。老師。」

「你也保重，叔同。咱們後會有期啦。」

第十五章

從神戶搭乘英國的郵船聖瑪利號，航向太平洋，再折返中國的沿海海域，向南行駛。叔同攜著簡單家當，帶著日本妻子誠子，終於回到自己的祖國。他將誠子帶到上海的法租界，租了一幢屋子，這是他的盤算，由於不方便將誠子帶回天津，上海，可以說是最適合的處所。一切都剛落定，叔同攜同誠子驅車前去找幻園，在城南草堂，見到幻園，叔同難掩胸中的熱情，他衝上前去握住他的手臂。

「大哥！」

「是成蹊，是成蹊啊！」

「是我啊，我從日本回來了。」

「你看你看！這一隔，都過去幾年啦，歲月不饒人！進來進來坐。」

幻園這時才看到叔同身後跟著一位典雅的美人，他驚訝中不禁帶著疑惑問：

「成蹊，你背後這位是？該不會……。」

「別瞎猜，這是誠子，我來跟你介紹。她是我在日本國所娶的妻子。」

叔同將誠子牽到前面來，向誠子介紹：「這是幻園大哥，是我的結義金蘭。在上海，我受到他很多照顧，他簡直跟我的親大哥一樣……。」

幻園還身陷疑惑中搞不清楚：「那雅菊？我懂了，你在日本又討了個媳婦兒。……先進來，進來再說，你呀！可得把話給我說清楚。」於是叔同在城南草堂與幻園把酒，將這幾年來的日本生活大致描述一番，也說明了自己的狀況與打算。幻園說：

「原來如此，好吧！我就在上海幫你看著這個弟妹。有事情也好互相照應。」

「那就又要麻煩大哥了。總是這樣，三番兩次，我想你對我的恩情，實在難以報答了。」

「別說這樣的話，是兄弟的，就該這樣彼此照顧，你回上海第一個來找我，我很高興，也算沒白疼你。誠子在上海就交給我吧，她住在法租界是嗎？我準三天兩頭便去看她一回，你大可放心回天津。」

「來，大哥，我敬你。許多事與感情是道不明、說不清的了！但是你知道我的，我敬你，咱們乾了這杯吧！」

「好，就這麼說定了，乾杯。」

回到法租界區所租的房子，一進門，誠子發出一聲驚呼！展露在屋子裡的，是一架鋼琴！誠子轉回身子看他，叔同無奈的笑了笑。他說：

「我捨不得將妳獨留在上海，將妳留在這裡，與留在日本是沒什麼兩樣的，但是，請相信我，我絕不願意讓妳在天津受到一絲絲屈辱與難堪的對待。還好這裡有幻園，而且孝谷可能再過不久也會回上海來，請原諒我，必須拋下妳，一個人回天津去。」

「所以你留下了鋼琴，這樣，當我思念你的時候，就可以藉由琴聲來回憶與你相伴的日子？」叔同趨身向前，抱住了誠子，吻她的額頭，貼近著她說話。

「妳知道我絕不願意這樣，但我卻又割捨不下有情的一切，對妳，我有責任，對天津的家，我也有責任。我必須先回那裡，然後再做打算，相信我，我一定會很快就回上海。」

誠子點點頭，落下淚來。她說：

「叔同，我怎麼突然有一種……我們之間的緣分，是上輩子遺留下來，這輩子要來延續的感覺？天下那麼大，我們又是不同國家的人，人海茫茫，我們竟遇到了彼此。所以我相信，我相信，你放心地回去吧。不要擔憂掛慮，我在上海，會好好的。」

「那，我就放心了。」

搭往天津的輪船，叔同終於要正式回家了。在輪船上，獨自一人佇立甲板，吹著海風，他的思緒紊亂，離家至今，已經隔了好久好久，船愈接近天津，他愈顯得有點近鄉情怯……。

睡了一覺，搭船總還是讓他不習慣，甲板是搖晃的，而他的胃也毫不客氣地趁機翻攪！他偎到船舷邊嘔了半天，該吐的都吐乾淨後，船也到天津的碼頭了。

遠遠地，便看見許多人在碼頭上迎接乘客，有人在碼頭上揮手……。

「叔同！文濤！」「歡迎歸國！叔同。」

是二哥文熙！叔同怎麼也沒想到他的親兄弟文熙，竟然親自到碼頭來接他。他的內心激動，眼淚一下子便蹦上了眼眶，他也在甲板上朝向碼頭放聲大喊：「二哥！二哥！」

他在人群中看到了二哥，還有雅菊與兩個孩子：李準與李端。幾乎所有李家的人都來接他了！他的心中有難以形容的興奮與雀躍，這與當初母親過世後毅然離開的場景與心情，是一種大的轉變。時光荏苒，曾經水火不容的二哥，如今已經是一個四十出頭歲數，忠厚的長者。

一下舷梯，文熙過來迎接，他握著叔同的手，拍著他的手臂，笑著說：

「一晃眼，咱們都老啦。」

「可不是嗎？瞧你，皺紋都出來了。」

「呵呵呵，你好歹也從東京的美術學校畢業，可不能再磋跎時光了，你的老朋友周嘯麟來府裡轉過好幾回，他呀！要聘你到咱們天津的高等工業學堂去當教員呢！如果這個你不喜歡，直隸模範工業學堂的校長也在打聽你呢！」

「二哥，咱們先別談這些。回來了能做些什麼慢慢再來商議。咱們先回家去。」

「好！今天咱們就先來喝兩杯，等你回來也有一段日子，弟妹也等你等得夠久了……。」

叔同蹲下身來抱起了李端，李端好奇地摸著他的臉、他的鼻子。兩個孩子長得都挺像他的，他看到了孩子後面的妻子雅菊，竟有點愣愣然不知該說些什麼是好。一行人乘車回家的路上，叔同瞥見雅菊注視著他，一與她眼神相對，他竟快速地將視線移開。

在天津，叔同安定了下來，他在家裡布置一間洋書房，添購一架鋼琴，並在牆壁掛上一幅在日本留學時所畫的油畫。在天津一些大戶人家，爲了表示一點文明闊氣，都會在家裡增建一些洋式建築。家裡的人都十分好奇，這天，叔同從高等工業學堂放學回到家裡，便看到大兒子李準帶著小弟弟李端探頭探腦地在他的洋書房外張望著。叔同走近，咳了兩聲。

「爹！」

「怎麼我剛教書回來，就看到自己的兒子鬼鬼祟祟地在書房外張望？怎麼回事啊？」

「大夥兒都說，爹的牆上掛著一幅女人的畫像，是全身脫光光的！大家都不懂是怎麼回事，我也……。」

「我懂了。你們要進來爹的書房嗎？看看大家傳言的畫像。」

李準點了頭，小兒子李端也跟著哥哥點頭。開了鎖，叔同引他們倆進到書房裡，果然，展現在眼前的是一幅全裸的女體油畫。李準漲紅著臉，突然害羞了起來，李端則指著畫像朝叔同說：

「爹，她爲什麼沒有穿衣服？也沒有穿褲子！」

叔同一邊笑著，一邊打開鋼琴琴蓋，他隨意撥弄著琴鍵，琴音流瀉而出，他也不打算同這兩個孩子解釋什麼，就只是神祕地笑，神思飛得好遠好遠。彈著鋼琴，看著自己的孩子，叔同想起了自己的童年，也是在這座大宅院裡度過的。好多影像在眼前浮現，隨意彈琴，竟就彈成了一首曲調。他起身，將音律寫下，也將閃過腦海的文思，捕捉下來。寫成了這首充滿懷舊情思的一首歌〈憶兒時〉：

> 春去秋來，歲月如流，遊子傷飄泊。回憶兒時，家居嬉戲，光景宛如昨。茅屋三椽，老梅一樹，樹底迷藏捉。高枝啼鳥，小川游魚，曾把閒情託。兒時歡樂，斯樂不可作。兒時歡樂，斯樂不可作。

在天津，叔同嘗試執教鞭，白天上課，晚上回家後，則照例練琴、畫畫、寫字，偶爾也刻刻金石或板畫，他的洋書房裡擺上好幾個日本進口的石膏像！

晚上，他與雅菊同床而眠，但心裡存著誠子，對於雅菊，他感到對不起她，而給自己相當大的壓力。夜裡，總是背對著雅菊，提不起熱情，他無法欺騙妻子，因爲他根本欺騙不了自己！雅菊也不知自己到底哪裡做錯？她的心慌，面對這樣的冷漠，每夜都是折磨。叔同在夜暗中說話了：「雅菊，妳醒著嗎？」

「在情感上，我總是覺得對不起妳，妳爲我們李家所做的，每件事對我都是不斷加重的責任。理智上我想我必須承擔，情感上又一直想逃，我也不曉得爲什麼……，我們夫妻一場，彼此之間缺少了一分熱情。妳身爲一個妻子，我無可挑剔，甚至有所虧欠，但我想請妳原諒我，我眞的不是故意要這樣的。」

「你無需自責，我從沒怨過你，也沒怪你，身爲你的妻子，我早就有了覺悟，不管怎麼樣，我都只能做好我自己。我從不敢奢望你，你不對我好，我的日子也是這樣過，你若對我好，則是我幸運地撿到了幾天的幸福。也許你有你的新想法了，但我是這樣過活的，你想怎麼做儘管去做吧，不必顧慮我……。」

「這就是傳統嗎？這就是三從四德嗎？這些舊東西，我眞寧願全部都能把它拋掉！」

雅菊靜默地看著床帷，怔怔地看著：「你拋得掉，但是我拋不掉。我與你不一樣，你是有翅膀可以高飛的人，你是有光有熱可以照亮可以溫暖的人，你是有才華可以揮灑可以縱橫的人。我不是，我只是一般人，一個很普通、很普通的妻子。」

「是啊！如果能很普通很普通，倒也可以省卻許多煩惱……。」

「你不會懂平常人的煩惱的。」

叔同在黑暗中思考著她的話，也思索著是否該把誠子的事情告訴她。

一九一一年冬天，這天，叔同在書房讀書，李準與李端在身邊玩，叔同幫他們準備了紙筆及畫紙，讓他們塗鴉。窗外天空陰灰沉重，冷風颳掃，發出呼呼咆哮的響聲。突然聽到有敲門聲，叔同去開門，是二哥文熙，一身狼狽的模樣！整個身體有如綁著一塊鉛！

「怎麼啦？二哥。發生什麼事了？」

「毀了！一切都毀了！」

叔同將他引到桌几邊坐下，要李準去倒茶來。他知道事情不尋常，從小到大，從沒見過二哥文熙這副德性，彷彿失了魂魄，臉上茫茫然，不知何去何從。

「文濤，我們投資入股的『義善源錢莊』，全都投資於鹽業，這會兒朝廷下了命令，全部的鹽改為官鹽，聘請工人這些事，民間全不得介入。那我們之前所經營、所投資的，就全都變成泡沫了！……天津的鹽商全垮了！我們整整埋了五十萬！五十萬塊錢的銀幣啊！」

「五十萬？……五十萬！」

叔同不知該作何反應？他一向不曾過問錢的事，更何況這次是全天津的鹽商集體被清政府搞垮，非獨獨他們李家。他想，沮喪、抱怨也沒用，於是過去搭著文熙的肩，說：「二哥，就當作那時八國聯軍攻進北京、天津，燒殺擄掠，所失去了吧。慶幸的是我們還平安活著，這是腐敗清廷所搞的爛帳，所有鹽商都遭殃，你平平氣吧！這樣的局勢，我看也撐不長久了。」

「這些可都是我們祖先留下來的產業啊！敗在我的手中，我要如何對祖先交代？」

「只要我們還有一口氣在，就是對祖先最好的交代了。這樣的事情恐怕連爹爹身爲進士的當下也避免不了的，我們生下來除了這身赤裸裸的皮囊之外，還帶著什麼來呢？若我們一開始就投胎生在別人家，恐怕更別顧慮這五十萬了！二哥，你身子怎麼這麼冰冷？走走走，起來，咱們兄弟喝酒去。別去想這事了！」

「就這麼，一瞬間，一下子全完了……。」

「你看著吧，二哥。我猜清廷的氣數也盡了！世事無常，江山都可能改變，我們要把心胸放開一點！」

半個月後，李家所經營的另一家「源豐潤號」，也在一連串鹽業的骨牌效應中垮了！這連兩擊重創，讓李家的產業除了大宅院之外，一夕之間竟一無所有了。百萬財富，霎時間如鏡花水月，鼓著泡沫消失，蕩然無存。

二哥文熙病了，家丁、傭人、雜役大部分遣散，叔同照舊去上課，回來之後與家人更緊密了。他依舊將時間排在畫畫、練琴，但更多的時間花在思考一些生命的課題。當生命的大風暴來臨時，當生命面臨到大的轉變時，是半點不由人的！那麼，足以依憑的又是什麼呢？人存活著，可以仰賴、依靠的又是什麼？……。

一九一一年十月十日，革命的浪潮終於擊垮了腐敗的城垛。辛亥革命，武昌起義成功。孫逸仙返國，經十七省代表會議推舉爲臨時大總統。一九一二年一月一日，中華民國臨時政府在南京成立；二月十二日，清朝最後一個皇帝溥儀被迫宣告退位，結束了清朝政府的統治。在天津的叔同，一下子又從看不到半點光明氣象的灰澀世界中甦醒過來，他不敢相信，從少年時代私自刻下「南海康梁是我師」的印石，而避禍到上海，而開啓的民主想法與希望，竟然成爲了事實……。一個新的時代，會有新的氣象。他的胸中滿溢著興奮與激情的熱血！

春天，他南下上海，搭乘的輪船到黃埔江碼頭時，他便看到了朝思暮想、熟悉的身影。誠子、幻園與孝谷，組成了一個三人歡迎小組，在碼頭歡迎他！

在天津還沒感受到那麼強改朝換代的氛圍，在上海，可就不一樣了！處處充滿著嶄新的氣象，彷佛大家的心、大家的血，都是熱的，未來等在前方，等著他們去闖、去開創出一番大好風景來。叔同的熱血與整個時代激盪不已，他慷慨激昂塡了一闕〈滿江紅〉：

皎皎昆侖，山頂月，有人長嘯。看囊底，寶刀如雪，恩仇多少。雙手裂開鼷鼠膽，寸金鑄出民權腦。算此生不負是男兒，頭顱好。

荊軻墓，咸陽道，聶政死，屍骸暴。盡大江東去，餘情還繞。魂魄化成精衛鳥，血花濺作紅心草。看從今，一擔好山河，英雄造。

一夥人在小館子裡幫叔同接風，幻園、孝谷、誠子，都是與他至親之人，幻園接過這首詞，讚嘆著說：「成蹊，別急！新局新氣象，上海的革新少不了你一份。」

「是啊！叔同，中華民國剛成立，一切都有新的可能，而我們到外國留學的，正好是新國家朝向世界張望的一雙眼。現今上海所有具有進步思維的文人、知識青年都加入了南社，他們一聽說你要回上海來，都迫不及待想與你見上一面呢！」

「咱們之前城南文社的老社員也是呢，聽說你回上海，個個都想跟你聚聚。」

「我的行情怎地一夜暴漲？熱門極了！可真是讓我受寵若驚。」

「你可別驚，先有個心裡準備吧，到時候包忙你個團團轉！」

「誠子，妳好嗎？」

「有幻園大哥照顧，日子還算過得去。我花時間學上海話，也教鋼琴……，你呢？在天津，過得好嗎？」

「我把妳的油畫畫像掛在書房，一時之間，倒成了全天津的奇事，好像從沒人這麼做過。所以我在天津，除了過去累積的一些詩名、文名，如今再加上一個奇名，奇怪的奇；我心底暗自偷笑，他們啊，是想安我一個『色』名吧！」

叔同掩面竊笑。孝谷瞧他的樣子就知道肯定是裸體畫，也跟著笑起來，誠子則羞紅了臉，幻園見三人神色怪異，摸不著頭緒，大聲嚷著：

「不公平，不公平！就我不知道畫的是什麼……。」

「大哥，別說我不夠意思，坦白告訴你，畫的是誠子的裸體啦！」

幻園一口剛喝的茶整個噴了出來，他瞪大眼睛不能置信，擦了口水後，他囁嚅地說：

「你將它掛在牆上供人欣賞？自己妻子的裸體？」

「是啊！大哥，藝術求的是眞與美，人的身體是大自然最眞的賜予，不該覺得可恥的，而誠子……，她的身上兼具古典美與現代美兩種氣質，是如此地迷人……，所以我畫她，掛在書房每日欣賞，以慰寂寞，不是掛在外頭，你別驚慌。」

「這是你們在日本學到新思潮嗎？這讓我覺得自己老了！我非得再教育、再教育不可。」

「是啊！新時代不能再用舊思維啦。大哥！」

很快的，叔同重新溶入了上海這個他所熟悉的城市，他參加南社第六次的雅集聚會，並且幫他們設計通訊錄的封面圖案並題字。這南社是一個集合了許多青年知識分子的文學性革命團體，辛亥革命爆發後，成員迅速增加，極盛時期會員多達千人。叔同在上海文壇漸漸活絡起來後，城東女校的校長楊白民親自來邀請他前去教文學與音樂，幾個月後，由陳英士所主持的「太平洋報社」更是邀聘叔同前去當主筆，並主編副刊，叔同欣然接受，這時他又將名字改回息霜了。

在報社，叔同負責的副刊雖然不是每天出刊，有時三五天一期，有時天天都有，但是他開始在副刊上開闢「西洋畫法」的專欄，連載木炭畫、石膏像的畫法等，推廣中國繪畫改良運動不遺餘力。他甚至還親自畫報頭，並幫廣告客戶將廣告美術加工，他渾身有用不完的精力可以抒發，他找到一塊園地可以好好施展他的抱負！隨著理想的開展，叔同還親自發起組織「文美會」，編輯名家書畫印稿。集合了包括蘇曼殊、柳亞子、葉楚傖一干人等，藉著報社推廣。

這天，一群報社同事在編輯完後，群聚一起去喝酒，正待出門，突然有一人說：

「你們稍等一下，我找主編息霜一同前去。」

大家起鬨著，擠到主編室來。七、八人興致高昂，推開主編獨自一人的房間，叔同正在裡面看一批陳師曾所繪的圖稿。

「息霜，稍微休息，一起去聚聚，喝它兩杯小酒吧。」

「是啊！走吧，也工作一整天了。去放鬆放鬆！」

「你們去吧，我還有事忙，以後這種聚會別找我了。」

大夥兒碰個軟釘子，於是摸摸鼻子自討沒趣，閃人！叔同看著圖，對陳師曾的畫欣賞極了！他不只接連十幾天在版面中央放他的圖，而且篇幅所佔極大，一聽說他將於五月由北京南下上海，他除了報導「文美會」歡迎他的消息之外，還在五月初八刊出大幅陳師曾半身照片，並將外框裁爲橢圓形，曰：「杇道人像」。陳師曾，江西修水人，早年亦曾留學日本，作畫喜繪園林小景、寫意花果及風俗人物。叔同因愛陳師曾的圖，而愛陳師曾的人，他愛一個人，便是傾全心力去對人家好，不求回報！也因此，曾有人將這兩位藝術巨星合稱爲「北陳南李」。

離開報社，叔同搭車回位於法租界的住處，陪他的妻子誠子。

「怎麼啦？今天回來得這麼早？」

「同事嚷著要去吃飯喝酒，我拒絕了之後便跑回來，回來陪妳比跟他們去喝酒聽歌、舞文弄墨要來得有意義得多。」

「這樣會不會與同事之間缺少互動，這樣對你好嗎？」

「我從不向人求什麼，所以自然也就不必去顧慮他們。我只對我有興趣的事著迷，我寧願將時間多花在這上面。」

「你的個性好硬，只要你決定的，別人總難動你分毫，更別講要去改變你了！」

「我一直都用最眞的我在過活，難道要把這眞改成假嗎？」

「只是……這樣在社會上是不是會吃虧？」

「人只要有才華，是不怕這些的。」

誠子看著叔同，搖搖頭，從日本跟著來到中國，愛上這個男人，就是愛他這點，他從不跟世俗妥協，他有才分，卻又倔強得像個孩子，他像一朵在高崖綻放的花朵，有時誠子抬頭望著他，感覺到它既孤單又冷清，但卻沒有能力攀上去陪他，它好像要不斷地向更高、更冷的天空伸展枝枒而去，誠子唯一能做的，只有讓自己變成音符般的水流，盤據在它生長的下方，也許這花的根莖是需要水分的吧，當它需要水分時根便會往下竄，那時叔同便會需要她，回到她的身邊。

「誠子，妳在想些什麼呢？」

「沒有……，我呀！在想你，是個怎麼樣的構造呐？」

「不就跟妳一樣是血肉做成的嘛！」

「不一樣，別人遠遠看你，也許摸不清你，可是我離你這麼近，卻連我有時候也會迷惘。你是我的丈夫，是我的情人，又是我的主人、是我的老師，有時又像我的孩子……，我也想學學別人說我也搞不清楚你。」

「妳懂得妳自己嗎？我懂得我自己，但那是前一個階段的自己，我懂。後一個階段的，我可就不敢說了。就像音樂吧，妳知道幾首彈奏過的音樂是由那些音符、音階所組成的，它們感動著妳，但妳不知道還有哪些音樂在未來是將會感動妳的，所以自然也就不曉得它們的組成方式。我只知道順著機會與人生的安排走，緣份到來時我總不強求！但是，當下我則是盡量要求自己內心的誠實……。」

「你這樣的性格，是要受苦的！」

「有妳陪在身邊，至少可以逃脫那苦……。」

誠子笑了，她輕輕捏了一下叔同的鼻子，嘆了一口氣說：

「就怕到時候你不給我機會，陪你一同嚐那苦，你可別老把事情都往心裡頭擱啊！」

「是！那咱們可以開飯了吧，給我看看妳今天煮了哪幾道新學的菜……。」

叔同的手邊拿著蘇曼殊的稿子，他已讀過這部長篇小說〈斷鴻零雁記〉，這次趁著陳師曾南下，順道邀他畫上好幾幅插圖。他思索著小說的內容，這是一部描寫一個孤兒飄泊流浪，並到海外尋母的故事，也可以說是蘇曼殊自傳體的小說。他知道的蘇曼殊是個聰明，喝酒吃肉的和尚，他在心底某處總覺得不搭稱，身為一個出家人，如此世俗化，又何必出家呢？但身為同事，他也不好說些什麼。

這個世界，許多事就是這麼不相稱，也許受到現實世界各種條件限制而隨波逐流，原也無可厚非，但在這個世上如果沒什麼好堅持的，那麼生命的意義、價值與尊嚴，又何有立足之地？面對許多事情，叔同反覆思考，雖沒有答案，卻也在心底種下了一顆種子。

懷著大理想創刊的《太平洋報》，終於還是在場面、人事及一些雜事上的規模過於龐大，造成收支上嚴重不平衡而負債停刊，警察還前來查封報社！同仁們離散，一時之間，竟又不知未來將何去何從了。離開報社後，叔同應也是曾在日本留學的浙江兩級師範校長經子淵之邀，到杭州去了一趟，回到上海，他與誠子聚在房裡，兩人秉燭夜談，九月秋涼，叔同忍不住咳了起來。

「叔同，你又咳了！」

「這是我的老毛病，吃一匙枇杷膏就沒事了。」

「你啊！自從找我畫畫開始，就染上了這肺病，老咳個不停。我心想，恐怕是那時在寒天裡脫了衣服陪我，所造成的吧。」

「沒事，跟妳哪裡又相關了？那為何妳也同樣一身赤裸，卻沒患這病呢？我這病，有一半是遺傳，我可憐的娘，就是得這癆病過世的。」

「你別講這樣的話，我想你需要的是多休息、多調養，這樣就會快快好起來的。」

「誠子，這趟我前去杭州，已經答應經子淵校長的邀約，他聘我到浙江兩級師範教音樂與美術兩科。這下子，恐怕我們又得分隔兩地了，還好的是，這裡到杭州的路程不算太遠，我打算每週六回來，與你相聚，週日再返回杭州去。」

「不如……，我也搬到那兒與你同住，這樣咱們就不用分開了！」

「我是去教學生的，如果妳來，我恐怕會分心，更何況，在上海妳也有事在忙，教鋼琴、學上海話等等，上海有如我的第二故鄉，如果妳也跟來杭州，那麼恐怕我要回上海來的機會與時間，都更少了……。」

「我不在乎那些的，我只在乎你。難道我已經都跟你來這兒，還得一次又一次地忍受這樣的分離之苦？你能告訴我為什麼嗎？」

「誠子，這裡面牽涉到的責任太大了！如果這麼推論，那對於我在天津的妻子與孩子，是不是對他們也很不公平？我認為這其中沒有所謂公平與否的問題，每個人，或者說是我本身，是不願意也不能受限於這些世俗的道德禮教的。」

「沒有人要用這些綁住你，我只是不懂，為什麼我必須留在上海，不能跟你去……。」

「我是去當一個教師，那是一項工作。去了日本回來，總是要貢獻我的所學，更何況這些學生日後都將成爲他人師表，我如果把他們教好，代代相傳，開枝散葉，未必會比先前主編副刊的成績差，十年樹木、百年樹人，我想如果我去，會有一番不同的風貌。」

誠子凝視著叔同，她知道他自有盤算，在這裡一個階段的結束，他便要全盤將這裡的一切都收拾乾淨，然後往下一個階段去。！而且他總是孤身一人前往，即便身爲他的妻子，也無法進入他生命裡最孤獨的一塊境域。誠子嘆了氣，她說：

「好吧。你既然已經決定了，我也就不再多說些什麼，反正你早就安排好了……」

「誠子，我也不想對這樣的想法強作解釋，但是人生是這樣的，當某個時刻來到，你便要往下個階段去，我不曉得別人怎樣，但我是這樣的……，也許等我到了杭州，熟悉那裡的生活之後，再看看狀況吧。最近我一直在思考，身爲一個老師，應該要怎樣教育下一代的青年？沒有以身作則是不行的。」

「我想，你應該會是一個很好的老師。」

「誠子……有件事我一直沒有告訴妳，但我想，妳必須知道！」

「到底什麼事？你說。」

「我們李家在天津的所有產業，在去年冬天全都垮了！將近一百萬銀幣的資產……，這讓我覺得世事眞是難料，鏡花水月，現在擁有的，是否終有一天也會失去呢？」

「你想太多了。你的問題，我想我回答不來！不過，我倒寧願你的擔心是多餘的！」

「有形的一切，都會隨著時間而變化，或者消失。像我的母親，我怎麼想也想像不到她會突然拋下我。死亡，又似乎是人生不可避免的課題，如果現在我們所努力、所經營的一切，遇到死亡，還能繼續嗎？恐怕就是全盤皆輸吧！既然如此，也許有些什麼追求，是可以永恆的吧。也許是藝術、繪畫或音樂，也許是文章或詩詞，總之，我不能停留在兒女情愛上頭，我必須去做更有意義的事……。」

「好吧，叔同，那我也就不再強求、不再追問你了，但是請你記得，我是從日本千里迢迢跟你前來的。我是獨自待在上海法租界區裡等你，我不給你壓力，只求你的心裡常惦記著我。我——是你的妻。」

第十六章

杭州，一座古城，一處人文薈萃的城市。叔同雖然也曾經為了鄉試而來過這裡，但他當時所存留的印象並不深刻，這回再度重返，整座城市充滿靈性的氣息，讓他眼睛一亮！住在師範學舍，雖然已入秋，但傍晚仍可感受到夏日的暑氣蒸騰、散發著悶熱。日光盡落之後，他獨自一人在室內安靜坐著，看著庭院裡的樹木筆直亭立，強風吹拂，樹葉和著影子搖搖揚揚。

連續六日，他都在學舍裡坐著，尤其是晚上，他一個人在屋子裡靜靜待著，也不點燈，難得有這樣的時間可以讓自己完全空白。課還沒開始，離天津與上海都有一段距離，自己一個人，從沒這麼親近自己，好像可以讓世俗的一切都靜定下來，他深深地吐出一口氣，整個人很安靜很安靜，他自得於這種安靜，彷彿這能帶給他無限拓遼而去的平靜。

這日，遠遠地便聽到夏丏尊的聲音，由遠而近喊著：「叔同，叔同——。」

叔同打開學舍的門，看到一個胖嘟嘟的壯漢急趕著腳步來到他的門前，臉色紅通通的！

「走走走！我們約好了去西湖，看這時間也都晚了，不過還好還好，現在去，別有風味！」

「過不多久就晚上了，我們現在去還有時間賞西湖嗎？」

「唉呀！西湖的美不只是四季的，早、中、晚，也都適宜，走走，別再說了，再說時間又耽擱了！」

他倆來到西湖的時候，已經日落西山，天光反影於山色，呈現出難得一見的紫藍色，遊客皆已散去，他們走著走著，草叢裡的螢火蟲點亮了夜色。夏丏尊走在前頭，因爲步子太快，隔一會兒又回過頭來督促叔同。「你走快一些……，爲了不辜負你，我帶你上湖心亭去喝茶，那裡的景致，眞是夠美的了！」

叔同跟在丏尊後面，突然笑了出來，引得丏尊丈二金剛摸不著頭緒。他說：

「怎麼啦？怎麼啦？笑什麼呢？」

「丏尊，你這個人的性子可眞急，看你的樣子，就像一個管家的母親，哪個人被你照顧到，應該都有一種被呵護的溫暖……。」

「你可眞是一眼就看穿我啦！只要不嫌我雞婆就成。」

「怎麼會呢？誰敢這麼不識相？嫌你嘮叨？……只是你這樣牽著我走路，我們兩個好像小朋友，正打算一起去幹件祕密的事，這種感覺好特別……。咳、咳！」

「你怎麼咳了？要緊嗎？到了到了，咱們搭船去。」

「老毛病了！這湖岸邊的風可眞大！眞是涼爽。」

「船家，上湖心亭。」

在湖心亭，夥計端來茶具，還有西湖中特產及一些時鮮茶點，穿著短衣褂的少年負責煮水泡茶，靜靜地在一旁伺候著他們品茗、閒聊、欣賞湖光山色。隔桌的客人們談得興高采烈，說一些過往趣事，或者品評時勢，說到義憤填膺時，忍不住站了起來，朝向湖面長嘯一聲。有幾隻在湖心歇息的水鳥拍翅飛起，連遠處林間的鳥兒也騷動不安哩！那人朝著叔同這桌點頭致意，丏尊則示意無所謂。他回過頭來，面對叔同，兩人相視而笑……。

「怎麼樣？晚上來也別有一番風味吧！」

叔同也站了起來，走到欄干旁眺望著湖水，碧綠的湖水上飄著白濛濛的水霧，遠處的山峰隱沒在霧裡，偶爾又露了出來，叔同的心情流轉，這許多年過去，舊識的朋友離散，甚至有些已經逝去。有個叫作劉孝標的，他曾說：「魂魄一去，將如秋草！」在西湖，看西湖，竟覺得他所講的切中了人生眞相！

「丏尊，你看這滿天的星星，你識得多少啊？」

「叔同，你眞是個怪人，我來這裡許多趟，就從來沒瞻望過天上的星星，這些眼花撩亂的，我哪裡能分辨吶！」

「是啊！人生來去匆匆，一下子好幾年過去，而這天上星辰，運轉依舊，從不停歇。」

「哪裡顧得了這麼許多星星，過不久開學，你就知道這些學生皮得很！沒有盯緊些，就生怕他們將來出去誤人子弟。時間都不夠，也就不去管這些星星了，反正人世間再怎麼變化，這些星星還是存在的，不是嗎？」

「是的！但你不曾想過這其中是什麼道理嗎？」

「什麼道理？」

「身爲一個老師，也許本身應該行得正，本身就應該是個典範、是個楷模。你以正道待人，再頑劣的學生，相信也會受到感化。也許身爲一個老師，就應該有老師的樣！」

「精采！精采，叔同，眞有你的。帶你來喝茶便讓你悟出身爲人師的道理，恐怕我多帶你來幾回，就可以將你所想到的結集出書啦。」

「我是正經地同你說，你卻拿我開玩笑！你這樣的朋友，我看多半是損友，而非益友。」

「在這點上我不同你爭辯，路遙知馬力，日久見人心，你才剛剛認識我不久，往後，總要讓你嚐到甜頭，讓你知道我的好！好在哪裡！」

叔同又笑了，他說：「要立刻嚐到你的甜頭，勸你先去買包糖，備便吧……。」

上課鐘聲敲響，學生們嘻嘻哈哈打著、玩鬧著進教室，一看！教室裡已經有一個身穿布衣的先生坐在講台前。灰布長衫、黑布馬褂，戴著一付鋼絲邊眼鏡，臉上帶著微笑、和藹可親地坐在台前。這讓他們嚇了一跳！別的課堂老師從沒比他們先到教室的！大家趕緊縮著身子，坐到位子上去，有幾個還在外頭慢慢走的，一進到教室，發現了這樣的狀況而要快速地衝到位子去，卻撞到桌腳、椅子，霎時間顯得一團混亂。

好不容易全到齊坐定，叔同站起來，很恭敬地朝大家一鞠躬，然後開始上課。他教圖畫與音樂，原本很冷門的課，在他誠懇而專注的教學態度中，竟鹹魚翻身變得很重要。學生們都覺得好奇，這個老師很怪！與別的老師有很大的不同……。

一堂課過去，下課鐘響。叔同說：「下課，第四排坐最後一個位子的同學留下來。」

同學們走出去後紛紛躲在牆壁後偷聽、偷看，不曉得這個先生留人下來是何用意？

「這位同學，以後請你在上課的時候，不要在底下看閒書。」

叔同說完，仍舊面貌溫和畢恭畢敬地向這個同學鞠個躬，然後轉身走出教室。這同學可傻了眼，愣在當場羞愧得連耳根都紅了，他甚至有點害怕再見到這個老師，好像自己真做錯了，辜負了他一樣。還有一次音樂課，叔同在教室裡示範基本的彈奏技巧，一邊講解著優美的旋律，忽然，空氣中飄來一股濃濃的屁味，不知哪個人一時忍不住，悶著放了個屁；有道是臭屁不響、響屁不臭，這無聲的屁可要把全部的人都薰死了！礙於叔同的課堂常是籠罩在一股認真學習的莊嚴氛圍中，也沒有同學敢發作大罵，更何況這屁來得快，又有誰能分辨是屬於誰的產物呢？終於還是捱到了下課。叔同說：「剛剛放屁的同學，以後如果要放，請主動到外頭去放！」

然後叔同又是一鞠躬，大家差點跌倒，明明都看他眉頭皺成那樣了，還是硬撐著溫文有禮的樣子，不愧是讀聖賢書的人。下課後，幾個學生聚在一起聊天，其中一個說：

「我啊！寧願給夏木瓜罵一百次，也不願意讓李老師鞠一個躬。那事後叫住你，很懇切地說出你的錯誤所在，可真是叫人受不了。眼淚都快掉下來呢！」

「對啊！上一次我出教室，關門時碰地一聲，不小心關太大力了，就被叫住，一直到現在啊，我只要出門都會記住輕輕關上門，心裡壓力好大！」

「有一次我吐痰被他看到，也是一樣的下場，要是夏木瓜就不會這樣……。」

「你們眞是太皮了，夏老師都被叫成夏木瓜，改天咱們這些老師不被你叫成冬瓜、南瓜、西瓜、香瓜、哈蜜瓜才怪。」

「木瓜就木瓜，這也沒什麼好可恥的啊！誰叫他的後腦勺遠遠看那麼像木瓜，自己長得像，就怪不得別人叫。」

「你會不會有一天也把李老師的外號改了？」

「饒了我吧！我不敢！」

「怎麼就不敢了呢？」

「這夏木瓜啊！這個也管、那個也管，出去別亂跑啊！錢別亂花啊！功課作了沒啊？別欺負小貓小狗啊……什麼都管，雖覺得煩，但大家打心裡喜愛他，加上他胖墩墩的，像個母親。可是李老師，拜託！如果被他叫到面前，某某同學，請你下次把功課作好，然後鞠躬，誰受得了啊？所以大家都不用他再說第二次，早就把功課準備得好好的，一隻隻乖得像老鼠見到貓，不敢胡亂造次！」

「他呀！恰恰跟夏木瓜相反，倒像個以身作則的父親。」

「是啊！我們都成了這兩個老師的私生子，成了兄弟啦！」

幾個學生聚在一起胡亂聊天，恰巧夏丏尊與叔同走了過來，人未到聲先到，夏丏尊說：「你們幾個又在這裡嚼舌根啦？還不快去溫習功課，別有空就清談、言不及義……。」學生們向他們行禮，點過頭後就閃了。丏尊跟叔同說：「怪了！這幾個傢伙平常很調皮的，今天倒很安份……。啊！一定是你！所以他們都腳底抹油，溜了！」

「怎能怪到我頭上來呢？」

「叔同，你不曉得你就像佛菩薩一樣背後有光，你教圖畫、音樂，這些小傢伙就把圖畫及音樂看得比國文、數學還重要！你的國文比教國文的老師好、英文比教英文的老師好！你的書法又比教他們習字的先生好……；你這是多重才藝匯聚一身啊！怎能不叫人景仰哩！」

叔同又笑了，夏丏尊的話總有幾分耍寶的意味，卻是眞實的描述，丏尊雖小他六歲，卻比他更早來到浙江兩級師範學院教書，他在十九歲的時候曾到日本求學，二十一歲時因故中輟，回國後便一直在這裡任教，教國文、日文以及擔任學舍監。所以叔同在丏尊的帶領下，很快地就與杭州融爲一體，也在這個時候，他發現一個相貌清癯的學生，上音樂課時十分專心，他可以從他的眼神中看出他對音樂的熱情。

這一年冬天大雪紛飛，叔同教完學生作曲理論後，某一天下午，叔同正在學舍裡刻印，突然聽到外面有敲門聲：「叩、叩。李老師。」

叔同去開門，是他這個專注的學生劉質平。只見他身穿單薄的外衣，髮上、肩上，都是白白的雪花，學生的手裡握著一卷紙卷，他相當恭謹，又有點害羞地佇立著。

「質平，進來吧。」質平進來後，有點囁嚅地將紙卷遞給叔同。

「老師，這是我所寫的習作，也是我創作的第一首曲子，請老師幫我看看。」

叔同接過後就到椅子上坐下，就著窗，仔細審視。質平無法從李老師的神情裡看出什麼端倪，他的心裡七上八下。叔同看過曲子，將紙卷擱在手邊，轉過頭來凝視著劉質平。他知道這個學生家境清寒，來自浙江海寧農村的他，有一股惹人疼愛的聰慧氣息，而他的第一首曲子裡，在音樂性上又展露了某種深情。他決定考驗他。

「今天晚上八點三十五分，到音樂教室來。有話同你講。」

風雪愈下愈大，而且還颳起了刺骨的寒風，劉質平依著時間來到音樂教室。風雪太大，教室四周並無腳印，而且教室內一片漆黑，門是鎖上的。劉質平雙手抱胸，呵著氣，在外頭等著叔同到來。一分鐘、三分鐘、五分鐘、十分鐘過去，他的頭髮、衣服已經積滿了雪，突然教室裡的電燈亮了，鎖住的門被打開，叔同在教室裡面等他，他將手錶亮一亮，說：

「時間無誤。現在是八點三十五分整。你可以回去了。」

往後，叔同在課外時間單獨教導劉質平，每週兩次，並且引介他到美國籍鮑乃德夫人那裡去學習鋼琴，兩人之間師生的情誼日漸濃厚。

週六，搭火車回到上海，在家裡，誠子煮了一頓大餐。兩個人的燭光晚餐，叔同興奮地告訴誠子在學校發生的事。誠子望著叔同說：「叔同，你變了，才去不到半年的時間，你就已經愛上杭州了，這真是出乎我的意料，我沒想到這個工作能給你這麼大的改變。」

「我有改變嗎?不，我沒有改變，妳應該看看這些孩子，絕對是中國未來的棟樑之材，我想，如果能教出幾個好的學生，一傳十、十傳百，這也可以稱得上是另外一種貢獻。」

「叔同，你的才華不僅止於此喔，但是你好像甘於當一個作育英才的教員。這和我在東京見到你時，那種風華、光芒四射的模樣有很大的不同啊!我還記得你所飾演的茶花女與女奴愛彌玲，我記得你比女人還嬌媚呢!沒想到你現在可是一個如假包換、道貌岸然的教書先生。」

「誠子，別取笑我了。那個時候有那個時候的想法與堅持，可如今，我覺得最有意義的事是將我所學的、我身上所擁有的，盡量傳授給我的學生們。誠子，改天妳眞應該到杭州來走一趟，你一定也會喜歡我的同事夏丏尊，還有我鍾愛的學生劉質平!這個學生，不只資質好、敏感，還極投我的緣。好好栽培，日後必成大器啊！」

「聽你這麼講，我真該到杭州走走。聽說西湖很美，美得會讓人捨不得離開，是真的嗎？」

「啊！西湖，看明湖一碧，六橋鎖煙水。塔影參差，有畫船自來去。垂楊柳兩行，綠染長堤。颺晴風，又笛韻悠揚起。看青山四圍，高峰南北齊。山色自空濛，有竹木媚優幽姿。探古洞煙霞……。」

「好了好了，聽你這麼個念法，我都想立刻去看看它的美。你就行行好，先饒了我吧。」

「大好湖山美如此，獨擅天然美。明湖碧無際，又青山綠作堆。漾晴光瀲灩，帶雨色幽奇。靚裝比西子，濃淡總相宜。」叔同不理會誠子，邊念邊笑著，誠子起身要來阻止他，兩個人嬉鬧著，叔同一個轉身，將誠子摟在懷裡。兩人由調笑變成了兩相凝視，一時靜默，叔同溫柔低聲說：「妳就是我的西子，濃裝淡抹兩相宜……。」

「你知道你不在的每一天，我都只有一件事可以做。」

叔同親吻著她的額頭，誠子說：「我好想你。每天每天，都好想你……。」

叔同摟緊了她，吻上了她的唇。

循著記憶，叔同來到小四所住的公寓，按了門鈴，裡面的人已經搬走了。他到春香樓舊址，如今已換成另一家茶樓經營。昔日故人，皆已不在，四散無法相聚首，這是人生的實況，生離與死別，是人生裡兩種令人捨不得、放不下的難堪。原本去找小四，是打算商請他前往杭州兩級師範，擔任素描課堂上的模特兒，他打算將在日本所學的西洋畫這一套，全盤在學校裡進行。添購的鋼琴、石膏像、學習環境，全部設備齊全，他希望建立一個好的環境，讓學生們學習。

回到杭州之後，叔同四處尋找適合的人選，必須找到一個身材結實、比例均勻，而且能勇敢地脫下最後一條褲子的人。他打算讓學生們嘗試人體模特兒的素描寫生。

一九一三年春天，靜物寫生的美術課，大家都曉得是李老師的課，所有的人都提前進教室，在位子上將畫具準備好，準備看今天端出來的是那尊石膏像、花或水果。正當大家還騷動不安著引頸期待，鐘聲響起，李老師走了進來，身邊還跟著一個二十多歲的男人。原本大家還不以爲意，只見李老師走到教室中央，朝大家很愼重而嚴肅地說：

「各位同學，今天我們要來作一件嚴肅的事情。平常，我們畫靜物慣了，老是石膏像、水果，這是基礎的訓練，也是有必要的！但我打算開始讓大家嚐試一點不同的，我們知道，自然之美在我們生活中的重要，就像大家到西湖去，會被吸引、著迷，爲什麼？因爲它是自然的，不加以人工的雕琢、巧飾。而在西方，他們將人體視爲自然的一部分，看待人的身體是神聖的、美的，這不像中國，咱們總認爲裸露身體是可恥的，但這樣的觀念讓我們在面對美時，嚴重地被衝擊了！今天，我們就來學學西方的基本功課，看看這是怎麼一回事？」

叔同轉身朝那男子點了頭，並示意要他站到教室中央擺放的木桌子上。那男子就在教室一旁寬衣解帶，連遮羞的褲頭也脫得精光，雙手遮著重要部位，光著屁股登上平常時是置放靜物的桌子上去。學生們看得都傻眼了！這……，在中國可從來沒人這樣搞過！

「人的身體是大自然最珍貴的禮物，西方人很看得起這身體，所以不管在雕刻或教堂的壁畫，都可以見到許許多多的人體。男人、女人、小孩或老人，他們的藝術是用身體去讚美造物主、讚美上天，所以認識身體，是絕對必要的。」

「我們今天請來了一個模特兒，讓大家作畫。大家仔細觀察，看看跟平常畫靜物時有什麼不一樣的地方。下堂課再提出來討論。」

叔同轉身將那男人掩在重要部位的手拿開，輕懸於兩大腿邊。然後跟模特兒說：

「你就輕鬆地站著，不要緊繃，腳痠了可以動一動，再回復原來的姿勢，眼睛可以柔和的看著一個定點，腦子放鬆，別想什麼事，那就能愉快地勝任啦。」

同學們面面相覷之後，還好暫時不須彼此討論。於是不管害不害羞、習不習慣，都得拿起手中的炭筆，開始描摹著模特兒的輪廓、線條與光影。只見教室裡充滿炭筆快速畫著的沙沙聲，還有在畫架後方，一雙雙屏氣凝神、認眞而專注的眼睛。

這一年，浙江兩級師範學院改名爲浙江省立第一師範學校。而在這所學校裡，由於浸浴在叔同身教與人格的感召下，學生們上美術課與音樂課，比上其他的課都要來得認眞許多。下課之後，只見校園內盡是練習的鋼琴、風琴聲，而繪畫教室裡也常有學生反覆練習著石膏像素描，宛如一所藝術專科學校一般。

學生認眞，老師當然也不能鬆懈。叔同在春末寫了一首歌〈春遊〉：

春風吹面薄於紗，春人妝束淡如畫。遊春人在畫中行，萬花飛舞春人下。
梨花淡白菜花黃，柳花委地芥花香。鶯啼陌上人歸去，花外疏鐘送夕陽。

五月，浙師校友會發行《白楊》雜誌，收錄全校師生創作之作品。創刊號封面當然是由叔同設計，全部文字也由他用毛筆書寫石印。叔同將自己所作的歌〈春遊〉三部合唱曲、〈音樂小雜誌序〉、〈西湖夜遊記〉、〈歐洲文學之概觀〉、〈西洋樂種概說〉及〈石膏模型用法〉，一併在刊物上發表。這種廣泛介紹西洋藝術的作法，在國內，又是從來沒人做過的事！他甚至還陸續寫了一本《西洋美術史》，可惜後來沒有出版，原稿散失，否則又將是中國最早的一本《西洋美術史》哩。

夏天，學生放暑假各自回家鄉去了，叔同沒有直接返回上海，倒是到了西湖邊的廣化寺來住上好幾天，好好地體會西湖的美景。他住在廣化寺旁的痘神祠樓上，這是給在家衆所居住的客房，每天他都會到寺裡去走走逛逛，有時就靜靜地坐在廊簷石階旁，看著僧人的生活。叔同常在寺裡與西湖，耗掉一天的時光。

秋天，這一天叔同下課後，繞到丏尊的學舍去坐坐，每隔幾天沒見到他的人，叔同心底總會覺得怪怪的。他來到丏尊的窗外，看見他在裡面刻著一方印章，這倒引起叔同的好奇，難得見到丏尊刻印，恰巧遇著，怎好輕易放過？輕輕叩門，丏尊見是叔同，連忙把印藏到身後。叔同說：

「身為一個傳道、授業、解惑的師者，怎好獨自一人偷偷摸摸、鬼鬼祟祟……。」

「誰偷偷摸摸啦？你是指我嗎？」

「既然知道，那就把藏在身後的印章拿出來共同切磋切磋嘛！這麼小氣，見不得人嗎？」

「拿去！省得你說這些酸言酸語。」

叔同知道丏尊的個性，只要三言兩語，他就會全盤繳械，他是非常不耐別人言語刺激的。叔同接過印章一瞧，這方印上刻著「無悶居士」四個字。叔同再望著丏尊的臉上神情，不禁哈哈大笑起來。

「你不覺得這樣狂笑有點不道德嗎？我的刻印功夫沒你好，也犯不著這麼羞辱我……。」

叔同都笑出眼淚了，他過去搭著丏尊的肩，抿著笑意，說：

「失禮失禮。我絕無此意，只是你這無悶居士，看起來眞的是悶到了極點！想到落差這麼大，一時忍不住，才笑出聲。絕無惡意、絕無惡意！」

「諒你也不敢有惡意，要不是與你相知甚深，早就一個拳頭給你，讓你黑眼睛、滿臉星！」

「不敢、不敢，大俠饒命，敢問大俠，何事煩悶吶？」

「兄台有所不知。且聽我說個分明。唉！還不是前些日子校方宣布今天有個名人要來演講，全校師生都得列席這件事，名人名人，咱們要是困在這名人的牢籠裡，可就脫不了身了！」

「不如走吧，咱們閃人，到西湖喝茶去。」

丏尊嘴巴張得開開，有點愣住了！他沒想到叔同會說出翹頭的話，回過神來，卻又是興奮無比！好比兩個小孩攜手翹掉最討厭的課，那種心情，眞是快樂得不得了。

「我還因此事悶了好幾天呢！對，咱們喝茶去，難不成校方會開除我們？走走走，咱們去西湖，順道到靈隱寺、岳王廟去走走，總比窩在這兒聽他名人放臭屁要來得自在……。」

他們倆，不在學生面前，不當老師時，簡直就像頑童。他們溜出校門，恰巧被校工聞玉看到，叔同朝他比了個噓聲的手勢，然後躡手躡腳地逃出去遊西湖了。這個年輕的校工幫叔同搬東西，整理打掃時發現這個李老師與其他的老師很不同，他總是溫和地笑著，讓人感覺親切、安祥而友愛，但又有很嚴肅的一面，使得整個人顯得莊重、不可侵犯。他的房間裡掛著字畫、油畫與水彩、素描；這些在李老師的身上形成一種特殊的氣質，吸引著聞玉。他對他相當地好奇。

杭州，一個充滿了宗教意味的城市。叔同與丏尊來到湖邊的景春園，沏上一壺茶。丏尊說：

「叔同，剛才你說這靈隱寺的由來，我還是不理解，寺裡的記載本寺建於東晉咸和元年，那不就少說有一千五百年以上的歷史了？」

「是啊！而且為何叫靈隱呢？這也是有典故的。」

「喔，連這典故你也曉得？說來聽聽吧。」

叔同啜了口茶，舒緩地伸伸懶腰，品味著湖光山色，丏尊兩眼睜睜望著他，急說：

「你啊！就這點壞處，別吊我胃口了，你就說吧。」

「當年印度高僧慧理來到杭州，登上飛來峰之後四處觀望，嘆了一口氣，他說：『此乃天竺靈鷲峰之一小嶺，不知何故飛來？佛在世日，多為仙靈所隱，今復爾耶？』於是他就面對著山，建這寺廟，並將它取名『靈隱』。這樣淸楚了吧！」

「原來如此。這可還眞是神奇啊，這個印度和尙怎地知道，這飛來峰是從印度飛來的呢？」

「不可理解的事情多著呢，世事紛擾，大多是芝麻瑣事繞來繞去，眞是無聊到了極點，能逃來這西湖尋幽攬勝，倒是最好的出路。」

丏尊怔怔的看著叔同。然後說：

「走走，換個地方，趁著天光明亮，咱們搭小舟到湖心亭去繞繞，再吃上第二碗茶。」

兩個人在小舟上，靜靜地，沉浸在湖光山色間，只聽見小舟搖槳劃過湖水的聲音，丏尊突然對叔同說：「叔同啊！像我們這種人，出家做和尚倒是很好的。」

叔同看著丏尊，這山光水影、大千世界裡，彷彿只剩下置身湖面上的他們這兩個。叔同從沒動過的念頭：出家當和尚？會適合自己嗎？他揀起小舟裡的一顆碎石子，拋向湖心，激起一圈向外漾開的漣漪。船過水無痕，他們到了湖心亭。誰也沒再提這事……。

叔同的心底盤旋著秋意的旋律，回到學舍後取出紙筆，他便作了一首曲子〈早秋〉：

十里明湖一葉舟，城南煙月水西樓。幾許秋客嬌欲流，隔著垂楊柳。

遠山明淨眉尖瘦，閒雲飄浮羅紋縐。天末涼風送早秋，秋花點點頭。

隔一年，一九一四年。叔同在浙江第一師範學校進入教學的顚峰期，不僅與學生們建立良好的學習互動關係，創作力更是源源不絕。這年他寫出了〈送別〉這首歌曲。而這首歌曲也變成了他的代表作，只要提到〈送別〉，就會想起李叔同，而提起李叔同，耳畔也一定響起這首歌的旋律與感傷的意境：

長亭外，古道邊，芳草碧連天。晚風拂柳笛聲殘，夕陽山外山。

天之涯，地之角，知交半零落。一斛濁酒盡餘歡，今宵別夢寒。

教學期間，南社成員們偶爾也會來西湖舉行雅集活動，叔同人在杭州，當然也免不了參加幾回。這一年，他認識了金石書畫大家吳昌碩，並且加入西冷印社。叔同自十七歲起開始刻印，二十一歲時便曾出版《李廬印譜》，往後這些年也一直保持著對篆刻的興趣與習慣，以至於與這些朋友們打算籌組「樂石社」，推廣篆刻活動，並發揚篆刻的藝術。

對於文藝之事的愛好，叔同割捨不下，他總是傾全力在藝術的領域，沉浸於此，可以得到因專注而帶來的充實感。遇到好的學生、有資質的學生，他更是像撿到一塊寶而欣喜若狂。

這年秋天到冬天，在課堂上，他便發現一個學生，在美術科上的成績突飛猛進，進步的速度讓他驚詫不已，他暗中觀察他，發現有一條隱隱的絲線牽連著自己與這個學生，彷彿與這個學生之間，有著一種說不出來的因緣存在。就像在眾多學生中看到清癯充滿惹人疼愛氣質的劉質平，他就隱隱知道，這個學生與他的因緣……，而如今，隔了兩年之後，他再度遇到了這樣的一個學生。這個學生的名字，叫作豐子愷。

第十七章

豐子愷記得他在十三歲時，在故鄉石門灣的小學堂裡，就曾經由老師領著，在街上吹喇叭、敲著銅鼓，大聲唱著〈祖國歌〉：

上下數千年，一脈延，文明莫比肩。縱橫數萬里，膏腴地，獨享天然利……。

爲了宣揚愛用國貨，他們邁力地唱著，他那時覺得這歌挺能振奮人心，可是卻不知道是誰作的，來到浙江第一師範學校後，才知道是這位看來莊嚴的李老師所寫的歌。他的心裡頓時生出敬畏之心。他常常在上課時偷看李老師，他高而瘦的上半身穿著整潔的黑布馬褂，寬廣得可以走馬的額頭泛著油亮，細長的鳳眼、端正的鼻樑，恰好在他的臉部框出一副威嚴的表情，這表情讓他想到「溫而厲」三個字。這就是他的課堂老師李叔同。

進了學校，原本打算鑽研古文或進理科大學研究理化，或進入教會學校學外國文，卻沒想到一遇到叔同，就全走樣了！他發現原本以爲沒什麼的美術與音樂，卻也有大學問！而這樣的學問，正好敲在他的心坎上，讓他全神投入，整天埋進木炭畫中……。果然，這樣的努力，讓他的畫技進步，變成了學校繪畫成績的佼佼者，也因此，讓他一般的功課退步不少，有時甚至考全班最後一名，但是他已經深陷藝術的泥沼，無法自拔。

這天，他提早到自修課堂教室晚自習，遇上了學長劉質平，他知道質平是李老師的愛徒。他說：「學長，你還好嗎？怎麼看起來臉色蒼白，是不是身體不舒服？」

質平抬起頭，看見是學弟豐子愷，笑了笑，他知道這個學弟，在繪畫上的成績，讓李老師注目。拉開椅子，示意子愷坐下：「據我所知，李老師正為了你的成績，跟學校搏鬥抗爭哩！」

「啊！怎麼說呢？我……我完全不知道這事情。」

「你連續幾次考試都敬陪末座，這是一所師範學校，是要平均所有學科的，學校認為你成績太爛，打算讓你留級或退學呢！」豐子愷傻眼了，他太投入於繪畫與音樂兩科，以至於其他的科目根本引不起興趣，他還常常翹課到西湖去寫生，許多老師都發現這個情形，勸阻不聽，豐子愷總是我行我素，沒想到竟給李老師帶來困擾……。

「李老師為了你，跟學校發生一些爭執，他認為你的繪畫課成績可以抵過其他科，學校不以為然，他還因此請辭、負氣要走，不教了呢！正好南京高等師範也要聘他前去任教，所以他為了你，正打算離開。」

「那我不就成為浙江第一師範的罪人？我去找老師，我不可以害了他，也害了同學們。」

「你別急，已經讓夏老師給勸住了，只不過往後他就得南京、杭州兩地跑，再加上他的妻子在上海，這下他可真有得忙啦！跑來跑去就花掉不少時間，所以，請把你的功課看著點吧，老師對你，可是抱持著很大的期待啊！」

這番話對豐子愷起了很大的效果，至少，他會先將其他的學科穩住，然後將所剩的時間與精神投注到繪畫與音樂，升上二年級後，他擔任級長，有一天晚上，他到叔同的房間報告學習的情況，講完之後正要返身出門，叔同叫住了他，他用很認眞而嚴肅的聲音說：

「子愷，你的圖畫進步很快！我在南京與杭州兩處教書，沒有見過像你進步這麼快速的人。像你這樣有天才，又肯努力的人，繼續下去，將來一定會有成就……。」

豐子愷退出李老師的房間後，才發現耳根是熱的，他的心跳得好快，他慢慢走離學舍，愈走愈快，最後竟在黑暗中跑了起來，他覺得很受到重視，一方面也很害羞。他的心裡一直在意著李老師的看法與意見，如今他獲得了答案與鼓勵，老師的肯定足以顯示對他一直不斷努力的成績，他是看在眼裡的。他跑了一陣子後整個人在空曠的草地上停了下來，喘著，他無法形容此刻飽滿的心情，很清楚地看見自己未來的路、一生的路，就在眼前展開。

叔同鎖定了豐子愷，覺得他是一個可造之材，於是開始注意從多方面來培養他的藝術才能，因爲叔同是學西洋藝術的，而西洋藝術有許多理論又是從日本介紹進來的，叔同見過日本藝文界的興盛情況，所以他要求子愷在課堂學習的英語之外，必須再下苦功夫學習日語。而他則準備在課餘的時間，單獨地教授他！他們倆之間的情誼，就在這樣的基礎上建立，並日益深厚。叔同看著豐子愷的進步，心裡感到高興，但他要求學生的，絕對不僅只在技藝上的進步就能滿足，他希望他們在人格上，必須做個好人！

這天，叔同教完子愷日文後，突然取出案頭的一本書，是明代劉宗周所著，關於古來賢人嘉言懿行的《人譜》。叔同將書遞給子愷翻看，只見封面上寫著「身體力行」四個字，每個字旁還用紅筆圈註。叔同說：

「這是一本教人如何做人的書！先器識而後文藝，一個人，最重要的是他的人格修養，這點達到之後，他所從事的文藝學習，才會有意義。所以，先做一個好人，接下來所從事的一切，才有價值。應使文藝以人傳，不可人以文藝傳。這是要謹記的重點。沒有人品的藝術家，他的作品是絕對沒有生命的。有生命力的作品，你用心去看，一定會具有屬於作者自己突出的性格……。所以，子愷，如果一個人他有藝術的心、有美的心靈，雖然並不懂得音樂或繪畫的技巧，這樣的人還是會讓人感覺到相當舒服，而想徘徊在他的身邊。這樣的人光明磊落，人敬人愛，反之，有技術卻無心，這樣子在從事藝術的人，充其量，不過是一架無情的工作機器罷了。」

子愷看著老師，他的心裡突然整個敞亮起來，這幾年他努力琢磨技藝，將心力全盤放在技術面上，這及時的一番話，正確地引導著他的方向，眞是勝讀十年書啊！從此他的心裡，對叔同是更加地崇敬、並欽佩不已。

叔同每月往返於南京與杭州之間，舟車勞頓，某一日，他起心動念，寫下了〈落花〉這首歌：

紛，紛，紛，紛，紛，紛，……惟落花委地無言兮，化作泥塵；
寂，寂，寂，寂，寂，寂，……何春光長逝不歸兮，永絕消息。
憶春風之日暝，芳菲菲以爭妍。既乘榮以髮秀，倏節易而時遷，春殘。
覽落紅之辭枝兮，傷花事其闌珊，已矣！春秋其代序以遞嬗兮，俯念遲暮。榮枯不須臾，
盛衰有常數！

人生之浮華若朝露兮，泉壤興衰；朱華易消歇，青春不再來。

一九一五年春天。這一年他已經三十六歲，有感於奔波之間時光匆匆流逝，雖然得到幾個關門弟子，才情、人品與用功的程度，都沒話說，只是需要好好栽培，假以時日必成大器。但自己剎那間已經三十六歲，北方陷入軍閥割據、動盪不安的時局中，在南方也只能以教書，來發揮自己所能，貢獻給社會。但總覺得有一種虛空，盤據在他的身上，這些世俗牽累，對他，似乎都形成枷鎖。

回到上海，敏感的誠子發現了他的不同。叔同坐到鋼琴前，隨手彈起了柴可夫斯基的第六號交響曲〈悲愴〉。琴音挾帶著豐富的感情流洩，誠子則靜靜坐在他的身旁，聽著。曲子還沒彈完，叔同罷手！十指重重趴在琴鍵上，發出嘎然而止的巨大聲響。誠子也不作聲，她知道又有事煩擾著叔同了。

過了一會兒，叔同起身走了過來，他輕輕伸出手環抱著誠子，吻著她的額頭，然後將臉頰貼在她的頭髮上。誠子伸出手與叔同十指交握，她溫柔輕嘆，體貼地說：

「怎麼了？看你整個人悶成這樣，就知道心裡又有事了。說出來，讓我聽聽看？」

「誠子，這回沒發生什麼事……，而是一團情緒像烏雲罩頂，整個人被突如其來地壓住！動彈不得，說來好笑！咳、咳！剛才心情還烏漆墨黑的，現在竟然有點想笑……。我這可真是晴時多雲偶陣雨啊。咳！」

「你啊！來，把這北京同仁堂的枇杷膏吃了吧……強顏歡笑，明明有事，就老愛把事往心肺裡吞，壓著壓著，久了！病也就跟上你了。」

「我這身子，盡是滿目瘡痍，這兒、那兒，都破了洞。記得小時候，有個算命的拿我的生辰八字去看，還鐵口直斷我這輩子活不過三十七歲呢！」叔同說著說著笑了起來，不過發現誠子蹙著眉，也就收起了笑容：「江湖術士所言大多不準，妳不必擔心。不過照我這肺病來看，萬一不小心讓他給說中了，我今年已經三十六歲，就剩沒多少日子好過活啦！」

「你別老把生死的事情掛嘴邊，在中國或我國，這都是不吉利的。」

「誠子，死並不可怕，我從不覺得有什麼好避諱的，不過是靈魂離開肉體，前往他方罷了！最近我接觸了一些廟裡的僧人，在他們的世界裡，死，是前往西方極樂世界，今生之解脫。」

「叔同，不會吧！你已經從藝術的領域跨進宗教的世界了嗎？」

誠子的疑惑裡帶著三分驚恐神情，惹得叔同笑了起來。他用手梳著誠子的髮，輕聲說：

「傻子！妳擔心什麼呢？任何藝術推展到極頂，裡頭都必然包含類似宗教的情感，對作品狂熱，加上人格的典範，才足以使作品流傳千古啊。更何況接觸佛教也不一定要出家，在家當居士，一樣可以修養心性，潛心向佛啊，所以，妳的擔憂是多餘的。」

「我所知道的佛教，大多是棄離現實世界，而遁隱到山林間。你知道你的性格……，對任何一件事情專注起來，就非得窮究其理不可！你學佛……，難道只會學個半調子嗎？你的個性不是那樣的。」

「誠子，妳倒是很了解我啊！我一直在思考這人生究竟的道理是什麼？我做了好多的事情，文章、習字、金石刻印，這些都是古人的事，也是少數人的學問，這種局限在少數人手上的學問，不會是終極的追求。我也參加演出，心底想：演演戲、畫畫與音樂，這些夠接近小老百姓了吧，但我發現這也不是人生究竟的意義，它們只能讓你到達一個地步，達到某一個高度，上不去，所以也就無法得到最終的平靜……。」

「你所說的平靜，究竟是什麼？我不懂。照理講人生是不可能有絕對的平靜，人一出生，就受限於外在的環境，貧窮、戰亂，各種處境都不可能讓人平靜。還有家人、愛人、還有朋友，這一大堆一大堆，就算是幸福的感覺，那也不是你所謂的平靜、所要追求的吧！」

「誠子，妳平靜一點，學佛是好事，能夠增長福田智慧，能夠看淸世事紛爭擾攘，了解因果關係，更何況，這些日子我一直覺得疲憊而頭痛，也許是繃得太緊了！導致精神上有點衰弱。」

「你又何苦給自己這麼大的壓力呢？也許……，將浙一師那邊的課業停了吧！這樣南京、杭州兩地跑，對你這虛弱的身子實在太過勞累了。」

「妳也這麼認爲？可是我捨不下幾個學生，妳知道我這幾個學生，劉質平、豐子愷、黃寄慈、傅彬然，能教到他們，使我覺得中國未來的新的一代，是充滿著希望的。他們品德好、人格特質馴良，加上有天分，只需要一段時間琢磨，好好地紮實下功夫，他們，都將成爲中國未來有成就的人物啊！別的我不敢講，但這點我就是很淸楚地知道……。」

「你呀！已經講過好幾遍了，也不怕我吃醋！簡直把這些學生看得比我還要重要了……。」

「誠子，那不一樣。這些學生眞的是好，如果妳見到了肯定也會喜歡他們，要不是因爲他們，我可能早就不在浙一師任教了。」

「爲了你的身體，恐怕你還是得做出選擇……，不是嗎？」

「是啊！……今年暑假，我就打算陪妳回日本一趟，順便避暑，怎樣，這個選擇妳應該不會皺眉頭了吧。」

「叔同，你知道我對你的感情，還有依賴，除了你，我再沒有別人了……。」

「誠子，不要這麼說，我們都是獨立的個體，只有我們各自是獨立的，面對未來的生活，我們才會有更好的可能啊……。」

在杭州，一遇到丏尊，便被他拉著，往西湖去。叔同也不拒絕，他曉得丏尊的心，是很孩子氣的，一時興起，便愛往清幽的西湖跑，由於受不了學校某些僵化的制度規矩，抗爭又未必有效果，也就自顧著生氣，如果遇到叔同，那唯一的結果就是一起閃人！在湖心亭，浸浴在山水風景裡，總能暫時消消氣，但這一次，丏尊的氣憤，卻是叔同所少見的。他不禁問道：

「丏尊，能惹得你這麼生氣，我看一定是很大的事，說出來，我來替你想法子！」

「叔同，咱們這校內竟出了賊！有人的錢包被偷走了。我們教他們，未來是出去當別人的老師，教出了賊，再讓他去教小孩子作賊、作強盜嗎？想不到這種偷雞摸狗的事，在校內竟有人作得出來？」

「你怎麼處理？跟學生說過了嗎？」

「不只說過，我還在學生們晚自習的時候，放出風聲，限這小偷三天之內自動交出，則既往不究！否則，要是抓到，一定退學處分！」

「結果呢？錢放回去了嗎？」

「想得美！這可惡的傢伙，想到就氣，竟然還偷了一床被子！被子耶！昨晚，那麼大的被子憑空消失了。這賊，分明是在對我挑釁！」

「這件事要解決，有一個方法，那賊一定會認罪！」

丏尊一聽，眼睛都亮了！急忙拉住叔同的手：「你說你說，老大哥，你快教教我，我被這個賊氣死了，害我身為舍監，顏面掃地。快說快說！看有什麼法子，咱們將他揪出來！好好懲治他一番！」

叔同臉色凝重，很嚴肅地看著丏尊。他說：「你自殺！」

「什麼？有沒有搞錯……，你的意思是叫偷東西的那賊去自殺？」

「不！你去自殺！你明天在講台宣布，三天內如果那作賊的人不出來自首，你就當場自殺！死在大家的面前，這樣那賊一定會被你的人格所感動，也一定就會出來認錯。」

「那萬一……，這賊三天過後都沒有出現？」

「那你就必須死在大家面前，以表示你所說的話不是假的。」

「不成不成！這招用在我身上是不行的，我不能為了一個不值得的賊而死，叔同，你是說真的吧！說真的我更不能接受，太不可思議了。」

「如果你真的這樣做，他一定會出來的！」丏尊看著叔同嚴肅的臉，知道他是認真的，絕非開玩笑。他搖搖頭，真的不知道該說什麼是好！

這件事終究因為查不出小偷而不了了之，隔幾天，叔同逛到丏尊的房間裡來，丏尊一看到叔同，又熱情地跑出來牽他的手，進到屋子裡去坐。丏尊一邊倒水，一邊說：

「今天颳什麼風，把你給吹到我的房裡來？」

「丏尊，今天我來，是要告訴你一件事，我打算下學期開始，就只在南京教書了。這裡，恐怕就不教了……。」他看著丏尊，丏尊竟愣住了，他瞧著叔同，眼淚都快流出來了。

「為什麼？總有個好理由吧！」

「我與誠子商量過，一來南京、杭州兩地跑，對我的身子來講，實在太過勞累。二來，我想這邊也都上了軌道，再繼續下去，對我來講，也沒有多大的意義。」

「怎麼會沒意義？怎麼會沒意義呢？你在這裡，受到那麼多同學的愛戴與尊重，難道你要走，就不考慮劉質平了嗎？他不是得跟著你學鋼琴？」

「我已經引介他到美國籍的鮑乃德夫人那兒去學了，他只要繼續在這條路上走，我想，是沒有什麼問題的！」

「那麼、那麼豐子愷呢？他受了你的鼓勵後，全心全意投入藝術的世界，你一走，不是等於棄他於不顧嗎？」

「藝術的追求是一種自足於心靈的滿足，我想子愷的心眼一開，加上他自己的努力，成績是看得見的！而私底下我幫他補習日語，以助他吸收新知、增廣見聞，恐怕以後就得麻煩你幫他補習了！」

「不要、我不要。你自己答應他的，你自己就要想辦法履行諾言！你不顧慮學生，難道也不顧慮我嗎？南京，南京有像我這樣的朋友嗎？南京會有人跟在你的屁股後面，想去西湖就去西湖嗎？你走了，到時候誰陪你上湖心亭喝茶？誰在你悶個半死的時候逗你開心呢？你就可以這樣完全不顧念我對你的友情，輕輕鬆鬆轉身就離開？」

「對這裡的感情，這裡的人，我都沒話說。而是我的身體，撐不了這樣的奔波疲累啊！」

「那你就辭了南京高等師範，專心留在這裡，也省得往返奔波。」

「丐尊，你這不是爲難我嗎？」

「是！我就是要爲難你，你狠得下心腸不在這所學校繼續任教，我可狠不下心腸看著學生們喪失良師，而我損失益友！這種對我不利的事，我是一定不會讓它發生的！」

叔同看著丐尊，看著看著，竟流下淚來。他伸手去擦淚，丐尊倒慌了，他抖顫著聲音說：

「我不准、我不准，就算你哭了我也不准你走。寧可現在你哭，以免到時我哭！」

聽了丐尊這麼說，叔同突然破涕笑了出來，丐尊可眞是個耍賴的孩子啊！

「我怎麼是因爲你不准我走而哭呢？我是……，我是不知道上輩子作了什麼孽，這輩子才被你這樣賴上、離不開！算了算了，不走了。就累我一個人吧！我已經答應南京高師的校長了！總不能出爾反爾，食言而肥吧。」

丐尊哭喪著的臉笑了，他過去捶叔同的手臂，一把鼻涕一把眼淚，還帶著一把笑容，可眞是悲欣交集哪。叔同也說不上來，彷彿別的事情一切都好說，但是對上了丐尊，就一切都沒轍了。丐尊對他的感情與因緣，像是來自上輩子的，他們是同事、是朋友、是兄弟，卻又是至親的知交，這種感情，叔同無法割捨。至深的友情，牽絆著他的步履……。

暑假，與誠子回日本避暑，再回到杭州第一師範，已經是九月初了。聽丐尊說劉質平自從八月大病一場，留在家鄉靜養，不知情況如何？心中頗是擔憂。他急忙到書案前修書一封，準備去信安慰、鼓勵，看著窗外的草坪，想著質平清癯的模樣，想起他在大雪中準時赴約、衣衫單薄的身影，他對這個孩子，有像對待親人般的疼惜。他提筆寫下：

> 人生多艱，「不如意事常八九」，吾人於此，當鎮定精神，勉於苦中行樂；若處處拘泥，徒勞腦力，無濟於事，適自苦耳。吾弟臥病多暇，可取古人修養格言（如《論語》之類）讀之，胸中必另有一番境界。

秋天，他的心境漸有轉變，看待事情的觀點，也多了一層空靈。有時，晚上，他會將椅子搬到學舍外頭，坐著仰望天上的月亮，陰晴圓缺，反應著的，不正是人世間的起起伏伏、滄海桑田嗎？月，彷彿有一種神祕的力量，籠罩著他。叔同整個人浸浴在月光裡，心中生出許多感觸，回到房內，就著燈光，他寫下了這首歌曲——〈月〉：

> 仰碧空明明，朗月懸太清。瞰下界擾擾，塵欲迷中道！惟願靈光普萬方，蕩滌垢滓揚芬芳。虛渺無極，聖潔神祕，靈光常仰望！
>
> 仰碧空明明，朗月懸太清。瞰下界闇闇，世路多愁嘆！惟願靈光普萬方，拔除痛苦散清涼。虛渺無極，聖潔神祕，靈光常仰望！惟願靈光普萬方，拔除痛苦散清涼。虛渺無極，聖潔神祕，靈光常仰望！

這夜，叔同又頭痛了。他的日子，花在兩所學校教學上佔去了大半，加上自己寫歌、彈琴、習字、畫畫，就去了差不多，而他還要抽出時間來幫豐子愷補習日文，陪劉質平練練鋼琴，這是他心甘情願的，對這兩個學生，他是將他們當作自己的兒子來看待的，所以為了培養他們，他所付出的心力，真的是無法以世俗的價值來比擬與衡量，但這樣排得滿滿的充實生活，日子久了，竟造成他神經衰弱，他甚至產生了幻覺與幻聽的現象……。

從夢中醒來，全身盜汗，一片靜寂的秋夜，除了蟲叫，還是只有蟲叫的聲音！但剛才叔同卻聽到雜沓的腳步聲、奔跑聲、喊叫聲、槍聲、哀號聲……，他記得是夢，又像是醒著聽從不遠處清晰傳來的，他心想，是夢吧！是那年八國聯軍攻進北京、天津大肆燒殺擄掠的聲音吧。除了戰爭，還有什麼聲音那麼讓人想掩起耳來，逃離這個世間。

他起身，點亮一盞小油燈，趁著光線，換過一件衣裳。窗外似乎有幽白人影，他敏感地前去打開房門，卻是一片的黑。那有什麼白影子？他覺得頭又痛了起來，而秋涼的夜風吹來，也不禁讓猶有汗濕的身子感到一陣涼意。他又咳了起來！一聲、兩聲，一串的咳嗽聲，就像槌子重重敲著他瘦薄的胸膛，他只得趕緊再回到室內，猛吃他隨身備著的枇杷膏。他想起了母親王氏臨終前的那段日子，那咳的聲音與母親的身影，重疊在一起，彷佛就在房裡現身，那麼令叔同哀傷、難過……。他熄了燈，拉上被子，將自己包裹在黑暗中，再次憶及亡母，他的眼淚在被褥裡潸潸不能扼止，哽咽著，他甚至整個人哭到顫抖起來……。

次日，他宣布學生自修，停一天的課，他早早地便出了校門，連丏尊也不知他的行蹤去向。

叔同到靈隱寺去了。平日的杭州，人並不多，叔同一進門，首先看到韋馱菩薩，他恭敬行禮，後方是彌勒佛，是未來佛。這靈隱寺他來過好多次了，也不知道為什麼，這次來的感覺特別不一樣。昨夜哭腫了眼，好久好久沒這麼暢快地哭了！心情似乎稍有宣洩，但隨即一股排山倒海襲來的情緒讓他心慌，面對人生的悲傷，「究竟」的悲傷，自己所做的一切都不堪一擊，有如泡沫般一個個在空氣中爆破、消失無蹤影。畫畫、音樂、演戲、文章……，這一切一切他所拿手的絕活，都禁不起這追根究柢的人生現實、悲傷之境。他突然覺得空了！他必須逃，而第一個念頭，就是到靈隱寺來。

他到第二進的大殿中，巨大的木雕釋迦牟尼佛慈目悲憫俯視著他，他跪在墊子上，如同一般香客頂禮叩拜。漆成金色的佛充滿著一股巨大的能量，籠罩著他、覆蓋著他。叔同頂受不住，開始打起嗝來，而且來勢洶洶，竟一波一波無法自制，最後竟然乾嘔了起來！連續乾嘔了幾次，最後一次彷彿要把心肺嘔出來一樣！他趕緊再合掌膜拜，走出大殿，到石磚鋪地的中庭來。

他有點吃驚，不曉得剛才是怎樣的一種力量？竟讓身體起了無法克制的反應！迎面走來一個老和尚，到他面前，合掌說：「阿彌陀佛！施主深具慧根，他日必有重大福緣。老衲得能先來參見，實乃生平之幸。阿彌陀佛！」叔同搞不清楚他在說什麼？指的是什麼？他原想在大殿一旁靜靜坐一會兒，但他怕進去之後又嘔了，於是連後院供奉藥師如來的廳堂也不去了，他合掌向老和尚回禮後。帶著微笑，離開靈隱寺。

這樣一逗留，也就晃過一個早上！他來到西湖邊，上了景春園，整個二樓就只有他一個人，看著底下的人們爲了生活，幹著活，有些在叫賣著，還有幾個在這樣寒涼的秋天裡只穿短衣扛著物品、貨物，螻蟻一般搬運著。庸庸碌碌的生活，都只是爲了混一口飯吃……。叔同思索好一陣子，有些想法在心中蠢動著，他打算換個地方，下了樓來，到岸邊，正打算叫船過去湖心亭，就聽到有人喊他的名字。

「叔同，叔同！你也等等我啊。」叔同回頭一看，是丏尊。丏尊下午不是有課嗎？怎麼可能會出現在這裡，他看著丏尊氣喘吁吁，來到面前。丏尊搭著他的肩，一口氣喘不過來！

「你……，你別想不開啊！」

叔同愣了一下，隨即呵呵笑了起來說：

「誰說我想不開啦？喔！你以為我要來西湖跳湖啊？這也太……。」

「是住你隔壁的校工聞玉說的，他早上見你匆匆離開學校，覺得不對勁，你不曾這樣的，這讓大家都有點擔心，而且，他昨天晚上好像還聽到你的房間傳來哭泣聲……，你是怎麼啦？怎麼眼睛還腫腫的？」

「走吧，上湖心亭再說。」

兩人在小舟上，船夫緩緩搖櫓向船心划去。叔同說：「你今天下午不是有課？」

「還能上嗎？一聽你這副模樣，我擔心死了，課哪裡還上得下去？自修自修，你的課都能自修了，我的也依樣畫葫蘆，讓他們少聽兩堂嘮叨課吧！說說，你怎麼了？怎麼哭了？看你眼睛腫成這樣，昨晚發生什麼事了？」

「沒什麼！只是想起，我那苦命的娘，就忍不住想掉淚。丏尊，昨夜想到她老人家，就像她真的站在面前一樣，我想了好多事……，覺得自己十分恍惚，我想我是患了神經衰弱症！」

到了湖心亭，除了他們兩位客人之外，再無他人，徜徉在山水裡，整個人的心都靜了下來。喝著茶，叔同說：「丏尊，你會不會覺得人生處處存在著無妄之感呢？」

「怎麼說？你所說的『無妄』我不懂。」

「我們所做的任何事、一切的事物，都很不實在，也許風一吹，當意外來臨，或者某個時機轉變，就得被迫全盤銷毀，所累積的一切，都瞬間崩塌，甚至連它的意義與價值，也都會因此而改變……。如果我們不接受這種改變，只會讓自己變得更難堪，可是去承認它、面對它，又總是那麼折磨人！讓人心裡痛苦……。」

「叔同，你說的是什麼？我不懂，你是指人世的變遷嗎？所謂：天行健，君子以自強不息。」

「天行健，君子爲什麼要自強不息呢？自強不息之後又改變了什麼？我不知道，我只知道自己愈來愈感到壓力的沉苛、重擔。所有藝術、文學這些事，所有的情感付出與現實應對，都讓我更累、更疲倦，雖然在其中也有充實的感受與喜悅，但只要一想到日後要變遷、要更替、要消逝，所有現在的努力、美好的一切，都會結束、都要分離，我便感到沉重！這樣說你能懂嗎？」

丏尊點點頭，他看著叔同的眉心又盤結了起來。

「叔同，我不敢說是你想太多了！但看你不斷折磨自己，有必要嗎？搞得自己頭痛、精神衰弱，再加上你原本就有的肺病，看著，可眞是讓身邊的人爲你擔心呢！」

叔同微笑了起來，看著西湖的湖面泛起了一陣輕煙。天色將暮，他們在湖心亭已經徜徉了一個下午，兩個人沉浸在一股不須言語的神秘氛圍中……。忽然間，他聽到遠處傳來的鐘聲。

「噹——，噹——。」那聲音空靈而遙遠。

「噹——，噹——。」那聲音，彷佛蘊含著啓示……，敲叩著他的心靈。

第十八章

大地沉沉落日眠，平墟漠漠晚煙殘。幽鳥不鳴暮色起，萬籟俱寂叢林寒。浩蕩飄風起天杪，搖曳鐘聲出塵表。綿綿靈響徹心弦，呦呦幽思凝冥杳。眾生病苦誰扶持？塵網顛倒泥塗污。惟神憫恤敷大德，拯吾罪惡成正覺；誓心稽首永皈依，瞑瞑入定陳虔祈。倏忽光明燭太虛，雲端彷彿天門破；莊嚴七寶迷氤氳，遙華翠羽垂繽紛。浴靈光兮朝聖真，拜手承神恩！仰天衢兮瞻慈雲，若現忽若隱。鐘聲沉暮天，神恩永存在。神之恩，大無外。

懷著虔敬的心念在桌案上寫完這首歌〈晚鐘〉，叔同整個人突然有股釋然的感受，就像放下了什麼壓力似的，他相信冥冥中有另一股神祕力量的存在。他漸漸感受到杭州、西湖的美中，有種無法言說的吸引力，那空靈之中有佛的氣息……；他想起小時候，在天津大宅院，父親過世請大和尚來家裡誦念金剛經，而父親停柩在家時，每天三班僧人輪流來家裡誦經、作法事。他還曾拿放燄口施食的儀式來大玩一場。小的時候，就對僧侶辦的佛事感到無比好奇與興趣，只是，正式感受到它的存在，好像是最近這些日子的事，面對這個世間的苦痛，也許只有佛的思想、教義，才有辦法眞正的解決與超脫吧。

一九一六年，劉質平畢業，在叔同的鼓勵之下前往日本發展。叔同惦記著這個學生，在他前去日本不久後修書一封，寄往日本。劉質平在中國留學生會館接到李老師的信，他躲到房間裡，才拆開信，一看內容他就笑了，老師在信裡列了六條告誡他要如何爲人處世的準則：

一、宜重衛生，俾免中途輟學。二、宜愼出場演奏，免人之嫉妒。三、宜愼交遊，免生無謂之是非。四、勿躐等急進。五、勿心浮氣躁。六、宜信仰宗教，求精神上之安樂。

看完之後，他的手抖顫著，甚至想哭，李老師對他有如父親，甚至比來自父親的壓力更大，他當然知道老師的用心，卻也因此給自己更大的壓力，怕辜負了老師的栽培，以至於反反覆覆、輾轉反側，他的心裡懸著一塊大石頭。

夏天，這日丏尊興沖沖地拿著一本雜誌闖進叔同的房間裡來，他的腳步很急，彷彿發現了什麼好玩、有趣的事情。人未到，聲先到，他喊著：「叔同，叔同，你一定會喜歡這個消息。」

「這麼興奮？挖到寶了嗎？」

「你看你看！這本日本雜誌裡有一篇奇怪的文章〈斷食的修養方法〉，介紹斷食的好處、注意事項與施行細則，這種稀奇古怪的東西，恐怕也只有日本人才會那麼認眞地介紹。」

「有什麼好處呢？不過是幾餐不吃，不是嗎？餓肚子能有什麼好處？」

「你看，它寫到古今中外所有的偉人，都曾經斷食過哩！釋迦摩尼佛、耶穌基督，也因此對他們開創宗教教派有不小的幫助呢！而且……可以改去惡習、增強意志力，生出偉大的力量。啊，有機會實在應該來施行看看。」

「你想當釋迦或耶穌嗎？不怕捱餓？搞不好他們那時是沒東西吃，才想出這一套方法。」

「不管怎樣，可以嚐試看看啊！而且你看這一段，斷食還具有一些神奇的療效呢！像你的神經衰弱，搞不好就可以因此治好。」

「是嗎？那倒可以找個機會來試試看。」

叔同仔細讀了這篇文章，裡面講到施行的時機最好在冬天，文章最後還介紹了一本專門教導人家如何斷食的參考書，他心想，這樣詳盡的介紹與報導，應該是有它的根據吧，於是他心中也就暗藏一個好奇的念頭，他打算在今年寒假親身來體驗一番，搞不好一直困擾著他的神經衰弱症狀，可以痊癒也說不定。

質平從日本寄信來，叔同在桌前看完，回想起自己剛到日本的第一年，補習學日語，準備考美術學校，那種加在身上的壓力，的確是不好受。質平的信裡反映了同樣的狀況，甚至比他還更糟！彈奏貝多芬鋼琴曲的時候遇到了困難而有點退縮，覺得自己不行！沒把握將它彈好；另外他還一直憂慮考正規音樂學校的時候會落榜，辜負了他的栽培。

這個孩子質地這麼好，就是缺少了一份自信，他不曉得自己已經超越同齡的同學有多少？他的程度，只要不出錯，就一定沒問題！他於是提筆，在桌案前回信：

……愈學愈難，是君之進步，何反以是爲憂！B氏曲君習之，似躐等，中止甚是。試驗時宜應試，取與不取，聽之可也。不佞與君交誼至厚，何至因此區區云對不起？但如君現在憂慮過度，自尋苦惱，或因是致疾，中途輟學，是眞對不起鄙人矣。從前鄙人與君函內解勸君之言語，萬萬不可忘記，宜時時取出閱看。能時時閱看，依此實行，必可免除一切煩惱。從前牛山充入學試驗，落第四次，中山晉平落第二次，彼何嘗因是灰心？……

寄信給質平之後，叔同知道他考取學校一定沒有問題的了。質平對他的話是言聽計從的，人在異地最怕的就是心浮氣躁，只要能定得下來，就能一步一步，專心致志達到目標。這寄出去的，不只是一封信，而是一顆定心丸，安撫鎮定著人在日本，劉質平的心靈。

經過與西冷印社的朋友葉品三商量之後，叔同決定到位於西湖西南隅大慈山下的虎跑寺，來進行他的斷食試驗，斷食應該要注重到心靈的安靜，所以環境的清幽與否，便顯得很重要。十二月底，趁著學校放年假，學生們都回家去了，丏尊也揮揮手跟他說拜拜之後，校園裡就只剩下他和校工聞玉。聞玉見到叔同，他說：「李先生，還沒回上海嗎？大夥兒可都走了呢！」

「你呢？聞玉，這個年假你打算怎麼過？」

「就還是待在學校裡，每天打掃打掃、巡視校園環境，看門。我是以校為家啊！」

「你一直孤伶伶一個人過日子嗎？」

「是啊，我是個孤兒，無父母、更無兄弟姐妹，人也窮，能在這裡有個工作養活，算是福氣，要偷笑了！老實講，在學校裡，我就只欣賞佩服李先生您一人，不論人品、涵養、學識、氣度，您都高過他人，卻總是隱而不露。我啊，私底下都把您當自己的兄長看待，從沒當你是教書先生呢。」聞玉說這話，邊搔著頭，笑容裡有著靦腆、不好意思的神情。叔同看著他，這個二十多歲的小伙子，是個良善而樸實的人。

「有件事，不知道能否麻煩你？」

「您說，只要辦得到，我一定盡全力去做！」

「這麻煩可大呢！我打算明天前去大慈山下虎跑寺，在那兒住個二十多天，等開學之後再回來，你能陪我同去嗎？」

「可以、可以，您找我，我高興都來不及了，當然沒問題。」

「那麼你準備一下，我們下午就出發。」

來到虎跑寺，已經是夕陽時分，叔同打點好兩間清靜的房間，預計從明日開始斷食，並記錄他的「斷食日記」，他是抱著科學的精神，以自己的身體當作容器來作實驗。這天晚上，聞玉與叔同用過餐後，他便問叔同：「李先生，您打算斷食的這段期間，我在身旁要做些什麼呢？」

叔同微笑著，沉思了一會兒，他說：

「別叫我李先生了，叫我叔同吧。我在斷食期間，不會見任何親友，也不拆信、讀信，不問任何的事。如果我家裡有事，由你來代為答覆，處理完之後，等我斷食結束，再告訴我。聞玉，我要你當我的護法，在這段期間幫我擋掉所有的事，而我們也盡量不談任何的話……。」

「好的，李先生……，不，叔同先生，包在我身上。我懂得怎麼做了。您放心好了！」

於是隔日，叔同便開始進行斷食，他整天定時要做的就是練字、刻印，還有靜坐。第一週，他食量逐日縮減直到完全不吃，第二週則只喝水。第三週才逐漸喝一些湯粥，並慢慢恢復到正常的食量。他並且每天寫下日記，記錄體內的變化、外在的環境如何與內在的心靈相互影響……。

偶爾，有僧人從他的窗前靜靜地走過，他看著僧人行走的姿態，心中生出無限的好感，彷彿一粒種子，掉在一處清新潔淨的生長環境裡，他呼吸著空氣，都會聞到香甜的氣味呢。他向僧人借來佛書翻閱，沉思，體會內在的變化，放空自己，他有如經歷著一場脫胎換骨的改變！

回到學校，丏尊知道他出現了的消息，急匆匆地趕過來看他。

「叔同，你到哪裡去了？寫信給你也不回，急死我了！害我擔心你是不是死了？恐怕只有死了，才會收不到我的信，不回音訊給我。」

「我到大慈山下的虎跑寺去斷食了。」

「什麼？為什麼不告訴我？為什麼不找我一起去，咱們不是要一起試試的嗎？」

「丏尊，你啊！你是那種能說卻不能行的，而且這事情若讓人預先知道了恐怕也不好，旁人大驚小怪起來，容易生出波折。說不定別人以為我與你一同去自殺，被誤解成殉情的話，我可吃不消！」丏尊苦笑著，捶了叔同一拳，叔同笑著，他的笑容裡充滿著神祕感。

「這裡有我所寫的日記，我把每天心理的、生理的、內在的、外在的過程與變化，全都記錄下來了。還刻了印、寫了字。這些，算是我這趟斷食的呈堂證物吧。」

「身體狀況呢？會覺得捱餓或不舒服嗎？」

「這過程裡諸多的感覺一個接著一個，剛開始會有疲倦、頭暈、四肢無力等症狀，但後來體內卻又像整個被清洗過，清爽而乾淨，整個人變得很靈敏。更接近了自己……也更接近了神靈。後來在回復進食的那幾天，我吃起寺中僧人所煮的菜蔬，那種滋味，竟然美妙無比！我想，我現在的心情是輕鬆又愉快，連神經衰弱的症狀也消失了呢。」

「叔同，這真是太神奇了！讓我看看你這兩枚印章刻了什麼樣的內容？……『一息尚存』、

『不食人間煙火』？叔同，你這跟神仙就只差一步路了，我看啊！你眞的不是一般的人，像這種事情，還眞不是常人所做得來的。」

「是啊！就像回到了純眞的嬰兒狀態哩，老子不是說：『能嬰兒乎？』我想我現在的狀況，眞適合再給自己取一個名字，表示一個新階段又要開始……，就叫李嬰吧！從今以後，我的名字又多了一個，你說好不好？」

丏尊搞不懂他，但覺得他瘦了、黑了，整個人神清氣爽。這是叔同所要追求的吧。

經過了這次的斷食，叔同整個人起了一些生活上的變化，他去拜訪了專研佛學的馬一浮居士，兩人相談甚歡，這位馬居士學貫中西，青年時代也曾遊學美國、日本，回國後專心治學、在佛法、儒學、詩文、書法篆刻也都頗有涉獵。叔同與他聊起前去虎跑寺，那裡的環境如何清靜、僧人對他如何禮遇等事，兩人一拍即合，並相約舊曆年過年，再一同前去虎跑寺。馬一浮拿了兩本佛書給他，一本是《靈峰毗尼事義集要》，另一本是《寶華傳戒正範》。叔同回到自己學舍的房間裡研讀，也在房裡供起地藏王菩薩、觀世音菩薩等佛像，而且還天天點起了香燭，頂禮膜拜，這回，他又對佛教這門宗教、學問，產生了好奇的興趣。

這天，丏尊約叔同再次前去湖心亭，用餐時叔同點了一桌素菜。丏尊說：

「我說叔同啊，前幾天你的日本朋友大野隆德從日本來找你，你也找我代打，陪他們遊西湖；豐子愷的日文你也不教了，照樣落到我的頭上來，你啊！不只在房間裡供起佛像，現在連吃的東西也全部都只吃素食，這樣營養夠嗎？你這樣的行爲，叫人怎麼說呢？」

「營養夠不夠並不重要，吃素是一份慈悲心腸，學佛之後，只要看到肉，就想到是從動物身上宰殺、割下來的，這是在吃動物的屍體，在這樣的心念下，我自然也就不會想去吃葷了！至於那兩件事，你覺得我一步一步往佛的領域前進，這世俗之事，能放下的，不該趁早放下嗎？」

「是！你放下，就全都放到我這邊來了，我看你這樣當居士當得不徹底，索性出家去當和尚，倒也爽快，也許那樣的日子還比較適合你哪！」叔同看著丐尊，他知道他又在發孩子脾氣了，他笑了起來，轉眼眺望著西湖風景，神思幽然，不發一語。

「迴避解決不了問題，你倒說話啊！」

「我沒什麼好說的，丐尊，也許日後我出家當了僧人，還要靠你幫我護法呢。」

「唉——。」丐尊搖搖頭，嘆了一口氣！

一九一七年秋天，質平從日本來信，他如願考取了東京音樂學校，但是家裡不打算資助他的學費，在日本讀音樂，對他的家人來說，這樣的錢他們拿不出來。叔同曾經爲質平申請過官費，可惜沒有獲准通過，而他的父母親務農，怎麼會有多餘的錢供他在日本讀書呢？質平在經濟上陷入困境。叔同不假思索，毅然將身邊有的錢匯去了大部分，供他讀書。質平在東京收到李老師的信及匯款，信裡列了幾條規矩，要他遵守：

一、此款係以我輩之交誼，贈君用之，並非借貸與君。因不佞向不喜與人通借貸也。故此款君受之，將來不必償還。

二、贈款事只有吾二人知，不可與第三人談及。家族如追問，可云有人如此而已，萬不可提出姓名。

三、贈款期限，以君之家族不給學費時起，至畢業時止。但如有前述之變故，則不能贈款

（如減薪水太多，則贈款亦須減少）。

四、君須聽從不佞之意見，不可違背。不佞並無他意，但願君按部就班用功，無太過不及。注重衛生，俾可學業有獲，不至半途中止也……。

他知道這個老師對待他，又豈止是師生之情而已？這裡面有濃厚的友情、親情、疼愛與憐惜之情，他每次接到李老師的書信，總要感動得掉淚。他們之間是怎樣的因緣啊？他一介貧苦農家小孩，能到東京音樂學校讀書，要多大背後力量的扶持與資助啊？李老師寄來的，是他每個月攢下來的薪資，他不忍用，又不能不用，只有將所有的心力放在學業上，希望能有所成就，來作爲報答。他記得年初時老師的一封信裡曾經提及這樣的內容：

……（再者）鄙人擬於數年之內，入山爲佛弟子（或在近一二年亦未可知，時機遠近，非人力所能處也）。現已陸續結束一切。

劉質平一個人在東京，想著十年前，李叔同老師站在東京的土地上，創春柳社，反串演茶花女，光采四射風靡多少男女，如今他站上同樣的土地，而李老師卻萌生遁入佛門的心念，人世之間，滄海桑田，尤其在這樣一個動盪的時代，能遇到李老師這樣的人，還能去哪裡找？哪裡尋？普天之下，再也沒有第二個人了。

在上海，叔同終究還是要面對誠子這關，他必須將自己向佛的心意，向誠子表達。這天，天氣已轉涼，深秋時分，他取一件衣幫誠子披上。誠子回眸，她的美仍舊逼人！跟在上野認識時多了份成熟，少掉了青澀，他照舊柔順地撫著她的髮，並在她的髮間輕輕吻著。誠子說：

「又過兩週了，好快。這日子，很怪，有時很快，有時……卻又很慢。」

「誠子，當內心眞的能完全靜下來，時間的快與慢，對我們就不再是問題了。所謂『一念萬年』，也許在這世間的一切，所有的一切都是虛像，當時間變易了，就成爲夢幻泡影，也許，只有專注一致的心念，才有可能達到永恆，一種超脫一切，終極的目標。」

誠子轉過身來看著叔同，她不能理解，露出懷疑的眼神。她說：

「叔同，我不懂？我覺得我離你愈來愈遠了……，你的意思是你要拋棄現實生活裡的一切嗎？生活裡的一切都是假的？都是夢幻泡影？」

「妳回想一下，在我們人生中，是不是一直隨著外在的生活環境與際遇而改變？我們什麼也抓不住、留不住，縱然投身到詩文與藝術的領域，但那也是無法長久的，那彷佛……只是一時情緒的抒發，便在畫布、宣紙、琴譜上留下生命的痕跡與記號。這裡面熱情是有，但只有熱情卻是不夠的，要追求究竟的奧義，只有熱情是不夠的。」

「追求你所謂的……究竟的奧義對你有那麼重要嗎？爲什麼你不能跟常人一樣？爲什麼你又要改變了？我不懂，我不能理解。」

「誠子，改變是人生的常態，中國有部了不起的書叫作《易經》，這個易字，便包含了許多的意思，是改變、變易，也是不移，堅定如一……，你知道我這次斷食，讓我整個人沐浴在一股奇妙的氛圍中，從裡到外，突然發現，好像有一種什麼，是可以更好、更貼近我的心，讓我整個人全然自在的……。」

「那是什麼？畫畫時的你不是也很自得其樂嗎？彈琴、寫歌時的你，不也是在音樂的世界中流連忘返？這些都不再能滿足你，那什麼能滿足你？什麼是你最後所要追求的？」

「不瞞妳說，我已經漸漸清楚了。是宗教！只有宗教的力量是可以歸向一種永恆的寧靜與安樂，只有宗教，是我這輩子最後的追尋。」

「叔同，我並未反對你接觸宗教啊！你愛讀佛經就讀啊，我沒有意見，你對自己的人生有一套見解，我也不會有意見。和你結婚的那一刻起，我就是你的人了，我是你的妻子，我支持你所有的一切，但是你講這樣的話，眞的讓我憂慮。我的心裡竟然有一種要被拋棄的感覺……，我爲什麼會有這種感覺呢？我不是該全然地支持你的嗎？爲什麼我的心裡會生出這樣的恐懼？」

「只要妳的心中有信仰，就不會恐懼！」

「你就是我的信仰啊！你是我託付一生的人，我順從你的安排，你一向知道的。」

「我知道，我知道。但是誠子，這兒女私情正是綁住我們的枷鎖，它讓我們動彈不得！妳想想看，有一天我們會老去，也會像所有的人一樣死去，那時候我們的感情還會存在嗎？妳認識我的時候我還是個青年，現在妳看，我的頭髮一直掉，額頭都禿了！我已經是個中年人了！有情世界裡的一切，有什麼是可以留得住的呢？」

「留不住也無所謂，我還是依然愛你啊！而且只有愛得更多、更深，你的頭禿了也無所謂，我愛的不是你的外在，當初跟你在一起，你就知道了，不是嗎？」

「是的，我知道。就如同妳也知道我一樣！」

「就是因爲知道你才讓我害怕，叔同，你的人生好像是用刀切作好幾個階段在過活的。好像在東京時是一個階段，回到天津教書那一年是個階段，在上海主編太平洋日報也是一個階段，更不用說到杭州去教書這幾年，更是一個完整的歷程。每個階段你都盡全心力去過，但是一旦結束了，你也從來不曾留戀，總是頭也不回地就往前走。所有滯留原地的，就全部被你狠狠地、遠遠地拋在背後！我害怕，有一天也會被你遠遠地拋在背後……。」

「這樣的觀念是錯誤的！誠子，人生行旅，如果抱持著這樣的想法，便不可能擁有獨立而完整的自己。」

「我不需要，我依賴你而活，你是我的丈夫，我是你的妻子，我們一起過活是天經地義的事情……。」

「這是社會的規範，舊有的觀念，我便是被這樣的一個牢籠困住、綁住，無法動彈。」

「你是說被我綁住？我依你的規定乖乖待在上海，每兩週等你回來過一夜，我聽你的話，你愛怎麼樣就怎麼樣？你被我綁住？」

「誠子，我不是說妳，妳不要把什麼盡往自己的身上攬，我指的不只是我和妳之間的夫妻之情而已，而是全部……，全部的一切。」

「我沒有辦法不這麼想，我什麼都可以不要，但是我不能沒有你！」

「妳沒有失去我啊，妳也不會失去我，我早就在妳的心中了，不是嗎？妳不認爲擁有一個人，其實是擁有與他在一起時曾經歷的共同記憶嗎？我是這麼認爲的，誠子，如果上天沒有引導我走到這樣的一個境域，那麼我也許就像一般人一樣，過著日復一日的生活；但是此刻，我彷彿有一個契機去尋求更終極的人生答案，那是我此生最重要的一件事吧！既然機會在眼前向我招手，我又怎能辜負這樣的大好機會呢？

「爲什麼告訴我？叔同，你不覺得這樣對我太殘忍了嗎？」

「如果到時候我毅然絕然地離妳而去，不留隻字片語，那才眞的叫作殘忍。那是遺棄、是斷絕，我與妳的情份仍在，我不要那樣！任何會傷害妳的事我都不會做！但是……，這是我內心眞實的心聲，誠懇的心聲。我必須告訴妳，這是妳跟我遲早要面對的事啊！」

「叔同，我只能聽著你告訴我的決定，你的決定我便要去面對！這對我不公平！」

「這個世間沒有所謂的公不公平，誠子，我們之間也沒有所謂的公不公平……。」

「我還是搞不懂，我沒有阻止你學佛啊，爲什麼？在家念佛、研讀佛經不是也可以嗎？」

「是啊！就像我現在這樣……，但這畢竟不徹底。我知道要妳接受是很難的，但是請妳相信我，對妳，我絕無半點欺騙之心。……就像一個人死了吧，妳不接受，自然也得接受的。」

「可是你是活著的啊！還有，你的身體一向虛弱，怎麼承受得住那樣的佛教徒生活？唉！現在，只怕不管我講什麼，都無法改變你的心意了，對不對？」

「……其實，面對這件事，我也沒有絕對的把握，但是我只知，它已經迎向我了，我無法迴避。因爲它讓我感到更加安和、平靜，彷彿可以讓我得到絕對的自由，但我明白時候還沒到，現實裡還有很多事令我放不下。」

誠子看著叔同，她的心裡充滿茫然，一股深層的悲哀突然自心底湧起，她不知道該說什麼，這樣的叔同與他所認識的叔同是一體兩面，心中存著大悲的他，也在尋找一條生路吧！而那絕對不僅止是他自己而已，他同時也在爲更多的人，找一條更好的出路吧。

這年的除夕夜，叔同寫了一封信給誠子，表示他將不回去上海過年，他又跑到虎跑寺學靜坐工夫。這時他對佛學已有深濃的興趣，他無法克制自己不被吸引，就像捲進一個螺旋漩渦中去，無法自拔。

與馬一浮碰面了，他帶了一個朋友來，叫作彭遜之，也是利用這舊曆年假，來這邊學佛。這個彭先生人高馬大，方臉、粗眉、滿臉刮不乾淨的鬍渣子，叔同在他身邊，顯得瘦弱，絲毫顯不出過人之處，叔同覺得這彭先生給人穩重、堅決的感受，彷彿他是矗立在自己前方的一顆大石頭。這樣的想法只是一瞬間閃過腦中，叔同倒也不以爲意，他跟著弘祥法師，讓他來安排自己每天所該作的功課，而彭先生則跟著另外一位法輪長老，由他來幫他說法。各自有不同的修行功夫與課業進程……。

日子眨眼間過去了八天，這天早晨，彭先生突然說他要削髮出家，請法輪長老替他剃度，他要皈依佛門，作一個僧人。

就像一記悶雷猛然劈在叔同的頭頂，令他震驚！他思索著自己，也能像眼前這個這麼平凡的中年人一樣，毅然地放下俗世間的一切而出家嗎？他辦不到，他知道自己目前塵緣未了，他還惦掛著許多事，質平、丏尊、誠子，還有在天津的妻子雅菊與兩個兒子……。這些都是一隻隻拉住他的手臂，他必須一隻隻將他們扯下。他已經盡力與誠子說過內心的想法了，但是要等到她能接受，也許還得花一段時間。但是，他已經不能再顧得了這麼許多了！再怎麼躊躇、思慮，也無法理得清楚塵世間的一切，他只要對自己負責，只要對得起自己，至於別人，就會順著他所做下的決定、所開闢出來的這條溝渠而匯流吧。他靜下心想了兩天一夜，想得再清楚不過了，於是就在第二天晚上，前去找弘祥法師，說明要拜入佛門的心意，弘祥法師知道叔同是個傑出的藝術家，不敢答應，於是轉介叔同拜他在松木場護國寺的師父了悟法師為師，並請他回到虎跑寺來。

一見面，叔同便跪在地上，頂禮膜拜：「老師父，我李叔同發願皈依三寶，拜入佛門，願盡一切形壽，弘揚佛法，請老師父成全，幫我接引吧！」

這日是正月十五，了悟法師看著叔同，點點頭：「佛門有幸能接引你，這可眞是老僧的福氣吶！你可想清楚了，一入佛門，便是另外一個世界，外面的大千世界，所有的一切，都要放下。你可明瞭？」

「弟子知道。弟子已經經過長久的思考，此心已定，再無疑慮。請師父成全。」

「呵呵呵，你與我有緣，我就收了你這個弟子。阿彌陀佛！」於是了悟法師，為叔同正授三皈依，叔同正式拜入佛門，成為佛門弟子。法名演音，字弘一。

開學後，叔同雖然還身在紅塵，卻做了一件海青，開始過起出家人的生活，只差沒有剃度而已。他吃素、在房間裡誦經念佛，早課晚課，一切都在簡單的生活中進行。他的心中打算只教到這個學期結束，然後出家修道了。但他知道遠在日本的質平需要一筆學費，大約日金千餘元，他寫了封信給質平，內容裡提到：

> 質平仁弟：余雖修道念切，然絕不忍置君事於度外。此款倘可借到，余再入山；如不能借到，余仍就職至君畢業時止。君以後可以安心求學，勿再過慮。至要！至要！至要！

舊曆二月初，是他母親的忌日，他再度前往虎跑寺，一連三天誦念《地藏經》，迴向給他的母親。日子一天一天過，五月底，他將課業提早結束，並給學生們考完試，遞出了辭呈。他已經逐步地將身邊的事收拾，就等著緣份到來的那一天。這期間他也給天津的家裡寫信，卻遭到二哥文熙來信嚴厲斥責，他不管什麼佛家思想，純粹站在兄弟的立場與角度，於信裡寫道：

> 你人不做，爲什麼做和尚呢？

叔同看完信裡的強烈斥責後，深深感到二哥對他的不了解，連問原因也沒有，就用世俗的眼光與標準強加一道鎖鍊下來，而這鎖鍊與禁錮，這世俗的一切，正是他要極力擺脫的世界！他再也無法忍受這一切了。於是他回信，信裡也強烈反擊道：

> 你們只把我當作患了『虎列拉症』死了，也就完了。

他表明要出家的意願相當堅定！這種一意孤行的念頭是誰也無法勸阻的。只要他認爲是對的，便是對的！他不會再左顧右盼、三心二意，他要做的就是要做，沒有商量餘地！也不需要和誰研究，更不需要經過誰的同意……。這是他往後人生的道路，再也沒有別的可能！他決定出家爲僧。

第十九章

誠子：

關於我決定出家之事，在身邊一切事務上我已向相關之人交代清楚。上回與妳談過，想必妳已了解我出家一事，是早晚的問題罷了。經過了一段時間的思索，妳是否能理解我的決定了呢？若妳已同意我這麼做，請來信告訴我，妳的決定於我十分重要。

對妳來講硬是要接受失去一個與妳關係至深之人的痛苦與絕望，這樣的心情我了解。但妳是不平凡的，請吞下這苦酒，然後撐著去過日子吧，我想妳的體內住著的不是一個庸俗、怯懦的靈魂。願佛力加被，能助妳度過這段難捱的日子。

做這樣的決定，非我寡情薄義，爲了那更永遠、更艱難的佛道歷程，我必須放下一切。我放下了妳，也放下了在世間累積的聲名與財富（我也許還可以繼承一筆幾萬元的遺產）。這些都是過眼雲煙，不值得留戀的。我們要建立的是未來光華的佛國，在西天極樂境土，我們再相逢吧。

爲了不增加妳的痛苦，我將不再回上海去了。我們那個家裡的一切，全數由妳支配，並作爲紀念。人生短暫數十載，大限總是要來，如今不過是將它提前罷了，我們是早晚要分別的，願妳能看破。

在佛前，我祈禱佛光加持妳。望妳珍重，念佛的洪名。

——叔同戊午七月一日

叔同：

我知道萬事不能勉強，對你，更是這樣。你是我這輩子最崇敬與心愛的人，你既然已經決定了你的道路，我只有祝福你，在前往佛國、修行的路上，善自珍重。請不要再掛慮我了，我已經想通了，人生眞如你所說的，是黃粱一夢！一切到最後都會了結、都是一場空。

只是，我還有最後的一個請求，可否讓我見你最後一面？之後，我雖然暫時還不知何去何從，但總能找到出路，不管是繼續留在中國或回去日本，我想，我的心裡都留下了佛的影子。

我會試著去了解那影響你至深的佛道，雖然，從今而後我們將相隔於兩個不同的世界……。

望君珍重。

——誠子戊午七月三日

暑假來臨，叔同準備前去虎跑寺出家了。他正在房間裡將所要分贈給大家的東西整理歸類，突然聽到外面的敲門聲。「老師，李老師？」

叔同一聽，心中驚喜，他前去開門，一看！過然沒有猜錯，是質平！叔同的聲音驚喜中帶著三分惋惜與責怨：「質平，你怎麼回來了？你怎麼回來了！我不是要你在日本好好專心學業嗎？」劉質平一看到叔同，忍不住上前抱住他！他全身顫抖著，心情十分激動。他的眼淚不斷地流出來，哭著！叔同拍著他的背，安撫著他。

「……學生怎麼能因爲自己求學的緣故，而擔誤了老師要出家修道的日子？」

「好了、好了！不哭、不哭。回來就好、回來就好。」

劉質平擦著眼淚，這老師對他來講，簡直就像是自己的父親一樣，見到他，就如同見到想念的親人。叔同見到這個孩子，當然也是萬分的感動，：

「都這麼大的人了！還像個孩子，看你臉糊成這樣，也不怕人笑話。」

「我不怕！誰要笑話也就任由他去。」

「也好，你回來正好趕上送我出家。這樣我的心裡就更無牽掛了。走走，找子愷去。咱們好好聊聊，老實講爲師能遇到你與子愷，眞是難得的因緣吶！」

隔天早晨，叔同找聞玉去找丏尊，以及他的學生豐子愷、劉質平、黃寄慈、李鴻梁等，請他們全到他的房間裡來。消息一傳開，還有吳夢非、王平陵等一干學生也都來了。丏尊一到，房間裡已經擠滿了人……。

「叔同，你這是在幹嘛？怎麼找了這麼多人來？」

叔同看到丏尊，站了起來，整個人笑呵呵的，他去牽丏尊的手過來站在他的身邊，說：

「今天請大家過來，非常抱歉，因爲我今天就要走了，要離開浙江第一師範學校。在這裡我待了七、八年，時間過得很快，這裡每個人與我都有特別的感情，我準備了一些身外之物，奉贈給大家，留個紀念。」叔同轉身去取了一包東西來，交給丏尊。

「丏尊，這包是給你的。裡面是歷年來我所藏的書法，還有往年所寫的一些摺扇，以及金錶。另外，我所作的印，已經在半個多月以前，送到西泠印社，藏封在石壁之間，建了一個『印塚』。以前所作的油畫，則已經寄到北京國立美術專門學校。丏尊，你幫我記著這些，出家之後我便不再過問這些了，若有人問起，就由你全權代答吧。丏尊，珍重了，咱們後會有期。」

丏尊望著叔同，他的神情黯然，他知道這個時候不適合再留他了。

「這些東西是你畢生心血所創作出來的藝術結晶，你都不要了嗎？」

「不留了。出家之後，這些東西就是牽絆了。身外之物，不該留戀，以後，恐怕我也不會再從事跟藝術相關的事了。一切在這裡畫下句點，留給你們，或許還有點用處。」

「這些，給子愷，裡面是我所有的畫譜及我自己所作的畫，還有一些繪畫理論的書籍。」

「這包裡面是所有的樂理、曲譜、音樂界的名著，給質平。」

「所有的世界名劇、南社文集，跟我自己的一些私人東西，給平陵……。」

叔同將屋子裡的其他東西，逐一送給在場的其他學生們，只剩下一小捲行李及一大包衣物，叔同四處張望，他問：「聞玉呢？」

聞玉在外頭擠不進來，眾人讓開了一條路給他，他來到叔同的面前。

「這些我已經用不到的俗家衣服，就給你吧。」

「這……怎麼好呢？這些衣服料子這麼好，都是些貴重東西，這我怎麼敢當呢？」

「沒有所謂的敢不敢當，你留著紀念吧。等會兒還要勞煩你陪我前去虎跑寺呢！」

叔同託丏尊一包東西轉交校長經子淵，分贈物品完畢，大家佇立靜默無語。

用過中飯，包括校長及還留在學校的學生們，都來送別。大家知道這位教美術與音樂的李老師，下學期起不再來學校教書了，有些搞不清楚狀況的還議論紛紛著。

「各位告別了！」叔同向大家微微鞠個躬，夥同聞玉，轉身要離開。丏尊看在眼裡，心裡酸楚，他再也忍不住衝口說出：「叔同，讓我送你一程吧。」

叔同回身望著丏尊，這個與他有著深篤友情、親如家人的丏尊，他點了頭。丏尊陪著叔同走了好長一段路，一路上就是默默地陪著走。丏尊一步一步走著，眞的感受到叔同要離開了的事實，他的心糾絞著，沉沉地吐著氣呼息著。

「丏尊，就送到這裡吧。不必再送了，咱們知交一場……，後會有期了。」

丏尊汗流滿面，他啞然佇立著，神色一片慘淡。他情緒波動，眼眶又潮濕了：

「叔同，咱們後會有期，……你知道我們交情非比尋常……，我護持你，我永遠護持你！你此番前去……一切珍重！珍重……。」

叔同轉身，與挑著簡便行李的聞玉離去。下午的日光將他們離去的身影烘托得異常鮮明，丏尊怔怔站著凝望他們遠去的身影，愈來愈遠，愈小。他的腦中突然想起了叔同所作的歌曲〈送別〉裡的曲調旋律，一字一句。他再也忍不住，淚眼潸潸，哭了起來……。

長亭外，古道邊，芳草碧連天。晚風拂柳笛聲殘，夕陽山外山。
天之涯，地之角，知交半零落。一斛濁酒盡餘歡，今宵別夢寒。

※ ※ ※

叔同聽著遠處芳遠喊著的聲音。

「師父——，再見——。再見——……」

他彷彿聽到了來自心底，很久很久以前所發出的聲音。他在船艙中微笑著。傳貫法師看了弘一法師一眼，也朝向船尾李芳遠的方向望去。

「法師，已去得遠了。」

弘一法師點點頭。「阿彌陀佛。這個孩子很有慧根，實在難得，他與我的緣份亦深，算得上是我所收的最後一個俗家弟子，但是，我卻常從他的話語中，得到警醒的智慧。」

船隻順江水而行，不一日，就來到了洪瀨。他們在此地下船，於樹德寺歇息。而靈應寺也派人前來迎接法師。到達靈應寺的時候，已經家家燈火通明，滿天星辰了！

由於洪瀨離泉州、南安很近，所以當法師離開永春的消息一傳開，許多佛教道友，還有一些喜愛他書法的知識分子，又紛紛上靈應寺來找他寫字了。爲了掩蓋眞名，自從在蓬壺山中以來，他所用的別號又改成「善夢」，是以他落筆的名字，也就理所當然成爲「善夢」了。

來到靈應寺的第三天，在關房，僧人通報有個小和尚來看他，正在齋堂等著。法師親自前去領他，他在齋堂還沒扒完一碗齋飯，便看到弘一法師的身影，他急匆匆起身，見到弘一親自來帶領他，高興得眼淚都快要掉出來了呢！

「法師也許不記得我，我是泉州開元寺慈兒院的院童，也是養正院的學僧，我叫作慧田，法師曾到開元寺來講經，當時我在底下聽。我時時想著，何時才能再聽到您的教誨？今天早上正在耕田，聽說寺裡來了個會寫字的和尚，我當下就拋了鋤頭，飛奔過來，我就想，一定是您……」

「走吧，移步到關房說話。」

眼前這個相貌平凡的年輕比丘，有一副結實的身材，以及樸實天真的氣質。

「你住在什麼地方啊？」

「不遠、不遠，離這兒算近的。就在附近的一座山邊，我是種田的，種田過生活。」

「種田，那倒好。夠自己自足嗎？」

「還可以，就種些菜蔬、果子、蘿蔔之類的。老人家什麼時候到我那兒來坐坐吧！」

弘一法師看著這個臉上還長著痘子的青年，二十歲不到的年紀，身上仍留著孩子的稚氣，以及年輕人慣有的熱情，法師的內心被這麼眞誠的邀請稍稍打動了。

「你住的地方叫什麼地名？方便嗎？」

「只要老人家不嫌棄，方便的！方便的！……嗯，叫水雲洞。是個茅蓬，有點簡陋的。」

「是出家人的地方，還是在家人的地方？你一個人住嗎？」

「我和兩個工人同住。」

「呵！那倒很好，我可未曾有過這樣的生活呢！」

過了不久，法師問了地名，自己越過一座山，到慧田法師所在的「水雲洞」去。這裡只有幾間破落的平房，由慧田與工人分別居住，屋子裡有個中堂，供佛一尊，佛堂頂上的屋脊還坍塌了好幾處，光線會由天上直接照射下來。

慧田法師讓出自己所睡的門板床，給弘一法師睡，自己則在他的身邊打地舖，可以陪在法師的身邊。這裡的物質條件是既簡單又粗陋，而整個田畝裡、空氣中，充滿著一種寧靜的氣氛。好像整個世界沉了下來，再也沒有一些擾攘的煩躁，就只有田疇、土地、流水，以及遠處的竹林與整座的山巒。

早上，法師與他們一起吃早飯，只一碗稀粥拌地瓜，吃完，他們就出門去耕作了。午間，則是一盤蘿蔔，或者是吃由豆類、蔬菜所燒製的熱菜。這裡有充足的陽光，曬得人舒服極了，而空氣清新、泉水甘甜，則更是令人無比舒暢。這裡有著弘一法師所未曾經歷過的山居情調，他覺得好貼近自然，貼近自己出家之後所嚮往的簡樸生活。他不禁讚歎地說：

「慧田，這裡眞是世界上最美好的地方啊！」

慧田睡臥在老人家身邊的地舖上，聽到這樣的話，心中充滿著暖意。他說：

「法師喜歡的話，就儘管住下吧。」

隔天早晨，做完早課後，法師便到田裡去走走，撿一些地瓜、蘿蔔，還有枯柴回來，他將被丟棄的蘿蔔槭兒洗乾淨，沾些鹽當菜來吃，吃得津津有味。他很能體會、品嚐食物的原來滋味。這樣的情形讓慧田法師發現，他便暗中告訴工人，以後不准將地瓜或採收的蘿蔔遺落在田裡，以免讓老人家撿去吃，這樣的事傳出去的話，他會慚愧到死、無地自容啦！

法師在這裡住到舊曆年過，再回靈應寺去。

這期間，因爲念及他的母親八十冥誕即將來到，他提前將自己關在寮房中，唸一天經，迴向給母親，另外，在舊曆四月十日，他寫給李芳遠的信中，則附了一張刺血寫成的佛號相贈。刺血書寫，表示他傾全生命與意志，來灌注力量於文字中，見者，必能因之更加精進向佛。

離開靈應寺之前，他又到慧田法師那裡去住了一天，重溫那山居生活的粗茶淡飯，然後再與傳貫法師，一同前往晉江檀林鄉間福林寺。夏日又將來臨，他與一些僧侶、出家人，都會在夏天前來此處「結夏安居」，在這裡，弘一法師遇到了他的法侶妙蓮、愴痕，夥同傳貫，他們在這所規模不小的禪院裡結夏，長達三個月的時間，弘一法師全心全力向年輕的比丘們講解、剖析律學，這是總結他的精神的學問。不論何時何地，宣揚戒律，他總是不遺餘力！

這天，他向比丘們講印光大師的事跡，講到這個大師，他的心中充滿著興奮雀悅之情，因爲印光是他的偶像，也是他在修持之路上的榜樣。

「各位同道，今天我與大家談印光大師。他的一生有四大特色，我們應該牢牢記住。」

「第一、有一回我到普陀山，那時他已經六十四歲了，六十四歲，在我們中國人的觀念裡算老人了吧！可是什麼事他都還是自己親手來，直到去年，圓寂之前，他已經被公認爲佛學泰斗了，依然是每天打掃、抹桌子、洗衣服、添油燈等等，這是勤勞。」

「第二、印光大師在食、衣、住、行上極爲簡單，我呢，是在民國十三年前去普陀朝聖，在他身邊近距離觀察過七天，他早餐吃一大碗白粥，沒有半點配菜，這樣吃已經吃三十年了！吃完之後他會用舌頭去舔碗，舔到整個碗乾乾淨淨爲止。中午呢，他吃飯一碗、大鍋菜一碗，飯菜吃完，還是老樣子，將碗裡的飯粒、菜屑全舔乾淨。大師每次與客人吃飯，只要見到別人碗裡留下飯粒，那眞是不得了了！他一定會當場大聲說：『你是誰啊？你有多大的福氣？能夠這樣蹧蹋糧食，你不知道盤中飧，粒粒皆辛苦！你這樣也跟人家學佛啊？……』還有，如果將冷茶倒到痰盂裡，一樣會被他厲聲譴責，毫不留情。這是爲什麼呢？因爲惜福！」

「第三、大師這一生，最重視的就是因果業報，每次遇到人就說：『善有善報，惡有惡報，不是不報，時間未到。』因果跟業報，兩者是相關連的啊！這個世界上，如果每個人心中都有因果觀念，那麼就不會有強梁盜匪，人們的生活自然也就會有安全的保障。印光大師不管見到什麼人，總是用因果律的眞理痛切地告訴他們。」

「第四、大師精通佛典，可是自己在修行上與勸人學佛的時候，都只有以專修念佛法門相告，如果再講更深一點，也只會談到念佛三昧。想想看，大師的信衆有多少？崇拜他的人不知凡幾！就算是高知識分子，他也不會跟他們講高深的哲理，只勸他們專心念佛。也因此，他們都不敢輕視念佛這件事，要知道，世間有很多東西因爲表象單純而常常爲人所忽視，但這世界上又有哪件事是絕對單純的呢？念佛法門可一點都不單純啊！」

「總結來說，印光大師的四種特色，我們可以歸結爲『勤勞』、『惜福』、『注重因果』、『專心念佛』。還有呢，大師一生過午不食，也從來不做叢林住持，不剃度出家弟子，不蓄錢財，他啊，是將肉身的『我』，化爲法身的『我』，所以，他的光芒才會無所不在。我們要學他，以他做榜樣啊！」

「身爲一個出家人，憑什麼讓人家尊重、敬重呢？看看古今的高僧，哪一個不是在某個單一法門上精進深入，並且嚴守戒律的呢？世間一些隨隨便便、不拘小節的菩薩戒比丘、菩薩戒優婆塞們，想在歷史上留名，恐怕是不可能的。也許在當時能蒙混世人的眼，有一些浮名，但那又能撐多久呢？時間一過，就像泡沫一樣消失了吧！」

「跟各位講這些話，無非盼望年輕的一輩可以多幾位出類拔萃的人物，這樣，衆生多少才能免於沉淪之苦啊！說這話，我的心裡是苦的！看看現今僧道日非，眞是教人不忍目睹，有些人一舉手、一投足，全無半點出家人該有的樣子，佛法眞是頹墮到令人痛哭流涕的地步了。身爲佛門的一份子，我們便有沉重的責任，眞的該息心懺悔，不該再沉淪墮落了啊……。」

弘一法師講到這裡，已經是淚流滿眶了，他的聲音悲切，自己持戒、以身作責，也無法影響這世道人心啊！出家人如果葷腥不戒，如果不守佛門戒律淸規，又何須出家呢？那是不可屈就、無法妥協的堅持！他言懇詞切，聽講的人莫不深受感動，也跟著幽幽哭了起來。

在這山間，時時瀰漫著一股水氣，白濛濛地覆蓋在大地上，花草樹木也因此感染一層淡淡的神祕氛圍。弘一法師在樓上讀經，一面有點出神地凝望著遠方，出了神。傳貫法師帶了一個年輕人上樓來，他輕聲地喚著：「法師，黃居士過來拜候你。」

法師從神遊中回來，他看到是這個認識兩年多的青年黃福海，便招呼他到會客室去坐。

「法師身體還好吧！」

「還好，不咳嗽了，但是每天都還是得吃枇杷膏，斷不了。一停就又咳！老天給我這樣的身體，眞是對我最嚴格的考驗。」

「您在這邊每天都要說法講經嗎？這樣身體受得了嗎？這山裡濕氣重，得多加衣啊！」

「我啊，也是隨緣跟同在這裡結夏的同道們講講，這裡的氣候在夏天算好的，不像別地那麼酷熱！另外，也在這裡編些跟律宗相關的小冊子，一切都還好，謝謝你的關心。」

「法師，你記得兩年多前，在泉州承天寺第一次見到你的時候，曾經問你有關藝術的事？」

他記得這個年輕人，因爲他很大膽地發表他的看法，年輕人的心充滿熱情，對藝術這麼強烈的感官刺激的興趣，自然要勝過對佛法的好奇，他微笑著聽他說。

「那時我說：法師，雖然你出家了，不再談論世間的藝術，但是在我的心中，你的藝術成就無人可以取代，你一直是我心中永遠的藝術家。」

「實在不敢當。」

「我一直從藝術的觀點來看待法師，您曾經說過佛法非迷信、非宗教、非哲學，但您不曾說過它是非藝術！所以我就私底下想：法師所過的僧人生活，也可以用藝術的眼光來看待吧！」

「我當時怎麼回答你呢？」

「您說：萬法唯心。可以這麼說，佛法，是人類精神的藝術！當我回去之後，便將與你所談的一席話記錄下來，並且常常思索……。我想，現在可以理解當時你所說的話了！」

「那很好。」

「法師不曉得還記不記得，有一回我未經通報便前去你所住的『晚晴室』找您，那時您正在寫字，我請您繼續寫，好讓我在一旁瞻仰您寫字的姿態與風采，順便學習您如何運筆及指法的運用，您一點也不在意我在一旁觀看，還跟我說：我寫字，好像在擺圖案，其實，寫字是無法背離圖案原則的……。這眞的是讓我受益良多。因爲非常喜愛您所寫的字體，我還曾經臨摩您珂羅版印的《金剛經》，但不管怎麼學，就是不像！」

「我記得你的字，你寫得與我很相近呢！寫得不錯。」

「如今一晃眼，已經過去兩年了，現在，只要我知道你在哪裡打單，我便會迫不及待想跟您見上一面呢！說也奇怪，只要在您身邊，就會讓我感到很安心。一些世俗煩人的事也能暫時忘卻，這眞的是很奇妙的事……。」

弘一法師聽完他的話，只是微笑著，也不再說話，於是黃福海與法師在室內靜靜地對坐著，再無人發出一語。他們坐著，時間一分一秒過去，在黃福海心中，霎時之間有如沉浸到無邊無際的海洋中，波濤洶湧、拍打著他、激盪著他！而又在一瞬間，黃福海猶如被拋到無窮無盡的宇宙——他突然覺得有一種虛空的感覺，覺得這個世界上就只有他自己一個人，無來無去，一個人，孤伶伶……。龐大的寂寞向他襲來，讓他無法承受。他起身向弘一法師告辭，法師點點頭。

黃福海離開了會客室，他無法解釋剛才爲何會陷到無邊孤寂感之中？回到石獅鎮連續幾天，他都輾轉反側、寢食難安。隔不多久，接到法師寄來兩首詩。一首是晚唐詩人韓偓的詩：

炊煙縷縷鷺鷀棲，藕葉枯香插野泥，有個高僧入圖畫，把經吟立水塘西。

他沉吟許久，體會著這詩所要表達的意思……。這詩，指的是弘一法師自己吧！另外一張紙，上頭寫著第二首：

江海扁舟客，雲山一衲僧；相逢兩無語，若個是難能？

若個是難能？那麼……能夠兩無語，也眞的是難得的！世界上的事這麼多，又何必時時要有語呢？能夠有緣在一起，又能夠安安靜靜地相陪作伴，不也是一種自在嗎？這樣的境界，是更難達到的！而他龐大的孤單與寂寞，是因爲他不曾眞正地面對自己吧！

送信來的年輕僧人還帶來一包紙條，交還給他。黃福海不解，問道：

「這是什麼？……」

「這是你以前送來的紙，法師裁了寫完後所剩的，便交代我順便帶還給你！」

「法師這是何必呢？」

「嗯，他衣服破了，也都是從垃圾堆裡撿破布回來縫呢！」

黃福海的心又再一次受到了震動！弘一法師將佛法實踐在自己身上！對他而言，佛法就是生活，佛法的藝術，就是生活的藝術啊！他體會到一種實在的力量，指引在他的前方。

夏去秋來，時光飛快。在福林寺，弘一法師不時憂心佛法不振！抗日戰爭打得如火如荼，物資缺乏、一切非常貧困，許多僧人都被迫流俗，將就著過生活，守戒律這件事，也就不那麼嚴苛，得過且過，這些，法師看在眼裡，常揪著一顆心。戒律掃地，又如何能宣揚佛陀的教義？困難時時都有、處處皆是！又豈是戰爭年代才有？不能守戒律，只有使佛門蒙羞、墮落一途罷了。

「法師，爲何這些日子常見你憂心忡忡？你的心裡也有煩憂嗎？」

弘一法師看著眼前這個年輕的僧侶愴痕法師，不自禁地流露出一個老人的慈悲。他說：

「能不憂心嗎？世道如此亂，連我們出家作比丘的，也都隨一般人大開方便之門了，戒律不守，徒留個形式做樣子又有什麼用？爭得一些名聲、隨之而來的是好過一些的生活，出家人要的是這些嗎？戒律不彰，佛門便永墮於紅塵之中，隨之沉浮，這豈是佛陀的旨意呢？」

愴痕的心裡嘀咕著，法師就像一般的老人家叨叨唸唸，這些道理老僧常談，了無新意，他心中存著一些些懷疑與失望，他對法師的寄望很深，至少，他曾爲法師年輕時的風流文采所傾倒，他讀過法師年輕時寫的詩，還有法師的事跡，都讓他著迷不已，但是此刻在他眼前的老人，真的是再平凡不過，有時講話還不流利，略顯遲鈍、結巴。

「法師，你這樣憂心也沒用！人家搞不好有不同於你的法門，你以苦修與戒律才能達到的，或許他人以聲名及信眾供養，同樣能達到。」

「愴痕，如果連你也這麼認爲，就別怪我憂心了！這個世間沒有人作榜樣，世人又怎麼會知道持戒律也可以到達的境界與喜樂？向佛雖有千百種不同的法門，但核心的道理是不變的，佛陀的眞意絕對不是以金銀錢財或世間名聲而能企及的。相信我，只有接近佛陀義理的核心，你才不會被這些外在的表相蒙蔽啊！」

「法師，我倒也不是認同他人的法門或教派，只是看你這麼苦，心裡也會有些不平，你比他人傑出不知多少倍？卻這麼刻苦地對待自己！」

「我們要與他人比的不是世俗一切，這是我早就放棄的，因爲我早已看清楚了那原來的樣貌。你以爲這些世間的浮名與錢財能證明什麼？代表什麼？不持戒律而行，這些盡是虛妄啊！」

「愴痕，我來幫你起一個新的名字，別在你的心裡留下他人渾沌不明的痕跡，未來，法師還希望你能肩挑釋迦牟尼佛的沉重擔子，『以戒爲師』，將佛法傳給後人呢！往後，你就叫『律華』吧。你覺得如何？」

愴痕法師向弘一法師頂禮，他接受了這個新的名字，從此，再無愴痕，他是自此刻全新誕生的律華，律華法師。

隔天，弘一法師送了一幅偈語給律華，他接過手去看，墨蹟淋漓酣暢，想來是弘一法師早晨所書寫的。

名譽及利養，愚人所愛樂，能損害善法，如劍斬人頭！

律華看著弘一法師，他的心意與願力，眞是堅定而強韌地展現在生活之中……。法師從懷中取出一封用膠封住的信，交給律華：

「這封信是只給你的，務必要妥善保管！待我歸西之後再看，別人是無權知道的。」

律華從弘一法師手中接過這封慎重的信，他望著法師，他的容貌是慈祥的，但從眼眸望進去，卻是堅如磐石的意志與靈魂，他不理解法師的作法，但知道必然有他的安排與理由。

十一月，弘一法師受到泉州佛教界的虔誠禮請，只好再度啓程前去弘揚佛法，雖然是在戰時，但是他所受到的熱烈歡迎絲毫不減，他雖然不喜歡這樣，卻沒有辦法推卻他人誠心的邀約，所以總是在心中反覆交戰、掙扎，他在閩南四處雲遊講經多年，主要是爲了回報閩南信衆對他的溫暖與熱情。

第二十章

法師：

聽說您最近又由鄉下回到泉州，想必在泉州一定又會受到相當熱烈的愛戴與歡迎，但是，以您的法體與德行，實在不適合再受到這些名聞利養的騷擾，法師以梵行堅決而感動人天，務請多加珍重，息心摒除外緣，一心念佛，以了生死。弟子大言不慚，盼師顧念弟子曲諫的眞情，弟子雖墮地獄而無憾！……

弘一法師接到弟子李芳遠的信，一字一句看完後，整齊摺疊好收到抽屜裡。他的表情祥和，他與李芳遠之間，常有書信往來，他了解這個孩子愛他的程度，芳遠知道他對於這些名聞利養，就算是只有一點點，也感到痛苦不堪；而敢如此直言陳諫、指出問題所在的，也只有他這個俗家弟子李芳遠！法師在當晚便回了一封信給他。

——來書欣悉，朽人這次在泉州兩旬，日墮於名聞利養的陷井之中，又慚又愧。——決定明天午前歸臥苐林，閉門靜修……。

第二天，弘一法師便跟傳貫法師，又悄悄地回到檀林鄉間的福林寺，之後，李芳遠又來一信，請法師閉關，便再無人打擾。隔年，一九四二年元宵，法師又給芳遠寫了封信，作為回覆：

芳遠居士：

此次朽人到泉州，雖不免名聞利養，但比起三四年前，已減輕很多。這次來泉州，未演講未赴齋會，僅僅在三處吃了便飯，但是每天見客與寫字，卻成為一件忙事。寫字結緣雖是弘揚佛法，但在朽人，道德學問一無所成，實在慚愧不安。自今以後，決心退而潛修，謝絕事務，以後斷絕一切信函，來信也不披閱，請原諒……。以後，倘有他人問朽人近狀，請答以「閉門思過，念佛待死」八字。

壬午元宵音啓

又：此次至泉州，朽人自身未受一文錢的供養，凡有供養者，都轉贈寺中作生活費用，或買紙就近結緣。往返泉州旅費，則由傳貫法師布施。附白。

弘一法師給李芳遠寫信，全不因為他是個後生小輩而有所馬虎，他一字一句反省自惕，誠懇的心懷，不因人因物而改變。他在這年一開始，病弱的身子似乎就開始作怪起來，全身不時高溫不退，而且胸部與胃部也時時發疼，他有幾次大病瀕臨死亡，卻都沒有死成，但是這次，他似乎隱隱地感覺到大限將至，身體已經傳遞出這樣的訊息。於是他在二月初，留下最後一封信給芳遠。

芳遠居士：

惠書敬悉一一。自當遵命閉關，力思前非。仁者慧根深厚，深望自此用功，勇猛精進。朽人近來病態日甚，不久便往生極樂世界，猶如西山落日，般紅彩絢，瞬即西沉。未圓滿的身後事，深盼仁者繼續完成，我雖凋謝，亦無憾矣！

弘一和尚

但是，在福林寺，弘一法師雖有心閉關，卻還是抵擋不住迎面而來加諸於他身上的機緣。他幫陳海量居士的父親寫一篇傳，也幫陳海量那十五歲便念佛西逝的四弟陳立均作了一篇傳，另外答應了曾是他學生的惠安縣長石有紀邀請，到惠安「靈瑞山」去講經，只是他與石有紀約法三章：「不迎、不送、不請齋」。講經一個月後，他的身體已經虛弱到不行了，他要在福林寺閉關的念頭恐怕已經無力成行，於是他移到泉州，寄住於百泉寺，之後又回到福林寺，此時傳貫法師因故未能來隨侍，而性常法師二度閉關當中，所以侍侶的任務，便由妙蓮法師來擔任。

在葉青眼居士與溫陵養老院諸多居士的請求下，弘一法師於三月二十五日再動身前往泉州，住在溫陵養老院的晚晴室。各地知道法師又到泉州來的消息，邀請法師前去講經的函件絡繹不絕，但是均被謝絕了。五月，他寫了一篇〈持非時食戒者應注意日中之時〉的文章，來界定「過午不食」的時間定義，另外在五月中旬，為福州怡山長慶寺，寫下〈修建放生園池記〉，這是他所寫的文章中，最後的一篇遺作。

到了中秋節這天，他在開元寺尊勝院講《八大人覺經》，再由廣義法師翻譯為閩南語。看著天上的月亮，他的聲音裡透著蒼涼，逐字唸著，就是很單純地讀著經而已，經文裡原本的意思是什麼?也沒有人會去在乎了。看著經文裡所說人世間的苦、空與無常,弘一法師也靜了下來,不時沉吟、思索,他在講經的過程,也體會了經書裡的文意,親身經歷了一回。人生如朝露啊!過去的點點滴滴,有如浮生一夢!他突然感到憂傷了起來……。

兩天講完《八大人覺經》,他便停了,不再講經。農曆八月二十三日,他開始發燒,這是他的老毛病,也沒人注意,只是發現他的食量少了一些些,病後兩天,情況似乎好了不少,他幫晉江中學的學生們寫了一百多張《華嚴經》的偈。

不爲自己求安樂,但願衆生得離苦。

給學生寫完,學生散去。他獨自在房裡,靜靜地掩著門,躺在床上,感受著體內的溫熱蔓延著……,從他的胃與肺部,從胸腔開始像火燄般爬竄焚燒,攻佔四肢百骸,每一處關節與骨頭,都有如文火燒烤,他開始冒汗!臉發紅,全身酥軟無力,元氣就像被抽掉了一樣……。

不爲自己求安樂,但願衆生得離苦。

寫《華嚴經》的時候寫到這個句子,這是他出家以後奉行不渝的,他已經盡了全力去做!但是,就像十天前他講經時所感觸的,這個世間有一種無法逃得掉的滄桑與悲意,盡全力去做,卻仍舊是避免不了。他又咳了起來,想起了誠子。如果這輩子有對不起的人,那就是誠子了!她是多麼無辜,愛上明知道他是個有妻兒的人,還是願意與他一起來中國,離開故鄉,誠子把他當作她的故鄉,而自己卻將他擱在上海,最後動念出家,還要她認同他、支持他。他想起離開浙江第一師範學校後,在虎跑寺的時候,有一天,在上海的老友楊白民來了。誠子請他帶她過來見叔同最後一面,他將誠子安置在西湖東側湖濱某家旅館,然後隻身來虎跑寺通知叔同。叔同知道,要出家的話,與誠子之間的感情一定要作個了結。

他與誠子在旅館裡見面了。

「叔同，你終於來見我最後一面。」

「誠子，見面只會徒留傷感，我看過妳的回信了，我很高興妳能體諒我出家的決定，我們夫妻一場，請妳就將這份感情收起吧。世間的夫妻情份，往後都將不存在了。」

「對你，也許是的，因爲你就要遁入佛門，你有更偉大的目標、抱負與追求，然而對我，不可能不存在的，只是，我將永遠懷著對你的感情與思念，封鎖在我自己的心裡面，再也不打開，再也不出來了……。」

「誠子，妳這又是何苦呢？」

「我是苦，但我是心甘情願的！認識你，是我一生中最大的幸運，雖然我還是搞不懂爲什麼在我們日本當和尚可以娶妻生子，在中國的出家人就不行？但這是你的選擇，你已經很堅定地表達過好幾回了，我想，今天就算我再怎麼說，也都無濟於事了吧！」

「誠子，我的出家，絕非一時興起的衝動，我也曾與妳談過佛學的觀念與我的看法。這個世道，要能更好的話，只有從人心做起！人心如何改變？佛的教義，又是最好的法門。我並沒有什麼偉大的目標要去開宗立派，若眞那樣，我便不會出家，我想，我是在追尋一個更令我嚮往的世界，而那，是我在世俗層面所曾經達到過的藝術成就及表現，都無法企及的領域！」

「我的生命走到這裡，我遇到了，我就要去實踐它，所以我只能將妳、我的親人、朋友、學生等等，全部放下！這個放下，從世俗眼光來看也許是無情的拋棄，但是誠子，當有一天妳體會到生命的本質是殘酷的，這拋棄，也許得到的便是一種自由了。」

「這拋棄對你來說，就是放下吧！你放下了我，我，便被你放下了……。」

叔同的眼神溫柔中帶著慈悲，他捨不得這個女人，誠子是他妻子，直到如今還深深愛戀的妻子！但他就算捨不得，也得放下了。

「往後，也別住在上海了，妳一個人孤單地住在上海，我實在不放心。」

誠子神色黯然，叔同離他總有一些距離，他已經不再像往昔一樣，會摟抱著她、撫摸著她的頭髮、親吻她的額頭，她的叔同已經遠去，她已經徹底地失去那個人了……。

「你還會關心我嗎？我……上海我也住不下去了，這個世界，哪裡我都住不下去……。」

「誠子，不要這樣。」

「叔同，我……只有回日本去一條路了，但是，我要如何跟母親說呢？這些事情加在我身上，好難、好難。」

「妳就當我死了吧！這世界上再沒有李叔同這個人，誠子，痛苦再怎麼樣都會過去的。」

他從懷中取出自己常戴的一只錶，走過去交給誠子：「這錶，作爲我們離別的紀念吧。你會鋼琴，也會中國話，回日本之後，可以找份工作，慢慢地就將我忘了吧。我要走了！」

誠子陪他出了旅舍，來到西湖湖邊，叔同招了船，回頭看誠子，她的眼神中，竟是生離死別的哀悽，眼眶中湧著淚水，再忍不住，從臉頰滑下來。叔同不說什麼，登上船，船家解掉繩索，向湖的另一端搖櫓而去。叔同背對著誠子，不再回頭，誠子知道自此一別，便是天涯海角，再沒有挽回的餘地了，她全身一軟，跌坐在地上，失聲痛哭！哭聲傳到叔同耳裡，他的心像針戳著，他還是沒有回頭，但眼睛痠澀，眼前視線模糊了，眼淚不聽使喚，爬滿了整張臉……。

弘一法師高燒不退，二十六日，食量縮小，只吃小半碗飯就不吃了。身邊看顧的人十分擔心，不曉得法師的狀況是怎麼了？他全身軟綿綿的，而且陷入昏睡中，有力氣的時候他就寫字。寫字，是他弘揚佛法的一條路。寫字，可以使他專心，暫時忘卻身體的不適與病痛。他想起有一回，那是一九二九年的深秋吧！他剛度過五十歲生日，一些居士們特地買了些水族魚類來，陪同法師到白馬湖放生不久，他在位於白馬湖的晚晴山房爲亡母念佛加被，在這裡，劉質平曾來與他小住兩天，共敘舊情。

隔兩天，寧波有位老僧人，因爲這一年陝西旱災，打算請法師前去主持一次法會，爲衆生祈福。法師不好拒絕，於是決定在月底從寧波上船。

那時他的病斷斷續續，咳嗽、發燒，總是強壓悶著，前去陝西，單單站在船上，他便感受到江面上的寒風割裂著他的肌膚，此番前去，實在不知道自己是否能撐得過這嚴寒的冬天？岸上也有許多寧波當地的法師跟居士們送行……。船準備要啓航了。他獨自在上層的艙房中，這一去，恐怕是回不來了！但是爲了佛法，他早有殉道的準備。突然，艙門被打開，一個穿著長衫的青年急匆匆地闖了進來，一見面，便拉住他的手，將他背在脊背上，不由分說，蹬、蹬、蹬地大步下船而去。突如其來的，要到西安弘法的弘一法師被人劫走了！船上的比丘跟一些居士也跟著跑出去看熱鬧，有些人追了上去，打算將法師從這人手中救出！

到了岸上，那青年將法師放下，臉色通紅，喘著氣，兩個人對望著，相擁大哭！

「法師，你去不得的！那是西安吶！你此番前去，要經過多少路途的跋涉，您怎麼撐得住？您的身體別人不知道，可我不知道嗎？您這前去，是自殺、是去送死啊！我不能，絕不能讓您去受這種酷寒的折磨……。」

「質平！質平吶！」

「聽說您讓人請到西安去了，我急得……，趕著過來，就生怕船跑了！跑了我也會去把您給追回來……。還好，老天總算讓我給趕上了！」

碼頭上圍著從船上下來看情況的比丘與居士，他們一頭霧水，不懂這兩人為何抱頭痛哭！

「各位不好意思，很抱歉！這位是我的學生劉質平。」

「我的老師不跟你們去西安了！對不起大家，他老人家的身體，受不了那兒的酷寒！這麼幾千里的跋涉，簡直是要他的命！走吧，老師，我們回去了。」碼頭上的衆人都愣住了，這樣的一個學生，對老師的情感如此深厚，也眞只有弘一法師才教得出來吧！

「各位，那就隨緣吧。」

弘一法師歉然地向衆人行禮致意，然後與質平一同離開碼頭。

想起質平，他的嘴角笑了開來，這個孩子他待他如子，而質平對他，也像對待父親一樣，這樣的情份與因緣，眞是難得啊！他取出紙筆，身子雖然虛弱，但他必須給幾個人寫寫信。

這回應是自己的大限已到，他的心裡充滿著恬靜。回想著過去這一生所經歷的，他的心中沒有太大的起伏與波濤，倒是清楚地再重溫了一些好久不曾再想起的人的臉，與溫暖的趣事。他必須給子愷、質平，還有丏尊寫信，這一生，能認識這些人，有這樣的深厚交情，眞是緣份哪。

丏尊居士：

朽人已於九月初四遷化，現在附上偈言一首，附錄於後：

君子之交，其淡如水；執象而求，咫尺千里。

問余何適，廓爾忘言；華枝春滿，天心月圓。

二十七日，弘一法師宣布絕食。大家又是一陣錯愕，法師病了，不吃飯還能活嗎？第二天，他將侍侶妙蓮法師叫到身邊，他用極低沉的聲音說：

「妙蓮法師，你來。拿筆墨紙硯過來……。」妙蓮法師抖顫著，端了文房四寶過來。

「你無須悲傷，我這病，是遲早要了結的。好了，又如何？不好，也無所謂了。」

「你把筆墨準備著，有些話我要你記下來。」

「法師……。」

「我說，你來寫。聽清楚了！」

「當我還沒命終，以及命終之後的所有事，都交由妙蓮法師全權處理，其他任何人無權、也無須過問及干預……。」弘一法師要妙蓮取來他的印，然後蓋在遺言的最底端。他雖虛弱卻清醒地跟妙蓮法師說：「我沒有半點享受『死後哀榮』的心念，所以，一切祭弔之事，都全免了吧。我這一身臭皮囊，照我的話作，全由你來處理，就以最簡單、最普通的方式處理掉就可以了。」弘一法師說完，便不再說話，閉目睡去。

妙蓮法師走出晚晴室，沉重地將門帶上。他知道大師圓寂的日子不遠了！回想起認識法師五年，他總是給人平淡、謙虛誠懇的感覺，這在他的書法、思想與所主修的知識，都是一致的，沒有兩樣！妙蓮法師的心裡有著悲哀的情感，古今中外，眞正的大師都是在平凡中才能見到其不平凡之處，他有幸即將目睹一位大師的辭世，心裡的滋味，眞是複雜極了。

八月二十九日下午，弘一法師又醒了過來，跟妙蓮法師叮囑一些事，是有關臨終助念時要注意的事項及細節：

「妙蓮，要特別注意兩點。

一、在助念的時候，如果看到我流出眼淚，記住，那並非眷戀這個世間、捨不得離開的眼淚，而是處在一種特別的狀態，很超然而清醒地看待這個世間的過去、現在與未來，那是身處於一種對萬物悲憫、對衆生有情的特殊情境中，千萬不要錯認了！

二、當我呼吸都停了，身體冰冷再無溫度的時候，送去火葬，身上只需穿一條破舊的短褲即可。遺骸裝龕的時候，要用四隻小碗，裝水，墊在龕腳上，別讓螞蟻昆蟲爬上來……。」

過了兩天，弘一法師還沒有辭世，整天在屋子裡念佛號。九月一日下午，他勉力起身，在書桌上寫下「悲欣交集」這四個字，然後交給妙蓮法師。妙蓮法師望著他，心裡疼惜，卻又無能爲力，他只能靜待著法師歸西、離去，並幫他完成生前所交付的所有安排。偶爾，法師將他叫到身邊喃喃唸上一句：「這個世界，我總是要來的……。」

「釋迦牟尼佛與我們這個世界有無盡的因緣，我們與未來的世界也是一樣啊……。」

要交代的事情都囑付完了之後，他便專心地念佛，將一切的外緣全都放下了。

九月四日晚上七點多，弘一法師的呼吸開始顯得急促，妙蓮法師趨前一看，他知道時刻來臨了，這是臨終的癥兆，只見弘一法師臉色一陣白一陣紅，看來正像一個偉大的靈魂，正在脫殼離去……。「弟子妙蓮來助念！南—無—阿—彌—陀—佛……。」和緩的聲調不急不徐，有如春風拂過臉龐，徜徉於大自然中，聽流水聲，看雲移動。漸漸地幾個出家人與在家的居士加入助念，送弘一法師離去。

弘一法師平靜地向右側身臥在床上，好像睡著了正聽著一曲美好歌曲，沒有痛苦、也沒有悲哀。衆人助念著經文，一個多小時後，已經將法師交代助念時所要念的經文念過一遍。妙蓮法師走到床前細看法師，他已經安祥地離去了！鼻息全無，胸腔也再無呼吸，他忍著內心的悲傷，繼續與衆人輕聲誦念，直到深夜來臨，他讓其他人先去休息了。他則靜靜地關上窗戶，再前去將門鎖上。接下來幾個小時內，他安靜地守著法師的軀體，等候他所有身體的記憶，漸次散去。

知道弘一法師圓寂的消息之後，律華法師也趕了過來。他懷中帶著一封法師給他的信，弘一法師曾囑付他等到自己圓寂之後，再打開來看。他在晚晴室一處僻靜的角落，將信拆開。

律華法師：

朽人與仁者多生有緣，所以能與仁者長久相處，並且，在道行上，彼此都有所利益。朽人對仁者的善根夙慧，極其感佩。然朽人撫心自問，實萬分不及其一。因此，朽人與仁者長久共住，能獲得極大的利益也。

復次，妙蓮法師，行持謹嚴，悲願深切，爲當代僧中罕見，且如朽人，心中敬彼如敬師長。惟朽人在世，恐世人疑詬，而不敢明言。

今朽人已西歸了，心中仍感懸念者，以仁者年齡太輕，如不親近老成有德的善知識，恐將退墮，故敢竭我愚誠，請仁者自今而後，與妙蓮法師同住，並盡形壽，發心承侍，奉如師長，自稱弟子，即使遭受惡辣斥責，亦甘之如飴，不可捨棄……。

律華法師一字一句讀著，眼淚已經不能控制地掉落下來。他該如何承受老人家的愛護心情呢？平時他還覺得老人家過於平凡、冷漠，缺乏年輕時的風流文采，而妙蓮法師又常嚴格地對他怒聲斥罵，幾乎讓他要失去當和尚的勇氣……，他的眼淚糊了視線，他的心被重重地敲擊、深深的感動著！

他找到妙蓮法師，恭恭敬敬地將信交給他看。妙蓮法師讀完信，怔愣住了，從處理弘一法師的死以來，他總是將悲傷壓在心裡，對他，兼具著法師侍侶與孝子的雙重身分，他還必須處理法師的許多身後事，不能與他人哭成一團，但是，見到這信，再也忍不住那從體內猛然爆發的情感，他突然將臉用雙掌矇住，號啕失聲地痛哭起來。

當弘一法師圓寂後七天，依照著遺言，遺體只穿一條短褲遮覆下根，在泉州承天寺化身窯火化，農曆九月十一日下午七時，參加舉火的大衆們，開始誦念《普賢行願品》，隨之念《讚佛偈》，到了晚間八時，舉火。火化的時間大約過了一小時，衆人恭恭敬敬地圍繞著。這個時候突然從窯門衝出一道奇幻的彩光，緊接著火燄猛烈逼人，現場的大夥兒都被震驚了！於是大家開始聚在一起，大聲的念佛，直到這道奇異的彩光迸射完後，弘一法師的色身，也就化盡了……。

往後，一百天內，妙蓮法師從骨灰中陸陸續續撿出了一千八百粒的舍利子，有銀色的、白色的、透明的、象牙色的、淡紅色的、深綠色的……。

這是弘一法師李叔同，生命最終的一幕風景。

《跋》

我的李叔同

潘弘輝

好想認識年輕的李叔同。

對我來講，李叔同不僅因出家後成爲高僧的身分吸引我。更讓人驚詫的是在他出家前，是一個這麼有血有肉、重情重義的人！加上他極有天份，在許多藝術領域中，像一顆星星般閃耀著光芒。

這本《夕陽山外山》，我將重心擺在叔同出家前的情感世界，試圖揣摩並建構骨肉，讓他是一個可親近的、同我們常人一般有情有慾的衆生，在清朝末年那樣腐敗的時代，面對外在與內在的諸多衝突，他的反應未必會比我們高明到哪裡，總是順著人生的機運與所遇到的人事而輾轉、生活。在這些機遇裡，因緣巧合又與一些文人朋友、歌郎、藝妓有所交往，面對他們時，叔同總是誠實面對自己，因爲愛得深、傷得也深，已有妻室的他，到了日本讀書，還娶了個日本老婆誠子，一切都是因爲多情的個性使然。

李叔同之所以受到大家的喜愛與重視，除了他是持戒甚嚴的一代高僧，出家前各個階段精采的風華與事蹟、在藝術上所達到的高境界等，更是不可忽略的重點。創「春柳社」引起中國話劇新風潮、第一個在中國使用裸體模特兒寫生、所寫的歌曲影響無數的中國人，而且他還是中國廣告畫的開創者呢。如此入世的人、如此有文采、天份的人，又為什麼棄俗遁入佛門？這當然也成為大家茶餘飯後的話題。從入世到出世，這麼極端的反差，在李叔同的身上，正好也拉扯出極富戲劇性的張力！

描繪叔同出家前的感情生活，在這本書裡佔了很大比重。我以小說的筆，來寫這受人敬愛的一代大師，我必須還原他身為一個有血有肉的人的情與慾，才足以表達我對他的敬意。

不以現代觀點去詮釋弘一法師李叔同，便失去了寫這部長篇小說的意義。所以我袒露李叔同出家前的感情世界，不迴避，試著揣摩他內心世界的轉折與細微的轉變。他就是他！不會因為之後出家當了和尚，過去的一切便不存在，或一筆勾消。

本書寫作過程參考東大圖書公司出版陳慧劍先生所著之《弘一大師傳》、業強出版社陳星先生所著之《芳草碧連天，弘一大師傳》、雄獅圖書股份有限公司出版雄獅美術主編之《弘一法師翰墨因緣》等書及其他資料，對於本書劇情的建構，有甚多幫助，本人不敢掠美，一併致意。

當代名家

夕陽山外山：李叔同傳奇

2021年1月二版

定價：新臺幣380元

著　　者　潘弘輝
責任編輯　顏艾琳
封面設計　張小娟

出版者　聯經出版事業股份有限公司
地址　新北市汐止區大同路一段369號1樓
叢書主編電話　(02)86925588轉5305
台北聯經書房　台北市新生南路三段94號
電話　(02)23620308
台中分公司　台中市北區崇德路一段198號
暨門市電話　(04)22312023
台中電子信箱　e-mail：linking2@ms42.hinet.net
郵政劃撥帳戶第0100559-3號
郵撥電話　(02)23620308
印刷者　世和印製企業有限公司
總經銷　聯合發行股份有限公司
發行所　新北市新店區寶橋路235巷6弄6號2F
電話　(02)29178022

副總編輯　陳逸華
總編輯　涂豐恩
總經理　陳芝宇
社長　羅國俊
發行人　林載爵

行政院新聞局出版事業登記證局版臺業字第0130號

本書如有缺頁，破損，倒裝請寄回台北聯經書房更換。　ISBN 978-957-08-5687-3 (平裝)
聯經網址 http://www.linkingbooks.com.tw
電子信箱 e-mail:linking@udngroup.com

國家圖書館出版品預行編目資料

夕陽山外山：李叔同傳奇／潘弘輝著．
二版．新北市．聯經．2021.01．
336面．14.8×21公分．(當代名家)
ISBN 978-957-08-5687-3 (平裝)
[2021年1月二版]

863.57 109021360